AF288927

Hermann Weigl

Der singende Stein

Der Weg zwischen den Sternen 4

Hermann Weigl

Der singende Stein

Der Weg zwischen den Sternen 4

Roman

„Nichts wird zwischen uns kommen."
„Auch den dunkelsten Mächten wird es nicht gelingen,
uns zu trennen."

Cassandra stutzte kurz, als sie auf den großen Panoramabildschirm blickte. Das Schiff hatte die Zielkoordinaten erreicht, aber dort zeigte sich nur der leere Weltraum. Dann dachte sie wieder daran, dass Avalon durch ein Zeitfeld gesichert war, welches das ganze System immer um wenige Minuten in die Zukunft versetzt hielt. Somit blieb es unerreichbar und war vor jeglicher Art von Angriff geschützt. Hier lebte nur sie und Harpon von Armadaan, der letzte Überlebende der Ritter der Ewigkeit.

Vor langer Zeit hatte es viele von seiner Art gegeben. Nur ihm jedoch war es gelungen, alle Gefahren zu überleben, denen er in seinem langen Leben ausgesetzt war. Schon seit mehr als 13000 Jahren zog er durchs Weltall und ging den Aufgaben nach, die ihm seine Schöpfer und Auftraggeber, die mächtigen Yr, zukommen ließen. Avalon, diese abgeschiedene, paradiesische Welt, war seither seine Heimat. Ein uraltes Privileg der unsterblichen Ritter gab ihm das Recht dazu, einen ganzen Planeten sein Eigen zu nennen.

Noch vor wenigen Jahren hatte Cassandra auf einer fernen Welt in den Slums einer Großstadt gelebt. Der Ritter hatte sie vor ihrem sicheren Tod gerettet und eine mentale Sperre aus ihrem Geist entfernt. Daraufhin hatte sich das verwahrloste Mädchen langsam in eine Frau von betörender Schönheit verwandelt, und ihre magischen Kräfte waren erwacht.

Schließlich war Cassandra zur Erkenntnis gelangt, dass sie an die Seite dieses Mannes gehörte, und dass sie ihrer Vorsehung folgen musste. Gemeinsam hatten sie ihren Weg zwischen den Sternen angetreten. Während einer langen Reise, die sie quer durch die Milchstrasse geführt hatte, hatten sie erkannt, dass zwischen ihnen eine Bindung besteht, die weit über das Fleischliche hinausgeht. Am Ende der Reise waren sie nach Avalon gelangt. Seitdem war diese Welt auch ihre Heimat.

Cassandra war keine gewöhnliche Humanoide sondern eine Comyn. Von ihrem Vater, einem Chelari, hatte sie starke Psi-Kräfte geerbt. Die Chelari, diese geheimnisvollen Wesen, gehörten einem sehr alten

Volk an und hatten einst mit ihren Raumschiffen die Tiefen des Weltalls durchforscht. Als sie jedoch erkannten, dass es außer ihrem Volk kein weiteres intelligentes Leben gab, hatten sie ihre Städte verlassen und sich in die Tiefen der Wälder uralter Welten zurückgezogen. Jahrtausende vergingen, ihre Städte und Raumflotten verfielen und ihr Wissen geriet in Vergessenheit. Nur die Kenntnis um die rätselhaften Sternensteine, welche die Chelari in den unendlichen Weiten des Weltalls gefunden hatten, wurde von Generation zu Generation weitergegeben.

Als nach Äonen auf anderen Welten intelligentes Leben entstanden war, hatten sich die Chelari schon so weit entfremdet, dass sie von ihrer Lebensweise nicht abließen, und weiterhin verborgen in Harmonie mit der sie umgebenden Natur lebten.

Cassandras Mutter war Demeter, die Göttin der Liebe und Schönheit. Vor einigen Jahren war sie von den Yr aufgenommen worden, und leitete nun mit ihnen die Geschicke der Völker der Milchstrasse. Nicht nur das unsterbliche Leben, das Cassandra in sich trug, hatte sie reifen lassen. Auch das Erbe ihrer Mutter hatte eine Wandlung bewirkt. Sie war jetzt selbst eine Göttin, die Göttin des Mondes.

Erleichtert atmete Cassandra auf, als Harpon das Zeitfeld deaktivierte und Avalon auf dem großen Bildschirm in der Zentrale des Ewigkeitsraumschiffes Nepokadnezar erschien. Anstrengende Wochen lagen hinter ihnen. Aber in wenigen Minuten würde sie und ihr Lebenspartner wieder zu Hause sein.

Die Mondgöttin musste wieder an die Verhandlungen denken, an denen sie teilgenommen hatten. Die Vereinigten Planeten, ein friedlicher Zusammenschluss des Großteils der Raum fahrenden Völker der Milchstrasse, hatte dank ihrer und Harpons Hilfe diplomatische Kontakte zur Föderation der Völker Andromedas aufgenommen. Schon vor Monaten war beschlossen worden, auf halbem Weg zwischen der Milchstrasse und Andromeda eine Raumstation zu errichten, die ständig von Vertretern beider Gruppen besetzt werden sollte. Was aber Ausführung und Bau der Station anging, darüber konnte lange Zeit keine Einigung erzielt werden. Deswegen waren Harpon und Cassandra gebeten worden, an den Verhandlungen teilzunehmen. Da ihre Auftraggeber, die mächtigen Yr, die in einem anderen Raum-Zeit-Kontinuum lebten, ihnen keine anderen Aufgaben zukommen ließen, hatten sie der Verwaltung der Vereinigten Planeten zugesagt. Was das gemeinsame Bauvorhaben erschwert hatte, das waren die unterschiedlichen Technologien der beiden Partner.

Während Harpon mit den Technikern in eine Diskussion über Energiekopplungen verwickelt war, hatte Cassandra die Pläne der Raumstation betrachtet. Die äußere Form glich einem Rotationsellipsoiden. Sie hatte schließlich eine einfache, aber wirkungsvolle Idee. Die Mondgöttin nahm die Zeichnung, stieg sie auf einen Tisch und wartete, bis sich alle Anwesenden ihr zugewandt hatten.

Cassandra fühlte die bewundernden Blicke auf sich ruhen. Auch in der schlichten Bordkombination kam ihre betörende Schönheit zur Geltung. Ihr langes kupferfarbenes Haar hatte sie wie immer zu einem dicken Zopf geflochten, der ihr bis zur Hüfte reichte. Mir ihren bernsteinfarbenen Augen blickte sie auf die Versammelten hinab.

„Sie wollen die Station gemeinsam bauen. Das ist ein sehr ehrgeiziges, noch nie da gewesenes Projekt. Aber was halten Sie von folgendem Vorschlag?" Cassandra hielt die Zeichnung hoch und zerschnitt sie mit einer Schere in zwei symmetrische Teile. „Jede Partei baut eine Hälfte der Station. Und am Zielort werden die beide Teile zusammengefügt." Sie führte die beiden Hälften der Zeichnung zusammen. „So gibt es keine Probleme mit der unterschiedlichen Technologie und das Zusammenfügen könnte einen weiteren freundschaftlichen Akt darstellen."

Zuerst herrschte auf beiden Seiten Ruhe. Die Anwesenden schienen angestrengt nachzudenken. Aber dann stimmten immer mehr Cassandras Vorschlag zu und schließlich wurde diese Lösung von beiden Parteien akzeptiert.

Harpon war sehr beeindruckt vom Vorschlag seiner Frau. Gerade in der Einfachheit lag die Genialität dieses Planes. Nachdem die beiden Parteien damit begonnen hatten, die Lage und Größe der Übergänge zwischen den beiden Hälften der Station festzulegen, hatten sich Cassandra und Harpon wieder verabschiedet.

Die Nepokadnezar tauchte in die Atmosphäre Avalons ein und näherte sich dem Kontinent, auf dem Cassandra und Harpon lebten. Es war bereits Herbst und das flammend bunte Meer der Wälder zog unter dem Schiff hinweg. Endlich kam ihr Haus in Sicht und das gigantische Raumschiff setzte in einem Kraftfeld auf der Landefläche auf.

Harpon verließ den Kommandosessel und seine Frau fiel in seine Arme.

Sie legte den Kopf an seine Schulter und seufzte: „Endlich wieder zu Hause! Ich will nur noch schlafen, Harpon. Mindestens drei Tage lang."

„Und ich werde über deinen Schlaf wachen."

Er blickte in ihre vor Freude strahlenden Augen und seine Lippen näherten sich ihrem Mund. In diesem Augenblick gellte der Eindringlingsalarm durch das Schiff.

Die Sensoren meldeten eine intelligente Lebensform, die sich nur wenige dutzende Kilometer vom Haus entfernt im Wald aufhielt. Harpon sah Cassandra überrascht an.

„Das ist noch nie geschehen, so lange ich auf Avalon lebe." Dann wandte er sich an den Hauscomputer: „Welche Sensordaten liegen über den Eindringling vor?"

„Humanoid, 1,30 Meter groß, Masse 29 kg."

„Wann erfolgte die erste Ortung?"

„Die Lebensform wurde erstmalig am 14.8.21849 um 9:27 Ortszeit geortet", antwortete der Hauscomputer.

Cassandra blickte Harpon überrascht an. „Das war der Tag, an dem wir Avalon zuletzt verlassen haben."

„Für ein paar Minuten war das Zeitfeld deaktiviert gewesen", meinte Harpon nachdenklich. „Innerhalb dieses Intervalls muss das Wesen auf Avalon gelandet sein. Aber es hatte damals keine Ortung gegeben. Das hätten die Systeme aufgezeichnet."

„Es sei denn das Schiff war getarnt", warf Cassandra ein.

„Das kann ich mir nicht vorstellen. Es müsste über sehr hochwertige Tarnsysteme verfügen, damit es von meinen Systemen nicht geortet wird."

Cassandra sah ihn nachdenklich an. „Vielleicht sollten wir das ganze Gebiet in dem die Lebensform geortet worden ist, von Robotern durchsuchen lassen."

Harpon wandte sich an das Datenterminal. „Computer, zeige mir eine Karte und trage alle Ortungsergebnisse ein."

Auf dem Monitor wurde das Ergebnis in eine Landkarte, die die nähere Umgebung zeigte, eingeblendet.

„Das ist aber eigenartig", meinte Harpon.

„Was?"

„Das Wesen hat sich nur in einem eng begrenzten Gebiet bewegt. Sieh nur."

Cassandra betrachtete die Skalierung der Karte.

„Das sind nur ein paar Kilometer innerhalb von zwei Monaten."

„Der Eindringling ist also zu Fuß unterwegs."

Cassandra tastete mit ihren telepathischen Sinnen nach dem Fremden.

„Was siehst du?", fragte Harpon.

Ihr Blick war ins Unendliche gerichtet. „Ich sehe durch die Augen der fremden Lebensform. Sie beobachtet einen Vogel, der an einem Bachrand badet."

„Vielleicht hat sie Appetit auf Geflügel vom Grill."

Langsam klärte sich Cassandras Blick wieder. „Nein, Harpon. Sie sieht in dem Tier keine Beute. Der Anblick erfreut sie. Ich kann auch keine aggressiven Gedankenmuster feststellen."

„Wir sollten trotzdem vorsichtig sein. Ich schlage vor, wir landen mit einem Gleiter in einem Kilometer Entfernung und nähern uns der Lebensform zu Fuß."

Harpon und Cassandra hatten flugfähige leichte Raumanzüge angelegt, die über einen Schutzschirm verfügten. Als Bewaffnung wählten sie Kombistrahler, die betäuben, aber auch töten konnten.

Im Zielgebiet setzte Harpon den Gleiter in der Mitte einer kleinen Lichtung auf. Als sie ausstiegen, schlug ihnen die kühle, klare Luft eines herbstlichen Nachmittags entgegen und die Stimmen von Vögeln und anderen Waldbewohnern drangen an ihre Ohren.

„Was fühlst du, Cassandra?", fragte Harpon mit seiner Gedankenstimme. Er war kein Telepath, aber die Verbindung zwischen ihm und seiner Frau war so innig, dass sie sich in Gedanken verständigen konnten.

„Die Lebensform sammelt Beeren und andere Früchte. Sie hat Hunger. Ich glaube noch immer, dass sie nicht gefährlich ist."

„Wir müssen dennoch vorsichtig sein. Wir wissen noch nicht, wie sie auf unseren Anblick reagiert. Womöglich wird sie dann zu einer reißenden Bestie."

Vorsichtig gingen sie an einem Bachlauf entlang in Richtung des Ortungsergebnisses.

Harpon las erneut die Anzeigen am Arm seines Raumanzuges ab.

„Sie befindet sich hinter der nächsten Windung des Baches."

Er aktivierte und entsicherte seinen Kombistrahler, wobei er argwöhnisch die Statusanzeigen der Waffe beobachtete. Im Schutz einiger Büsche schlichen sie näher, bis sie um die Biegung sehen konnten. Am andern Ufer des Baches erblickten sie die fremde Lebensform.

Es war ein kleines Mädchen von vielleicht zehn oder elf Jahren Alter. Es trug ein gemustertes Kleid, das ihm bis zu den Knöcheln reichte. Es hatte ein schmales, hageres Gesicht und lange, rote, lockige Haare.

„Da hast du dein Monster", sagte Cassandra bissig.

„Was ist daran falsch, wenn man sich vorsichtig verhält?"

„Findest du nicht, dass du manchmal damit übertreibst?"

„Ich kann leider nicht teleportieren, Gefühle und Gedanken lesen. Ich muss mit meinen natürlichen Sinnen auskommen."

„Soll das heißen, dass ich unnatürlich bin?"

Wütend sah sie ihren Gatten an.

„Nein. Tut mir Leid."

„Was tun wir jetzt?", fragte sie ausweichend.

Harpon deaktivierte seinen Strahler und steckte ihn wieder weg.

„Wir gehen langsam auf sie zu und zeigen ihr, dass wir nichts in den Händen halten."

Sie traten hinter dem Busch hervor und gingen gemächlich zum Bachlauf hinüber.

Das Mädchen hatte sie noch nicht bemerkt. Es kniete vor einem Strauch und pflückte Beeren.

Über ein paar große Steine, die im Wasser lagen, gelangten sie auf die andere Seite des glucksenden Baches. Noch immer wurden sie nicht wahrgenommen.

„Hab keine Angst", sagte Cassandra mit sanfter Stimme.

Das Mädchen schrak hoch und blickte in ihre Richtung.

Harpon und Cassandra waren stehen geblieben und zeigten dem Kind ihre leeren Handflächen. Dies war eine Geste, die bei vielen Kontaktaufnahmen schon geholfen hatte und ihre friedliche Absicht zeigen sollte.

Das Mädchen aber sah sie mit vor Schreck geweiteten Augen an, sprang auf und lief am Bach entlang, bis es nach ein paar Schritten zwischen den Büschen verschwunden war.

„Sie hat Angst vor uns. Ich habe es deutlich gespürt, Harpon."

„Hast du noch Kontakt?"

„Weiter unten am Bach gibt es eine Höhle. Dort will sie sich verstecken."

Sie gingen zu der Stelle hinüber, an der das Mädchen vor dem Strauch gekniet hatte. Ein Stück Tuch lag im Gras, in dem es Früchte gesammelt hatte.

Cassandra faltete die vier Ecken des Tuches zur Mitte hin ein und nahm das Bündel mit.

„Was tun wir jetzt?", fragte Cassandra.

„Wir gehen zur Höhle."

„Und dann? Willst du sie betäuben und mitnehmen?"

„Nein. Das wäre falsch. Ich bin jetzt überzeugt, dass sie ungefährlich ist."

„Wir können sie doch nicht alleine im Wald leben lassen."

„Glaubst du etwa, dass sie freiwillig mit uns geht?"

„Nein. Wir müssen erst ihr Vertrauen gewinnen."

Nach ein paar hundert Schritten beschrieb der Bachverlauf eine weite Biegung. Hier hatte sich ein kleiner See gebildet. An sein Ufer schloss sich ein Geröllfeld an, das weiter oben am Hang vor einer Steilwand endete. Dort lagen ein paar größere Felsbrocken. Dahinter erkannten sie den dunklen Eingang zu einer Höhle.

Cassandra konnte gerade noch das kleine Gesicht des Mädchens zwischen den Steinen verschwinden sehen. Sie legte das Tuch mit den Früchten auf einen großen, flachen Stein, der in der Nähe des Ufers lag, und faltete es auf. Dann traten sie ein paar Schritte zurück.

„Sie fürchtet sich noch immer", sagte Cassandra. „Wir sollten uns vorerst zurückziehen."

„Aber wie konnte sie nach Avalon gelangen?"

„Ich weiß es nicht, Harpon. Was sagen deine Instrumente?"

Harpon kontrollierte die Anzeigen seines Anzuges.

„Es gibt keine Anzeichen von Restenergie. Rein gar nichts. Keine Spur einer fremden Technologie."

Cassandra kam von nun an jeden Tag zur Mittagszeit vorbei und legte auf dem großen Stein am Seeufer ein Geschenk für das Mädchen ab. Mal war es ein Apfel, dann ein Stück Kuchen, Kekse, oder heiße Schokolade. Sie wartete immer ein paar Minuten, dann ging sie wieder weg.

Nach einigen Tagen zeigte sich das Mädchen am Höhleneingang. Es wagte sich aber nicht ins Freie, sondern wartete jeweils, bis Cassandra wieder verschwunden war.

Eines Tages fand Cassandra auf dem Stein eine kleine Blume. Sie freute sich darüber, dass sich das Mädchen bei ihr bedankte, nahm die Blüte und steckte sie sich ins Haar.

So vergingen viele Wochen. Langsam gewann Cassandra das Vertrauen des kleinen Mädchens. Es kam vom Höhleneingang zum Stein herunter, nahm das Geschenk und bedankte sich mit den Augen.

Cassandra fiel jetzt eine kleine Narbe über der rechten Augenbraue auf. Das Kleid war immer sauber, aber an einigen Stellen schon eingerissen. Erst jetzt bemerkte sie, dass das Mädchen keine Schuhe trug. Sie sprach jedes Mal ein paar Worte zu dem Kind, um es an den Klang ihrer Stimme zu gewöhnen, erhielt aber nie eine Antwort.

Eines Tages deutete sie auf sich und sagte: „Cassandra." Das Mädchen schien mit sich zu kämpfen. Schließlich sagte es: „Tania." Dann flüchtete es den Hang hinauf in die Sicherheit der Höhle.

Die Nächte wurden immer länger und kälter und eines Tages war der Winter in der Nacht über das Land gezogen und hatte es mit einer weißen Schneedecke überzogen. Als Cassandra Tania dieses Mal besuchte, bemerkte sie, dass sie vor Kälte zitterte. Sie hatte die Arme um ihren dürren Leib geschlungen und stapfte mit bloßen Füssen, die vor Kälte blau waren, durch den Schnee.

Cassandra empfand tiefes Mitleid mit dem Mädchen. Sie löste den warmen Schal, den sie sich um den Hals gewickelt hatte, und gab ihm dem Mädchen.

Zuhause überlegte sie, wie sie dem frierenden Mädchen helfen konnte. Sie hätte dem Kind ein atomar angetriebenes Heizgerät geben können, das in der ganzen Höhle wohlige Wärme verbreitet hätte, glaubte aber, dass es mit der Technologie nicht zurechtkommen würde. Sie wusste auch nicht, auf welcher Entwicklungsstufe Tanias Volk stand. Womöglich würde die Konfrontation mit moderner Technologie für sie einen Schock bedeuten. Viele vorindustrielle Völker würden in den Produkten moderner Technik Zauberei oder Teufelswerk vermuten. Schließlich hatte sie eine Idee.

Am gleichen Tag kam sie noch einmal zur Höhle und rief so lange nach Tania, bis sie sich am Höhleneingang zeigte.

Zögernd kam ihr das frierende Mädchen entgegen.

Cassandra hatte diesmal ein besonderes Geschenk mitgebracht, eine gemusterte Decke, die durch einen integrierten Mikrogenerator beheizt wurde und immer wohlige Wärme abgab. Sie strich mit den Händen über das flauschige Material und deutete Tania an, es ihr gleich zu tun. Cassandra sah, wie sich ihre Augen vor Erstaunen weiteten. Dann legte sie die wärmende Decke vorsichtig um die schmalen Schultern des vor Kälte zitternden Mädchens. Wieder spürte sie ihre tiefe Dankbarkeit.

Von jetzt an brachte sie mit jedem Besuch ein Stück Kleidung mit: Mütze, Jacke, Decke, und ein Kissen.

Eines Tages jedoch erschien Tania nicht am Seeufer.

Cassandra tastete mit ihren telepathischen Sinnen nach ihrem Geist und stellte fest, dass sie schlief. Sie hatte eine Schüssel voll heißer Suppe mitgebracht, die sie nun auf den Stein stellte. Sie wartete noch ein paar Minuten und ging dann wieder weg.

Am nächsten Tag war die Suppe in dem Gefäß gefroren. Cassandra erschrak. Sie machte sich nun ernsthafte Sorgen wegen des kleinen Mädchens. Es war bis jetzt noch nie vorgekommen, dass Tania ein Geschenk nicht angenommen hätte.

Cassandra tastete erneut nach Tanias Geist und stellte fest, dass sie noch immer schlief. Ihre Träume waren jedoch seltsam verworren, als ob sie halluzinierte. Deswegen beschloss sie, die Höhle zu betreten, auch wenn es eine Verletzung des Vertrauens bedeutete, das sich zwischen ihr und Tania gebildet hatte.

Sie stieg die Geröllhalde hinauf und gelangte so zu den großen Steinen, hinter denen sich der dunkle Höhleneingang verbarg. Sie musste sich bücken, um ins Innere zu gelangen. Nach wenigen Schritten erweiterte sich der Gang jedoch zu einem geräumigen Hohlraum und sie konnte wieder aufrecht stehen. In der Decke schien es eine Öffnung zu geben, denn von oben herab fiel ein schmaler Lichtstreifen und zeichnete einen hellen Fleck auf den Sandboden.

Es dauerte einige Augenblicke, bis sich Cassandras Augen an das dämmrige Licht im Hintergrund der Höhle gewohnt hatten. Mit Verwunderung betrachtete sie nun die Dinge, die Tania hier angesammelt hatte: Zweige, Brennholz, getrocknete Früchte und Heu. Die Wände der Höhle waren bemalt mit Bildern von Tieren und Blumen. Schließlich fiel ihr Blick auf eine Feuerstelle, die sich gegenüber dem Eingang vor einer Felsnische befand. Sie ging näher heran und sah, dass die Glut schon erloschen war. Um das Feuer herum waren Steine gruppiert und daneben lagen noch einige Scheite Brennholz. Cassandra legte eine Hand auf einen der Steine und spürte, dass er keine Wärme mehr abstrahlte. Das Feuer musste also schon vor vielen Stunden ausgegangen sein.

Nun wandte Cassandra ihre Aufmerksamkeit der dunklen Nische zu, denn dort spürten ihre telepathischen Sinne Tanias Präsenz. Aber wo war sie? Anscheinend diente dieser Platz dem Mädchen als Schlafstelle, denn auf einer Schicht Heu lagen die Wolldecke und ein Kissen. Jetzt erkannte Cassandra auch das Muster der Heizdecke, die sie dem Mädchen geschenkt hatte. Sie beugte sich in die Nische und schlug vorsichtig eine Ecke der Decke zur Seite. Sie erschrak, als das blasse Gesicht Tanias zum Vorschein kam. Vorsichtig fühlte sie die Stirn des Mädchens und musste feststellen, dass Tania hohes Fieber hatte. Ihre Hand tastete nach der Halsschlagader und fühlte den rasenden Puls. Sie überlegte, was sie nun tun sollte. Sollte sie das Mädchen hier in der Höhle behandeln? Tania war zwar eine Humanoide, und müsste auf die gängigen Medikamente positiv ansprechen. Eine gewisse Unsicherheit blieb jedoch. Es war Cassandra auch vollkommen unklar, warum das Kind krank geworden war. Ansteckende Krankheiten gab es auf Avalon nicht. Deswegen beschloss sie, das Mädchen mitzunehmen, um es untersuchen und behandeln zu können. Für eine Teleportation musste sie einen Körperkontakt herstellen. Deswegen kroch sie ganz in die Schlafnische und bettete Tanias Kopf vorsichtig auf ihren Schoss. Sie ließ ihren Sternenstein in die linke Hand gleiten und legte die rechte auf Tanias Stirn. Dann konzentrierte sie sich und teleportierte direkt auf die Krankenstation.

Cassandra wickelte Tania aus der Decke und legte sie auf den Behandlungstisch. Die Kleine hatte sich wie ein Säugling zusammengerollt und hielt eine Strohpuppe umarmt. Schnell aktivierte sie das Lebenserhaltungssystem und startete die vollautomatischen Diagnosegeräte der Krankenstation. Schon wenige Sekunden danach wurde das Ergebnis auf einem Monitor angezeigt. Als Auslöser für das Fieber hatten die Systeme eine bakterielle Infektion festgestellt. Es war nicht schwer, ein Gegenmittel zu finden. Cassandra injizierte Tania das Medikament und beobachtete den Monitor. Als die Anzeigen nach wenigen Minuten erkennen ließen, dass das Mädchen positiv darauf reagierte, atmete sie auf. Tanias Leben war gerettet.

Harpon betrachtete das schlafende Mädchen. Noch immer hielt es die einfache, aus Stroh gebaute, Puppe umarmt.

„Ihr Immunsystem konnte keine Antigene bilden, Harpon. Ohne Behandlung wäre sie gestorben."

„Armes Kind. Wie geht es ihr jetzt?"

„Sie ist wieder vollkommen gesund. Ich könnte sie jetzt aufwecken. Ich möchte das aber nicht hier auf der Krankenstation tun. Die technische Umgebung könnte sie erschrecken. Ich glaube, es ist besser, wenn sie im Wohnzimmer vor dem offenen Kamin aufwacht."

Nur langsam kämpfte sich Tanias Bewusstsein zurück an die Oberfläche. Irgendwann nahm sie wieder Geräusche wahr. Sie hörte das Knistern und Prasseln von Holzscheiten. Wie eigenartig, dachte sie. Das Feuer müsste längst niedergebrannt sein. Aber es war nicht kalt. Sie spürte die wärmende Strahlung eines Feuers auf ihren Handrücken und ihrem Gesicht.

Was war zuletzt mit ihr geschehen? Das Winterfieber! Das Winterfieber hatte sie in seinem Griff und sie konnte keine Kräuter finden, mit denen sie sich hätte heilen können.

Aber es ging ihr jetzt schon viel besser. Sie fühlte kurz mit der Hand ihre Stirn. Nein, sie hatte kein Fieber mehr.

Schläfrig drehte sie sich etwas zur Seite. Jetzt stieg ihr ein bekannter Geruch in die Nase. Sie erinnerte sich daran, ihn immer dann wahrgenommen zu haben, wenn die fremde Frau, die sich Cassandra nannte, sie besucht hatte. Worauf lag sie eigentlich? Das war nicht die weiche, warme Schlafdecke, die ihr die Fremde geschenkt hatte. Langsam öffnete sie die Augen. Ihr Blick war unklar und sie musste erst ein paar Mal blinzeln, bevor sie ihre Umgebung deutlich sehen konnte. Sie blickte hoch und sah das lächelnde Gesicht Cassandras über ihr.

Sie erschrak, zuckte zusammen und sah sich um. Wo bin ich, dachte sie. Die Fremde redete mit ruhiger Stimme auf sie ein. Erst jetzt erkannte Tania, dass sie in den Armen Cassandras lag. Sie verstand den Sinn ihrer Worte nicht, erkannte aber am Klang ihrer Stimme, dass sie nichts Böses vorhatte.

Trotzdem löste sich Tania aus ihren Armen und wollte sich aufrichten. Aber ihr schwindelte und Cassandra half ihr dabei, aufzustehen und sich auf die weiche Unterlage neben der Feuerstelle zu setzen. Die Fremde musterte sie lächelnd und wollte ihr die Wange streicheln. Tania wich aber zurück.

Cassandra trat zur Seite und holte von einem kleinen Tischchen ein Tablett, setzte sich nieder und stellte es zwischen sie auf die weiche Unterlage. Darauf erkannte Tania Geschirr und einen Teller mit Kuchen.

Cassandra nahm eine Kanne und füllte zwei Tassen mit einem dampfenden Getränk. Ein angenehmer aromatischer Geruch breitete sich allmählich im Raum aus. Die Fremde hob ihre Tasse an die Lippen und blickte Tania an. Wieder sprach sie zu ihr. Sie trank einen Schluck, dann nahm sie ein Stück Kuchen und bot es Tania an. Sie zögerte. Da brach Cassandra das Stück Kuchen in zwei Teile und biss von ihrem Stück ab. Die andere Hälfte reichte sie Tania und forderte sie mit Gesten auf, ebenfalls davon zu kosten.

Hungrig verschlang Tania ihren Kuchen.

Cassandra deutete auf das Gebäck und sagte: „Kuchen." Sie sah Tania fragend an. Dann wiederholte sie: „Kuchen." Tania nahm ihren ganzen Mut zusammen und antwortete: „Creja."

Cassandra trug einen Anhänger um den Hals, wie ihn Tania noch nie gesehen hatte. Immer wenn sie sprach, tanzten kleine Lichter über seine Oberfläche. Cassandra deutete auf Gegenstände und sprach deren Namen aus.

Tania wiederholte die Bezeichnungen in ihrer eigenen Sprache, so weit sie die Dinge kannte. Sie musste wirklich sehr weit von zu Hause entfernt sein, weil sie die Sprache Cassandras kein bisschen verstand.

Irgendwann gab das Schmuckstück ein Geräusch von sich, wie eine kleine Grille. Cassandra nahm es in die Hand und betrachtete es kurz.

„Kannst du mich jetzt verstehen, Tania?"

Tania erschrak, als sie die Worte in ihrer eigenen Sprache aus dem Anhänger dringen hörte.

„Ja, Tante Cassandra. Ich verstehe dich." Wieder antwortete das Schmuckstück in der fremden Sprache.

„Das ist gut. Das ist sehr gut", sagte Cassandra.

Tania sah sich neugierig um. „Wo bin ich hier, Tante Cassandra?"

„Bei mir zu Hause. Dieses Haus gehört Harpon und mir. Hier bist du sicher, Tania."

„Harpon? Wer ist das?"

„Das ist mein Gemahl. Du hast ihn schon einmal gesehen, als wir dich zum ersten Mal am Bach gesehen haben."

Tania stand auf, ging ans Fenster und sah hinaus in die verschneite Winterlandschaft. Vorsichtig tastete sie nach der Fensterscheibe.

„Ich habe noch nie ein so großes Fenster gesehen."

Sie drehte sich um und blickte sich im Wohnraum um. Erstaunen zeigte sich auf ihrem Gesicht.

„Dieses Zimmer. Wie groß es ist. Größer als das Haus meines Vaters. Du musst sehr reich sein, Tante Cassandra."

„Tania, warum hast du nicht schon eher mit mir gesprochen?"

„Ich dachte, du bist eine Adlige. Wir dürfen nur mit Leuten sprechen, die der nächst höheren Kaste angehören. Ich hatte Angst davor, bestraft zu werden. Aber als du den Kuchen mit mir geteilt hast, war mir klar, dass du keine von denen bist. Eine Adlige würde niemals den gleichen Kuchen essen, wie die Tochter eines Bauern."

„Aber du hast doch die Nahrung gegessen, die ich zu deiner Höhle gebracht habe."

„Aber da war ich doch alleine."

Cassandra verstand die Logik nicht, die hinter dieser Aussage stand, beschloss aber, nicht weiter nachzufragen.

„Tania, ich werde dich niemals bestrafen, oder dir wehtun."

„Wie bin ich hierher gekommen?"

„Du warst sehr krank, Tania. Ich habe dich aus deiner Höhle geholt und gesund gepflegt. Du hast zwei Tage lang geschlafen."

„Deswegen hatte ich so großen Hunger." Dann sah sie Cassandra aus großen Augen an. „Danke, dass du mir geholfen hast."

„Tania, wir waren sehr erstaunt, als wir dich im Wald gesehen haben. Wie bist du hierher gekommen?"

„Ich habe den singenden Stein berührt. Mein Vater hatte mich davor gewarnt. Aber trotzdem bin ich in den Steinkreis getreten und habe den Stein, der in seiner Mitte liegt, angefasst."

„Du hast einen Stein berührt, und der hat dich hierher gebracht?"

„Ja."

„Und was ist dann passiert?"

„Das Letzte, woran ich mich erinnern kann, war ein greller Lichtblitz. Dann bin ich in der Nähe eines Baches wieder aufgewacht. Ich hatte schreckliche Kopfschmerzen und meine Ohren haben geblutet. Eigenartige Vögel und Pflanzen gab es dort und mir wurde klar, dass die Geschichten, die man mir über den singenden Stein erzählt hat, keine Märchen sind."

„Was hat man dir darüber denn erzählt?"

„Alle die ihn berührt haben, sind verschwunden und niemals mehr zurückgekehrt."

„Was ist der singende Stein?"

„Es ist eben ein Stein, der singt. Er liegt im Steinkreis im Wald auf dem Hügel oberhalb des Dorfes. Alle Leute im Dorf - auch die ganz alten - sagen, dass er schon immer da liegt, solange sie denken können."

Cassandra war klar, dass es kein gewöhnlicher Stein gewesen sein konnte. In Tanias Sprache schien es wohl keinen anderen Begriff zu geben, der das Objekt, das sie nach Avalon versetzt hatte, besser beschreiben konnte.

„Es war so schwierig, Nahrung zu finden. Alle Pflanzen und Tiere waren mir fremd. Einmal habe ich Beeren gegessen, von denen mir so schlecht wurde, dass ich mich die ganze Nacht übergeben musste."

Cassandra schloss sie in ihre Arme.

„Armes Kind. Jetzt musst du keine Not mehr leiden."

Inzwischen war es dämmrig geworden und Cassandra schaltete, ohne zu überlegen, eine Lampe ein. Tania zuckte zusammen.

„Was hast du, Tania?"

„Das Licht! Wie hast du das Feuer angezündet?"

Cassandra war nun klar, dass sie einen Fehler gemacht hatte. Sie hätte wissen müssen, dass Tania einer Kultur entstammt, die noch keine moderne Technologie entwickelt hat. Nun war es zu spät, sie darauf vorzubereiten. Sie würde aber mit Harpon sprechen, dass er die vielen Roboter, die Haus und Garten pflegten, so umprogrammierte, dass sie ihre Aufgaben nachts erfüllten.

„Das ist ein Licht, das kein Feuer braucht, um zu leuchten."

Cassandra nahm den Schirm der Lampe ab und zeigte Tania die Lichtquelle.

„Siehst du? Ich kann es berühren, ohne mich zu verbrennen."

Mit großen Augen betrachtete Tania die Lichtquelle.

„Eine kleine Sonne ..."

Die Winter auf Avalon waren lang und konnten bitterkalt werden. Deswegen beschlossen Harpon und Cassandra, dass Tania weiterhin im Haus bleiben soll. Sie wollten aber noch einmal zu ihrer Höhle fliegen, um ihre Besitztümer abzuholen.

Gemeinsam mit dem Mädchen gingen sie hinter das Haus zum Gleiterlandeplatz.

Tania war vor dem Fluggerät stehen geblieben und sah Cassandra fragend an.

„Was ist das, Tante Cassandra?"

„Das ist eine Art von Kutsche. Aber sie fährt nicht auf Rädern, sondern sie fliegt durch die Luft."

„Sie fliegt? Wie ein Vogel?"

„So ähnlich."

Sie gingen an Bord und Harpon aktivierte den Gleiter.

„Bitte starte langsam, Harpon. Ich glaube nicht, dass Tanias Magen einen Gewaltstart aushält."

Harpon hob mit dem Gleiter vom Boden ab.

Tania fuhr mit einem Aufschrei zusammen und versteckte sich im Fußbereich des Rücksitzes.

„Ich sagte doch, starte langsam", sagte Cassandra verärgert.

„Für meine Begriffe war das langsam", verteidigte sich Harpon.

Cassandra stand auf und ging zwischen den Vordersitzen hindurch nach hinten, wo sie sich auf den Rücksitz setzte.

„Tania, du brauchst keine Angst zu haben. Komm zu mir."

Tania kletterte aus dem Fußraum auf den Sitz neben Cassandra und klammerte sich ängstlich an ihrem Arm fest. Schon bald aber wich die Angst ihrer kindlichen Neugier und während des ganzen Fluges drückte sie sich die Nase an der Seitenscheibe platt.

„So sehen also die Vögel den Wald."

Vor der Höhle setzte Harpon den Gleiter sanft auf. Sie stiegen aus und nahmen mehrere Tragekisten von der Ladefläche des Gleiters.

„Nimm dir auch so eine Kiste, Tania."

Tania hob einen der Behälter auf und betrachtete ihn nachdenklich.

„Woraus wurde diese Kiste gebaut? Das ist kein Holz."

„Aus Kunststoff."

„Aus Stoff?" Sie strich mit den Fingern über die glatte Oberfläche. „Aber man kann gar keine einzelnen Fäden sehen."

„Das Material wird unter großer Hitze gepresst", erklärte Harpon. „Deswegen ist es so glatt."

„Das ist wirklich ein eigenartiges Land, in dem ihr hier lebt."

Harpon blickte Cassandra an und schmunzelte.

Gemeinsam gingen sie über das Geröllfeld zum Eingang hinauf. In der Höhle sah Cassandra lange Reihen von getrockneten Früchten.

Tania begann sofort, eine Kiste mit dem Obst zu füllen.

„Tania, du willst doch nicht alle Früchte mitnehmen?", fragte Cassandra.

„Aber warum soll ich sie hier lassen? Sie sind noch gut." Sie nahm eine Frucht, biss hinein und hielt sie Cassandra entgegen. „Es wäre ein Vergehen gegen die Natur, wenn wir diese Früchte verderben lassen. Die Waldgeister würden mich dafür bestrafen. Ohne diese Früchte wäre ich verhungert."

Cassandra seufzte und half Tania, das Obst in eine Kiste zu packen.

„Wir werden sehen", meinte sie, „wie wir damit unseren Speiseplan bereichern können."

Tania nahm die Decke, die Cassandra ihr geschenkt hatte aus der Nische, die sie sich als Schlafstelle eingerichtet hatte und faltete sie sauber zusammen. Darunter befand sich eine dicke Schicht Stroh.

„Das Stroh lasse ich liegen. Vielleicht kann hier ein Tier sein Nest bauen."

Cassandra war tief in Gedanken versunken. Sie überlegte, wie sie Tania helfen konnte. Einen Augenblick spielte sie mit dem Gedanken, sie hier zu behalten und wie ihre Tochter zu behandeln. Aber sie glaubte, dass sie nicht das Recht dazu hatte. Sicherlich würden ihre Eltern sie vermissen. Sie war sich auch sicher, dass Tania auf Dauer mit dieser Umgebung nicht zurechtkommen würde. Schweren Herzens gelangte Cassandra zur Einsicht, dass sie wieder zurück gebracht werden musste, in ihre eigene Welt, zu ihren Verwandten und Freunden.

„Bedeutet dir dein Anhänger viel, Tante Cassandra?" Tanias Frage riss sie aus ihren Gedanken.

„Wie kommst du darauf, Tania?"

„Weil du oft damit spielst. Vor allem wenn du nachdenklich bist."

„Ja, Tania. Dieser Anhänger ist sehr wertvoll."

„Darf ich ihn ansehen?"

Cassandra holte den Sternenstein hervor, zeigte ihn Tania aber nur kurz und bedeckte ihn dann mit der Hand.

„Er ist wunderschön. Was ist das?"

„Das ist ein Sternenstein. Er speichert die Kraft der Sterne in sich. Mit einer besonderen Magie kann man diese Kraft wieder freisetzen."

„Dann bist du also doch eine Zauberin?"

„Braucht eine Zauberin einen Stein, um zu zaubern?"

„Nein, davon habe ich noch nie gehört."

„Siehst du. Ich bin also keine Zauberin. Aber ich habe gelernt, mit diesem Stein umzugehen."

„Wo hast du ihn gefunden?"

„In einem weit entfernten Wald lebt ein Volk von Waldmenschen. Sie nennen sich Chelari. Sie haben mir den Stein gegeben und mich gelehrt, wie man damit umgeht."

„Was kannst du damit tun?", fragte das Mädchen neugierig.

„Ich kann Wunden heilen."

„Du kannst Wunden heilen?"

„Ja. Ich bin eine Heilerin."

„Aber wie machst du das?"

„Das ist schwer zu erklären, Tania. Ich sorge dafür, dass die Wunden viel schneller als normal verheilen. Ich kann das mit dem Stein beeinflussen."

Tania sah sie fragend an.

„Ich verstehe das nicht, Tante Cassandra."

„Willst du mir nicht über deine Heimat erzählen, Tania", lenkte Cassandra ab. „Wie heißt das Land, aus dem du kommst?"

„Wir nennen es Auenland."

„Gibt es eine Stadt in der Nähe deiner Heimat?"

„Ja, aber ich war niemals dort. Mein Bruder hat mir von dieser Stadt erzählt. Aber er war froh, als er wieder nach Hause fahren konnte."

„Wie heißt diese Stadt?"

„Ich weiß es nicht. Es ist eben die Stadt."

„Gibt es ein Schloss, eine Burg, oder einen König?"

„Ja, es gibt das Schloss des Königs. Das ist aber weit vom Dorf entfernt. Der König heißt Gundomar."

„Bist du schon mal weiter von deinem Dorf weg gewesen."

„Einmal bin ich so weit gewandert, dass ich erst am späten Abend zurückgekommen bin. Mein Vater war sehr wütend auf mich und ich durfte zwei Tage lang das Haus nicht verlassen."

„Was hast du auf deiner Reise gesehen?"

„Ich war immer im Wald unterwegs. Ich habe mich nicht ins Freie getraut, weil dort die Soldaten unterwegs sind."

Wie sollten sie dem Mädchen unter diesen Voraussetzungen nur helfen, überlegte Cassandra.

Auch Harpon wusste keine Lösung. Selbst die DNA-Analyse eines ihrer Haare hatte zu keinem Ergebnis geführt. Es gab sicherlich hunderte von Welten, auf denen sich humanoides Leben nach einem ähnlichen Schema entwickelt hatte. In Gedanken versunken ging Harpon im Wohnzimmer auf und ab. Plötzlich stutze er. Tania stand vor ihm und sah zu ihm hoch. Im Arm hielt sie ihre Strohpuppe.

„Du hast sie sehr gerne, Onkel Harpon."

„Cassandra? Natürlich habe ich sie sehr gerne, Tania."

„Ich sehe es an deinen Augen. Sie verändern sich, wenn du sie ansiehst."

„Ja, Tania. Und ich bin noch immer in sie verliebt, obwohl wir schon viele Jahre zusammen sind."

„Wie hast du sie kennen gelernt?"

„Ich war damals auf einer langen Reise unterwegs. In einem Land, weit von hier entfernt, habe ich sie zum ersten Mal gesehen. Sie lebte in einer großen Stadt unter Bettlern. Es ging ihr damals nicht gut. Sie war sehr krank. Ich habe sie mit mir genommen und geheilt. Als sie wieder gesund war, haben wir erkannt, dass es zwischen uns eine ungewöhnliche Bindung gibt, viel stärker als die, die normalerweise zwischen Mann und Frau besteht. Gemeinsam gehen wir seitdem unseren Aufgaben nach."

Tania hatte Harpons Worte aufmerksam verfolgt.

„Welche Aufgaben sind das?"

„Wir müssen dafür sorgen, dass Friede unter den Menschen herrscht. Wir kämpfen gegen das Böse und helfen dem Guten."

Allmählich schien sich Tania an das Leben mit den beiden Unsterblichen zu gewöhnen. Viele Dinge wurden für sie zur Gewohnheit.

Aber eines Tages schien sich alles ins Gegenteil zu verkehren.

Jede Lebensfreude schien von ihr zu weichen. Sie wurde immer ruhiger und verschlossener. Oft saß sie stundenlang nur reglos da und sah aus dem Fenster, oder blickte ins Kaminfeuer.

Cassandra machte sich Sorgen, kniete vor dem Kind nieder und sah ihr in die Augen. „Warum bist du so traurig, Tania?"

Tania fiel ihr schluchzend um den Hals.

„Ich habe schreckliche Sehnsucht nach meiner Heimat. Mein armer Vater. Er macht sich sicherlich große Sorgen um mich. Zuerst hat er meine Mutter verloren und jetzt mich."

„Wie hat er deine Mutter verloren?"

„Sie ist bei meiner Geburt verstorben."

„Das tut mir Leid, Tania", sagte sie und strich dem Mädchen über das Haar. „Hast du noch andere Angehörige?"

„Nur noch meinen Bruder Karl."

„Möchtest du wieder zurück nach Hause?"

„Ja. Ich will zu meinem Vater. Bitte hilf mir, dass ich wieder nach Hause komme."

In dieser Nacht erwachten Harpon und Cassandra von einem spitzen Schrei.

Die Tür fuhr auf und kaum hatte sich ein Spalt gebildet, der breit genug war, Tania durchzulassen, kam sie wie ein Blitz ins Zimmer gelaufen und verkroch sich bei Cassandra unter der Bettdecke. Das Mädchen zitterte am ganzen Leib und klammerte sich an sie.

Cassandra spürte, wie heftig Tanias kleines Herz klopfte.

„Was hast du, Tania?"

Ängstlich blickte sie unter der Bettdecke hervor.

„Draußen auf dem Gang ist ein Kobold."

„Ein Kobold?"

„Ja. Er hat mich mit einem großen roten Auge angestarrt."

„Aber warum bist du aufgestanden?"

„Ich habe ein Geräusch gehört und wollte nachsehen."

Cassandra blickte fragend Harpon an. „Was könnte sie gesehen haben?"

Harpon reagierte etwas mürrisch auf die Störung seiner Nachtruhe, erhob sich aber und verließ das Zimmer. Kurz darauf kehrte er wieder zurück.

„Es war nur ein Reinigungsroboter", berichtete er. „Wahrscheinlich hat sie die rote Sensorfläche für ein Auge gehalten."

Cassandra wandte sich dem zitternden Mädchen zu und strich ihr liebevoll über das Haar.

„Das war nur eine Maschine, Tania. Vollkommen ungefährlich. Fühlst du dich sicher bei mir?"

Tania nickte.

„Dann bleib heute Nacht bei mir."

Cassandra und Harpon war nach dem Ereignis der letzten Nacht klar, dass sich das Mädchen niemals an eine Leben in ihrer technisierten Umgebung gewöhnen würde, und dass sie alles in ihrer Macht stehende unternehmen mussten, um das Kind nach Hause zu bringen.

Am nächsten Morgen überlegten sie angestrengt, wie sie Tanias Heimatwelt finden konnten. Es stellte sich auch die Frage, wie sie das Mädchen zurückbringen sollten. Die Reise in einem Raumschiff würde für sie sicherlich einen Schock bedeuten. Auch waren sie sicher, dass das Mädchen niemals verstehen würde, dass sie sie sich auf einer anderen Welt aufhält.

Tania schien zu merken, dass etwas nicht stimmte und sah sie besorgt an.

„Wir überlegen, wie wir dir helfen können, Tania", sagte Cassandra.

„Gibt es in diesem Wald keine Waldgeister?", fragte Tania. „Vielleicht wissen sie, wo meine Heimat ist. Wenn wir ihnen ein Geschenk geben und sie darum bitten, vielleicht helfen sie uns dann."

„Erzähl mir von den Waldgeistern deiner Heimat."

„Sie helfen uns in der Not. Aber sie sind auch sehr streng. Wer die Gesetze des Waldes bricht, den bestrafen sie."

„Wie sieht die Bestrafung aus?"

„Die Menschen verschwinden. Und wenn sie wieder auftauchen, dann sind sie viel älter als vorher."

„Hast du schon mal einen Waldgeist gesehen?"

„Ein paar Mal. Sie sind nur nachts unterwegs und verlassen nie den Wald."

„Wie sehen sie aus?"

„Die meisten sehen aus wie wir. Einige sehen aber auch wie Tiere aus."

„Woher weißt du denn, dass es Waldgeister waren?"

„Weil sie leuchten. Und sie schweben. Ihre Füße berühren nicht den Boden. Einmal hat ein Waldgeist mit mir gesprochen. Das war, als ich meinen zehnten Geburtstag hatte. Er hat mir sogar ein Geschenk gegeben."

„Ein Geschenk? Was hat er dir gegeben?"

„Eine Blume. Aber es ist eine besondere Blume. Sie verwelkt nicht."

„Tania, ich werde versuchen, einen Waldgeist herbeizurufen."

Cassandra rief in Gedanken nach ihrer Mutter. Sie sprach mit ihr darüber ihr, was geschehen war, und bat sie um Hilfe. Den mächtigen Yr musste es doch möglich sein, herauszufinden von welcher Welt Tania stammte.

Spät nachts kam Demeter nach Avalon.

Harpon beobachtete fasziniert, wie dieses mächtige Wesen vor ihm und seiner Frau materialisierte. Die Ähnlichkeit zwischen ihr und Cassandra verblüffte ihn erneut. Nur an Demeters Augen erkannte er, dass sie eine der nahezu allmächtigen Yr war, denn dort sah man die Macht der Götter.

Cassandra umarmte ihre Mutter zur Begrüßung. Auch Harpon schloss sie kurz in seine Arme. Er stellte mit Beruhigung fest, dass sich das angespannte Verhältnis zwischen ihm und ihr im Laufe der Jahre immer mehr verbesserte. Demeter war ursprünglich gegen eine Verbindung zwischen Harpon und ihrer Tochter gewesen. Nur langsam schwand ihr Misstrauen dem Unsterblichen gegenüber.

„Tania findet sich in unserer Umgebung nicht zurecht", erklärte Cassandra. „Im Wald hat sie monatelang alleine gelebt. Aber hier im Haus erschrecken sie die einfachsten Dinge. Sie hat mir von den Geistern ihrer Heimat erzählt. Sie scheinen mächtig genug zu sein, um Menschen an einen anderen Ort zu versetzen. Wir können sie nicht mit einem Raumschiff zurück bringen. Das würde einen weiteren Schock für sie bedeuten. Wir dachten, vielleicht könntest du als Waldgeist erscheinen und sie nach Hause bringen."

Cassandra führte ihre Mutter in Tanias Zimmer. Sie betrachteten das friedlich schlafende Mädchen. Demeter konzentrierte sich und nach ein paar Minuten gab sie ihrer Tochter ein Zeichen und sie schlichen leise aus dem Raum.

„Ich muss erst mit den anderen Yr sprechen. Eigentlich ist mir diese Einmischung verboten, aber ich sehe keinen Grund, warum ich diesem Mädchen nicht helfen sollte."

In der nächsten Nacht erschien Demeter erneut.

„Wir haben uns beraten und entschieden, dass ich euch nach Hadante 3 bringen soll. Harpon, sorge dafür, dass der singende Stein seine Funktion einstellt. Fremde Mächte haben vor Jahrtausenden in diese friedliche Welt eingegriffen und ihre Ordnung gestört. Aus diesem Grund darf ich euch helfen. Seid auf einen Kampf vorbereitet."

„Kannst du uns nicht mehr über diese Welt erzählen? Was erwartet uns dort?", fragte Cassandra.

„Kind, ich habe dir alles gesagt, was ich sagen darf."

Am darauf folgenden Tag sprach Cassandra mit Tania.

„Heute werden wir in den Wald gehen. Ich werde versuchen, einen Waldgeist herbeizurufen."

„Glaubst du, dass sie mir helfen können, Tante Cassandra?", fragte Tania und sah sie aus großen Augen an.

„Ich bin mir sicher, dass sie das können."

Cassandra, Harpon und Tania waren in den Park hinausgegangen. Der rote Schein der untergehenden Sonne überzog die winterliche Landschaft mit einem goldenen Schimmer. Sie achteten aber nur wenig auf die Schönheiten der Natur, denn ihre Gedanken waren bei Tania und dem bevorstehenden Auftrag. Der hart gefrorene Schnee knirschte unter ihren Stiefeln und die kalte Winterluft stach mit eisigen Nadeln in ihre Gesichter.

Unterwegs sahen sie viele Spuren von Tieren im Schnee. Eine Fährte fiel ihnen besonders auf, denn das Tier schien nur auf drei Beinen zu laufen. Blutstropfen im Schnee deuteten darauf hin, dass es verletzt war. Sie folgten der Spur zu einem tief herunterhängenden Ast eines Baumes. Dort versteckte sich das Tier und blickte ihnen aus kleinen schwarzen Augen ängstlich entgegen.

Cassandra bückte sich und redete beruhigend auf das kleine Geschöpf ein. Schließlich streckte es ihr seine winzige Schnauze schnuppernd entgegen und kam humpelnd unter dem Ast hervor, wobei es den rechten Vorderlauf hochgezogen hielt. Es hatte schwarzes, glänzendes Fell mit braunen Streifen und einen langen, schlanken Körper. Cassandra nahm ihren Sternenstein in die Hand und ließ das kleine Geschöpf einschlafen. Dann bat sie Tania niederzuknien und legte ihr das schlafende Tier in die Arme.

Tania strich über das seidige Fell und legte schützend einen Arm um das Geschöpf. Sie fühlte deutlich, wie der kleine Körper zitterte und schwer atmete.

Cassandra untersuchte mit Hilfe des Sternensteines den verletzten Lauf. Es war eine Bisswunde, stellte sie fest. Ein Knochenstück war abgesplittert und hatte eine Sehne verletzt. Sie ließ das Knochenstück wieder anwachsen und verheilte die Sehne und den Lauf des Tieres. Dann weckte Cassandra das Tier wieder auf.

Das kleine Geschöpf richtete sich in Tanias Armen auf. Zuerst zögerte es, die rechte Vorderpfote aufzusetzen. Dann sprang es mit einem Satz auf den Boden. Es drehte es sich noch einmal um und blickte Tania und Cassandra an. Dann fiepte es mehrmals und huschte davon.

Tania blickte dem Tier nach und wischte sich eine Träne aus dem Auge. „Pass auf dich auf, kleiner Freund."

Unter den weit ausladenden Ästen eines der höchsten Bäume waren sie stehen geblieben und Cassandra rief mit ihrer Gedankenstimme nach ihrer Mutter. Dann sagte sie laut: „Ich rufe euch, ihr Geister des Waldes. Ich bitte euch, erscheint und helft einem kleinen Mädchen. Bringt es wieder nach Hause."

Dann warteten sie angespannt. Es war ungewöhnlich still in dieser beginnenden Nacht. Nur ihre angestrengten Atemzüge waren zu vernehmen.

„Glaubst du, dass sie erscheinen werden, Tante Cassandra?", fragte Tania im Flüsterton.

Sie sah die Verzweiflung in Tanias Augen, bückte sich und umarmte sie.

„Du hast ein reines Herz, kleine Tania. Warum sollten sie dir also nicht helfen?"

„Cassandra!", vernahm sie Harpons Stimme.

Sie blickte sofort auf und sah eine in helles Licht gehüllte Gestalt zwischen den Bäumen hervor schweben. Die Arme hatte sie ausgebreitet, als wolle sie die Anwesenden umarmen.

Tania griff nach Cassandras Hand und drückte sie fest.

Die Erscheinung schwebte langsam näher und verharrte schließlich vor ihnen, ohne dass sie den Boden berührte. Im silbernen Lichtschein, den das Wesen umfloss, war nur schemenhaft das Gesicht einer Frau auszumachen.

Tania zitterte, ließ aber dennoch Cassandras Hand los. Sie zögerte kurz, bevor sie einen Schritt auf die Erscheinung zuging und sich niederkniete.

„Ehrenwerte Waldgeistfrau", sagte sie mit weinerlicher Stimme. „Ich bitte Euch, bringt mich zurück in den Wald meiner Heimat. Ich habe hier in diesem fremden Wald nicht viel, was ich Euch schenken könnte. Aber wenn Ihr wollt, dann könnt Ihr zu Hause von mir alles haben, was ich besitze. Bitte helft mir. Bitte nehmt meine Opfer an."

Sie legte vor der Erscheinung einen Apfel und ein kleines Stück Kuchen in den Schnee.

„Steh auf, kleine Tania, und sieh mich an", sagte eine milde Stimme.

Nur zögernd richtete sich Tania auf und blickte hoch. Die Erscheinung schwebte näher und hielt eine Armlänge vor Tania an. Ein wohlwollendes Lächeln umspielte die Lippen.

„Morgen Abend bei Sonnenuntergang werde ich wieder hier erscheinen, kleine Tania. Dann werde ich dich nach Hause bringen."

Demeter wich langsam von der Gruppe zurück und entfernte sich zwischen den Bäumen.

Tania blickte zu Boden. Die Opfergaben waren verschwunden.

„Die Waldgeistfrau hat meine Opfer angenommen. Das ist ein gutes Zeichen."

Am nächsten Tag, kurz nach dem Frühstück, schnürte Tania ihre wenigen Habseligkeiten zu einem kleinen Bündel zusammen. Dann saß sie still auf ihrem Bett, sah aus dem Fenster und wartete auf den Sonnenuntergang.

Als Cassandra Tanias Zimmer betrat, traf sie der flehende Blick des Mädchens. Sie setzte sich neben sie aufs Bett und blickte ihr in die Augen.

„Alles wird wieder gut werden, Tania."

Sie umarmte Tania und hielt sie lange Zeit fest. Es stimmte Cassandra traurig, dass sie sich wohl nun bald von ihr verabschieden würde. Aber dieses Kind musste ich seine gewohnte Umgebung, in seine Heimat, zurückgebracht werden.

Auch Harpon und Cassandra stellten ihre Ausrüstung zusammen. Der Ritter bewaffnete sich mit einem Stiefelmesser, einem Dolch und seinem Breitschwert, dem Schwert des Antares. Cassandra wählte einen kleinen Dolch, den sie am rechten Unterschenkel befestigte.

„Wie fühlst du dich, Harpon?"

„Wie vor jedem Einsatz. Es ist nichts Ungewöhnliches. Aber du scheinst etwas bedrückt zu sein."

„Es ist… nur ein vages Gefühl. Ich kann es nicht beschreiben."

„Vielleicht ist Tania der Grund dafür. Ich glaube sie wird dir fehlen."

Cassandra seufzte tief.

„Wahrscheinlich hast du Recht."

Trotzdem beschlich Cassandra ein ungutes Gefühl, das sie noch vor keinem andern Einsatz verspürt hatte.

Kurz vor Sonnenuntergang gingen sie in den Park hinaus.

Sie brauchten nicht lange zu warten, bis die lichte Gestalt wieder vor ihnen erschien.

„Schließe die Augen, Tania", sagte Demeter, „und zähle bis drei."

Sie fanden sich auf einer kleinen Lichtung wieder, in deren Zentrum ein Kreis aus kniehohen Steinen errichtet worden war. Demeter winkte ihnen kurz zu und entmaterialisierte wieder.

Harpons Aufmerksamkeit wurde sofort von dem Objekt angezogen, das sich in dessen Mitte befand. Es war zweifelsohne künstlicher Natur, von annähernd halbrunder Form. Irgendetwas Ungewöhnliches ging davon aus, das sich über seine Gedanken legte und eine leichte Übelkeit verursachte. Ein unangenehmer Klang ging von dem Artefakt aus, der einen Druck auf den Ohren erzeugte und andere Geräusche langsam überlagerte.

„Du kannst die Augen jetzt wieder aufmachen, Tania", vernahm er undeutlich Cassandras Stimme.

Dann hörte Harpon Tanias freudigen Aufschrei.

„Ich bin wieder zuhause! Ich bin wieder zuhause!"

Wie ein Blitz sauste das Mädchen auf einen schmalen Pfad zu, der von der Lichtung weg in den Wald hinein führte.

Cassandra beeilte sich, hinter ihr herzukommen.

Harpon hätte sich gerne näher mit dem Objekt befasst. Er konnte es aber nicht zulassen, dass seine Frau auf einer fremden Welt hinter einem kleinen Mädchen her durch einen Wald voller unbekannter Gefahren lief. Er warf noch einmal einen Blick auf das Artefakt, dann rannte er hinter seiner Frau her.

Der Pfad führte nach ein paar hundert Schritten aus dem Wald hinaus und mündete schließlich in einen Feldweg, der sich einen flachen Hügel hinab wand. Die Schwerkraft war annähernd Standard, stellte Harpon fest. Die Luft war kalt, aber frisch und sauerstoffreich. Das Jahr schien noch nicht so weit fortgeschritten zu sein, wie auf Avalon. Er legte die Jacke ab, unter der es ihm allmählich zu warm wurde und sah sich um. Die Vegetation unterschied sich kaum von der Avalons. Sogar die Stimmen der Tiere, die den Wald erfüllten, kamen ihm vertraut vor. Eigentlich ist es eine paradiesische Welt, dachte er.

Hinter einer Gruppe von Büschen war Tania plötzlich stehen geblieben.

Cassandra hatte sie soeben erreicht. Auch in ihrem Gesicht zeigte sich nun Entsetzen.

Harpon trat neben sie und folgte ihrem Blick. Er erblickte eine rauchgeschwärzte Ruine. Es musste einst ein großes Haus gewesen sein. Aber jetzt waren davon nur noch die Grundmauern und ein paar verkohlte Dachbalken übrig.

„Das waren wahrscheinlich die Steuereintreiber", sagte Tania.

„Die Steuereintreiber brennen eure Höfe nieder?", fragte Cassandra ungläubig.

„Wenn die Bauern ihre Steuern nicht bezahlen können, dann werden ihre Häuser niedergebrannt und die Familie wird in den Kerker geworfen. Wenn sie nur einen Teil der Steuern nicht bezahlen können, dann werden sie bestraft. Hoffentlich haben sie meinem Vater nichts getan."

„Wo liegt der Hof deines Vaters, Tania?"

„Hinter dem nächsten Hügel."

Tania lief den Weg weiter die nächste Anhöhe hinauf. Auf ihren kleinen Füssen kam sie so schnell vorwärts, dass Harpon und Cassandra ihr nur mit Mühe folgen konnten.

Sie sahen noch, dass das Mädchen auf der Kuppe kurz stehen blieb. Dann verschwand es aus ihrem Blickfeld.

Endlich erreichten auch Harpon und Cassandra die höchste Stelle des Weges und hielten an. Ihr Blick glitt weit den flachen Hügel hinunter. Grüne Wiesen und Felder erstreckten sich, so weit das Auge reichte. Saftiges Gras wiegte sich im Wind. Ein Bach schlängelte sich an einer Gruppe großer Bäume vorbei, in deren Schatten die Kate von Tanias Vater stand. Rauch drang aus dem Schornstein. Weiter vorne auf dem Feldweg sahen sie Tanias roten Haarschopf auf das Haus zueilen.

Tanias Vater Erril war ein großer, hagerer Mann, mit schweren, schwieligen Händen. Seine Gesichtshaut war während seiner jahrelangen Arbeit im Freien von Wind und Wetter gegerbt worden. Das Alter hatte seinen Rücken schon etwas gebeugt und seine Haare zeigten erste Spuren von Grau, aber der Blick aus seinen dunklen Augen war noch immer klar und verriet einen wachen Verstand. Er arbeitete im Stall und warf gerade eine weitere Gabel voll Heu in den Futtertrog seiner einzigen Kuh, als er stutzte. Erril glaubte, er hätte ein feines Stimmchen rufen hören. Obwohl er angestrengt lauschte, konnte er jedoch außer den schnaubenden Geräuschen der Tiere neben sich nichts anderes mehr hören. Er hatte sich wohl getäuscht, dachte er sich und schüttelte den Kopf. Wieder stach der Bauer die Gabel ins Heu und wollte sie gerade anheben, als er erneut die Stimme hörte. Achtlos ließ er das Werkzeug fallen und lief ins Freie.

„Papi!"

Nein, das konnte unmöglich wahr sein. Das war die Stimme seiner vermissten Tochter. Er lief um das Haus herum in Richtung des Weges, der daran vorbei zum Wald hinaufführte.

Plötzlich tauchte hinter dem verwitterten Gartenzaun ein roter Haarschopf auf, der auf das Tor zueilte.

„Papi!"

„Tania!"

Ein Stich fuhr durch Errils Herz, als er sah, wie seine Tochter mit vor Glück strahlenden Augen auf ihn zugelaufen kam. Er machte drei große Schritte auf sie zu, dann fiel sie in seine Arme. Erril drückte sie vor Freude an sich, hob sie hoch, und umarmte sie erneut. Dann vermischten sich seine Tränen mit ihren.

Cassandra und Harpon waren unter dem Tor stehen geblieben. Erril hatte seine Tochter gerade wieder auf die Füße gestellt. Als sie die Besucher sah, nahm sie die Hand ihres Vaters und zog ihn zu ihnen hin.

„Sie haben mir geholfen, in dem fremden Wald zu überleben."

Währen Tania ihrem Vater erzählte, was sie erlebt hatte, sah sich Cassandra um. Zu ihren Linken befand sich die kleine Kate, vor der eine alte, wackelige Holzbank stand. Das Haus bräuchte dringend einen frischen Anstrich, dachte sie sich, und das Strohdach war auch schon seit vielen Jahren nicht mehr neu gedeckt worden. Vor dem Haus war ein freier Platz, an den ein verwilderter Gemüsegarten und der Stall angrenzten.

„Ich danke Euch dafür, dass Ihr meiner Tochter geholfen habt!", sagte Erril, als Tania ihre Erzählung beendet hatte und umarmte Harpon und Cassandra kurz.

Tania sah sich suchend um. „Wo ist Karl?"

„Er ist in die Stadt gefahren, auf den Markt. Morgen wird er wieder hier sein."

„Bitte, kommt ins Haus", bat Erril seine Gäste. „Seid meine Gäste, so lange ihr wollt."

Die alten Dielen knarrten bedenklich, als sie die Stube betraten. Durch zwei kleine Fenster fiel nur wenig Licht herein. An der linken Wand standen eine Bank, davor ein klobiger Tisch und einfache Holzstühle. Rechts erblickte Cassandra einen Ofen und daneben ein offenes Regal mit Töpfen und Geschirr. Auf einer Fensterbank lagen ein paar Bücher mit abgewetztem Einband.

„Bitte setzt euch", bat sie Erril.

Tania lief zum Regal und holte Tassen hervor, die sie vor ihre Gäste auf den Tisch stellte.

„Mögt ihr frische Milch und Butter?", fragte der Bauer.

„Gerne", antwortete Cassandra mit einem Lächeln.

„Ist sie im Keller?", fragte Tania ihren Vater.

„Ja. Bei den Vorräten."

Tania lief aus der Stube ins Freie. Offensichtlich war der Keller nur von außen zu erreichen, überlegte Cassandra und sah sich in der Stube um. Auch hier war schon seit vielen Jahren nichts mehr erneuert worden. Die niedrige Decke und die Wände hätten dringend neue Farbe gebraucht. Die zersprungene Scheibe eines Fensters war notdürftig mit einem alten Brett repariert worden. Auf dem Tisch standen ein Korb voll Brot und eine Öllampe.

„Warum hat sie nur den singenden Stein berührt?",
überlegte Erril laut, während er einen Laib Brot holte.
„Ich hatte sie immer davor gewarnt."

„Wichtig ist, dass sie wieder zuhause ist", lenkte
Cassandra ab.

Tania betrat wieder die Stube. Sie trug einen Krug
mit sich und einen Teller, der mit einem weißen Tuch
abgedeckt war. Das Mädchen lächelte Cassandra an
und füllte die Tassen, während Erril dicke Scheiben
vom Brot abschnitt und mit Butter bestrich.

„Erril, auf dem Weg hierher kamen wir an den Über-
resten eines Hofes vorbei", durchbrach Harpon das
Schweigen. „Tania meinte, die Steuereintreiber hätten
ihn niedergebrannt. Ist das wahr?"

„Ja, das ist wahr", antwortete Erril und tat einen
tiefen Seufzer. „Die Höfe der Bauern, die ihre Steuern
nicht zahlen können, werden niedergebrannt und die
Menschen verschwinden in den Kerkern des Fürsten.
Nie ist von dort jemand zurückgekehrt. Es wird ge-
munkelt, dass sie als Sklaven ins Ausland verkauft
werden."

Tania setzte sich neben ihren Vater auf die Bank
und hielt sich an seinem Arm fest.

„Es war nicht immer so", setzte Erril fort. „Früher
mussten wir einen Zehnten an den Fürsten abgeben.
Vor etwa vier Jahren ging es dann los, dass die Steuersätze immer weiter erhöht wurden. Das war kurz
nachdem Fürst Sigmar verunglückt war und sein
Bruder die Nachfolge angetreten hatte. Ich kann mich
noch gut erinnern, wie der Ausrufer des Fürsten auf
dem Marktplatz erschienen ist. Nachdem er die erste
Steuererhöhung bekannt gegeben hatte, hat ihm ein
erboster Mann einen Stein an den Kopf geworfen. Der
Mann wurde sofort von den fürstlichen Wachen fest-
genommen und vor den Augen seiner Familie haben
sie ihm die rechte Hand abgeschlagen."

„Das ist barbarisch", entsetzte sich Cassandra.

„Und wie hoch ist die Steuer jetzt?", fragte Harpon.

„Wir müssen zehn Silberstücke hergeben."

„Das sagt mir nichts. Wie viel bleibt Euch im Jahr
übrig?"

„In diesem Jahr habe ich nur acht Silberstücke er-
wirtschaftet."

„Dieser Fürst ist ein Tyrann. Wie kann er die Steuer
auf einen festen Betrag legen? Was ist, wenn die
Erträge in einem Jahr niedriger ausfallen?", entrüstete
sich Cassandra.

„Wir schuften auf den Feldern von Sonnenaufgang
bis Untergang, und trotzdem reicht das Geld nicht
aus. Dass uns die Steuereintreiben auspeitschen, weil
wir nicht die volle Steuer bezahlen können, ist schon
fast zur Gewohnheit geworden."

Es war spät geworden und Harpon und Cassandra
wollten sich zur Ruhe begeben. Tania hatte eine kleine
Kammer für die Gäste vorbereitet.

Das ächzende Knarren der alten Holzdielen erfüllte
den Raum, als die Unsterblichen den Raum betraten.
Der Schein der Kerze, die Harpon hochhielt, erhellte
das Zimmer kaum. So wirkte es düster und wenig
einladend, doch hier war ihre Bleibe.

Das alte Ehebett mit seinen hundert Lagen Decken,
ein schiefer Tisch, zwei wacklige Stühle und eine
kleine, wurmstichige Kommode füllten den Raum so
weit, dass sie kaum die in den Angeln quietschende
Türe hinter sich schließen konnten. Sie legten die
Kleidung ab und kuschelten sich unter die alten
Decken.

Mitten in der Nacht war Harpon hoch geschreckt. Sein
Puls raste und sein Haar klebte an seiner schweiß-
nassen Stirn.

Harpon hatte geträumt. Er hatte in einen dunklen
Schacht geblickt. Tief unten hatte er Cassandra liegen
sehen, mit verdrehten, gebrochenen Gliedern, in der
Lache ihres eigenen Blutes. Ihre toten Augen hatten
ins Unendliche gestarrt.

Schläfrig richtete sich Cassandra neben ihm auf.

Harpon nahm sie in seine Arme und drückte sie fest
an sich.

„Was hast du nur?", fragte sie beunruhigt. Sie legte die Hand auf seine Brust und spürte sein Herz rasen. „Was hat dich so erschreckt?".

„Es war nichts", versuchte er sie zu beruhigen. „Nur ein Traum. Es war nur ein Traum."

Am nächsten Morgen führte Tania Harpon und Cassandra hinter der Kate die sanft abfallende Wiese hinunter zwischen alten Obstbäumen hindurch zum Ufer des kleinen Sees. Sie gingen ein Stück an dem Gewässer entlang, und gelangten schließlich zu einem einzelnen Baum, der seine langen Zweige ins Wasser hängen ließ. Tania brachte sie in den kühlen Schatten unter seinen Ästen an ein schlichtes Grab heran, einen dicht mit Blumen bewachsenen flachen Erdhügel, den man mit Natursteinen eingefasst hatte. Am Kopfende stand aufrecht ein größerer Stein, in den ein paar Schriftzeichen eingemeißelt waren.

„Hier hat mein Vater meine Mutter zur letzten Ruhe niedergelegt und diesen Baum gepflanzt. Für uns ist das ein heiliger Ort."

Schweigend verweilten sie neben der Ruhestätte der Verstorbenen.

Der Wind strich sanft durch die Krone des Baumes. Ein paar Vögel hüpften zwitschernd von Ast zu Ast.

Cassandra fühlte den Frieden und die Ruhe dieses Ortes. Aber da war auch noch mehr. Es war eine Magie, die vom Grab auszugehen schien. Sie versuchte mit ihren telepathischen Sinnen die Quelle dieser Verzauberung auszumachen. Da hörte sie Schritte im Gras näher kommen und eine laute Stimme zerriss die Stille.

„Tania, wie kannst du es wagen, diese Fremden hierher zu bringen?".

Es war ihr Bruder Karl. Mit dunklen, vor Zorn funkelnden Augen blickte er seine Schwester an. Er war etwa zwanzig Jahre alt und ungefähr so groß wie Harpon, aber sehr mager. Sein dunkles Haar stand unordentlich von seinem Kopf ab.

„Das sind keine Fremden. Das sind meine Freunde", verteidigte sich Tania mit schriller Stimme.

„Aber für mich sind es Fremde. Ich will nicht, dass sie diesen Ort betreten."

„Aber ich will es. Du urteilst viel zu schnell. Du weißt gar nicht, was passiert ist. Ich war sehr krank. Ich spürte, wie sich das Winterfieber in meinem Körper ausbreitet. Aber ich konnte die Kräuter nicht finden, die das Fieber vertreiben. Es ging mir jeden Tag schlechter und ich dachte schon, ich würde sterben. Cassandra hat mich geheilt. Sie hat mir das Leben gerettet. Auch vorher schon kam sie jeden Tag an meine Höhle. Ich war abweisend und habe nicht mit ihr gesprochen. Und trotzdem hat sie sich um mich gekümmert."

„Bring sie von hier weg", sagte er mit finsterem Gesicht, drehte sich um und entfernte sich, ohne Cassandra und Harpon eines Blickes zu würdigen.

„Er gibt immer noch mir die Schuld dafür, dass unsere Mutter gestorben ist", sagte Tania. Eine Träne lief über ihre Wange. „Aber ich kann doch nichts dafür."

Cassandra umarmte das schluchzende Mädchen und strich ihr über den Kopf.

„Nein. Es war nicht deine Schuld, Tania."

„Aber warum sagt er es dann?"

„Weil er nicht damit zurechtkommt."

Cassandra warf noch einmal einen Blick auf das Grab.

„Das ist ein Ort der Ruhe und des Friedens, Tania. Ihr hättet keinen besseren Platz für eure Mutter finden können."

Dann wandten sie sich ab und gingen schweigend zurück zur Kate.

Eigentlich wollten Harpon und Cassandra nur noch den singenden Stein untersuchen, und dann diese Welt wieder verlassen. Aber alles kam anders.

Sie saßen alle in der Küche der kleinen Kate, als sie plötzlich Hufgetrappel und laute Stimmen hörten. Erril ging ins Freie, um zu sehen, wer auf den Hof kam. Tania lief bis unter die Türe und sah ihm nach. Sie erschrak und begann am ganzen Leib zu zittern.

„Oh, nein. Die Steuereintreiber des Königs."

Ein Karren war vor das Haus gefahren, auf dessen Ladefläche ein großer Käfig befestigt war. Vier bewaffnete Reiter folgten dem Gefährt und verteilten sich im Hof. Zwei der Soldaten waren von ihren Pferden gestiegen. Sie gingen nun auf Erril zu und bauten sich drohend vor ihm auf.

„Bauer, im Namen des Königs fordere ich dich auf, deine Jahressteuer in Höhe von zehn Silbermünzen zu entrichten."

„Habt Erbarmen, Herr", flehte Erril. „Das Wetter war nicht gut für das Korn. Die Ernte fiel schlecht aus. Ich habe keine zehn Silbermünzen."

„Wie viel kannst du bezahlen, Bauer?"

„Sieben Münzen kann ich Euch geben. Ich verspreche, dass ich die restlichen drei im nächsten Jahr bezahlen werde."

„Wir sind kein Leihhaus. Gib uns die sieben Münzen und empfange die Strafe."

Zwei Männer stiegen vom Kutschbock. Einer holte eine Peitsche vom Wagen und rollte sie aus. Der andere musste eine besondere Stellung einnehmen, da sich seine Uniform von den anderen unterschied. Breite Schulterklappen kennzeichneten seinen Status. Wahrscheinlich ist es ein Offizier, überlegte Harpon. Die beiden Soldaten rissen Erril das Hemd vom Leib und stießen ihn vor die Seitenwand des Wagens. Seine Arme wurden an den Wagen gefesselt und der Mann mit der Peitsche stellte sich hinter ihm auf.

„Keine Angst, kleine Tania", sagte Erril zu seiner Tochter. „Ich werde das überleben. Du weißt, was sie Bauer Rakal angetan haben. Das hier ist nicht so schlimm."

Tania stellte sich schützend vor ihren Vater.

„Nein, das dürft Ihr nicht tun! Ihr dürft meinen Vater nicht schlagen!"

Einer der Steuereintreiber schlug ihr ins Gesicht und stieß sie zur Seite.

Ehe es Harpon verhindern konnte, war Cassandra ins Freie gelaufen und sah nach Tania. Dem Mädchen liefen Tränen über die Wangen und die Nase blutete.

„Wie könnt Ihr es wagen, dieses Kind zu schlagen!",
schrie sie die Männer an. „Sie hat Euch nichts getan."
„Misch dich nicht ein, Weib. Es geht dich nichts an."
„Es geht mich sehr wohl etwas an, wenn ein un-
schuldiges Kind geschlagen wird."

Harpon trat nach draußen, um die Szene besser ü-
berblicken zu können. Tania kauerte am Boden,
daneben kniete Cassandra. Hinter Erril stand ein
Mann mit einer Peitsche, links daneben ein anderer.
Zwei Soldaten saßen auf ihren Pferden und zwei standen rechts von Erril. Harpon verfluchte die Tatsache,
dass sein Schwert in dem Zimmer lag, in dem sie
übernachtet hatten.

„Wegen lächerlicher drei Münzen wollt Ihr einen
Mann auspeitschen?", fuhr Cassandra den Offizier an.
„Gebt uns einen Tag Zeit und wir besorgen das Geld."

Cassandra richtete sich wieder auf und half Tania
mit hoch. Dabei wendete sie dem Offizier den Rücken
zu.

Harpon wollte auf seine Frau zugehen, um sie und
Tania aus der Gefahrenzone zu holen, als der Offizier
plötzlich von hinten an sie heran trat und ihr ein
Messer an die Kehle hielt.

Harpon legte die Hand auf den Griff seines Dolches,
wusste aber, dass er mit dieser Waffe nicht gegen
sechs Männer kämpfen konnte. Alleine wäre er mit
diesem Pack fertig geworden, aber nicht wenn einer
davon seine Frau bedrohte.

„Wir sind nicht hier, um zu verhandeln. Merkt euch
das", sagte der Offizier. „Ist das deine Frau?", fragte er
an Harpon gewandt.

„Ja, sie ist meine Frau."

„Sie wird auf dem Sklavenmarkt einen hübschen
Gewinn einbringen", meinte er hämisch grinsend,
während er sie wie ein Stück Vieh betrachtete.

Harpon wollte auf den Offizier zugehen. Aber der riss
Cassandras Kopf zurück und zerrte sie zur Rückseite
des Wagens, wo die Soldaten schon den Käfig öffneten. Sie banden Cassandra die Hände auf den Rücken
zusammen und warfen sie unsanft ins schmutzige
Innere.

Tausend Drohungen wären nun auf Harpons Lippen gelegen. Jede Provokation hätte die Situation aber nur weiter verschärft. Er biss die Zähne zusammen und schwieg. Aber er prägte sich das Gesicht des Offiziers gut ein.

Die Soldaten lösten Errils Fesseln und stießen ihn vom Wagen weg. Dann stiegen sie auf ihre Pferde und warteten, bis der Offizier und sein Begleiter auf den Kutschbock geklettert waren.

Der Anführer blickte noch einmal abwertend zu Harpon hinab, dann gab er ein Zeichen und der Karren rollte vom Hof, flankiert von den vier Reitern.

Cassandra hielt noch so lange Harpons Blick fest, bis sie aus dem Hof gerollt waren.

„Mach dir keine Sorgen, Harpon", sagte sie mit ihrer Gedankenstimme. *„Sobald ich an meinen Sternenstein herankomme, werde ich mich befreien. Der Fürst wird sein blaues Wunder erleben."*

„Warum hast du den Angriff nicht vorhergesehen, Cassandra?"

„Ich weiß es nicht. Der Mann, der mich mit dem Messer bedroht hat, sitzt vorne auf dem Kutschbock. Ich habe ihn beobachtet. Es ist eigenartig, sehr eigenartig. Ich kann seine Gedanken und Gefühle nicht lesen. Fast könnte man meinen, er sei kein Mensch."

„Ist er womöglich ein Androide?"

„Wie sollte ein Androide auf diese unbedeutende Welt gelangen?"

„Sie haben auch einen singenden Stein. Schon vergessen?"

„Ich glaube eher, dass er eine natürliche Immunität gegen meine Kräfte hat."

Tania fiel weinend in die Arme ihres Vaters.

„Wo wird sie hingebracht?", fragte Harpon.

„Auf das Anwesen des Fürsten", antwortete Erril. Die Farbe war aus seinem Gesicht gewichen. „Ihr habt mir meine Tochter zurückgebracht. Aber jetzt habt Ihr Eure Frau verloren. Wie kann ich das jemals wieder gutmachen?"

Cassandra versuchte verzweifelt, die Fesseln aufzubekommen. Aber je mehr sie daran zerrte, umso stärker zogen sie sich zusammen und schnitten schmerzhaft in ihre Arme und Handgelenke. Schließlich gab sie ihre nutzlosen Versuche auf, und sah sich im Käfig um, auf der Suche nach einem Gegenstand, an dem sie die Fesseln durchscheuern konnte. Wenn sie nur irgendwie unbemerkt an das Messer gelangen könnte, das sie am rechten Unterschenkel befestigt hatte.

„Gib dir keine Mühe, Weib. Wir verstehen unser Handwerk", sagte einer der Soldaten, die neben dem Wagen ritten.

Die anderen lachten. In ihren Gedanken konnte sie die Zweideutigkeit dieser Bemerkung lesen. Es wurde den Soldaten oft gestattet, sich mit den weiblichen Gefangenen zu vergnügen, es sei denn, sie sollten als Sklaven verkauft werden. Nur wenn sie körperlich unversehrt waren, erzielten sie den erhofften hohen Gewinn.

Kilometer um Kilometer rumpelte der Wagen über den ausgefahrenen Weg.

„Ich habe Durst", sagte Cassandra zu den beiden Männern, die auf dem Kutschbock saßen. „Bekommen Eure Gefangenen niemals etwas zu trinken?"

„Du wirst dich noch etwas gedulden müssen, Weib. In ein paar Kilometern kommen wir an eine Viehtränke. Dann kannst du Wasser bekommen."

Die Sonne hatte schon den höchsten Punkt ihrer Bahn überschritten, als der Wagen auf ein hohes Tor zufuhr. Zwei Wachen versperrten den Weg und der Kutscher hielt die Pferde an.

„Was habt Ihr geladen?"

„Eine Gefangene für den Markt."

Eine Wache trat seitlich an den Wagen heran und musterte Cassandra. Ein lüsternes Grinsen breitete sich auf seinem Gesicht aus.

„Für den Markt? Wie schade. Ich hätte sie gerne selbst zu mir ins Bett geholt."

„Wagt es, und Ihr werdet Euer blaues Wunder erleben", fauchte Cassandra ihn an. Ihre Augen blitzten zornig.

„Sieh an. Sie hat Temperament. Das mag ich. Wie viel wird sie wohl auf dem Markt bringen?"

„200 oder 250. Sie scheint sogar noch alle Zähne zu haben."

Von hinten rief jemand mit lauter Stimme: „Was dauert denn das so lange? Glaubt Ihr, dass ich hier den ganzen Tag warten will?"

Die Wache winkte den Wagen weiter und wandte sich den Schreihals zu. „Na da wollen wir mal sehen, wer es da so eilig hat."

Der Wagen rollte durch das Tor in einen weiten Innenhof. Stimmengewirr und Schreie drangen an Cassandras Ohren. Die stickige, heiße Luft, die zwischen den hohen Mauern hing, bewegte sich kaum. Der Geruch von Pferden und Abfällen mischte sich mit dem von menschlichen Ausscheidungen. Viele andere Wagen mit Käfigen voller Gefangenen standen hier. Ein leerer Wagen fuhr ihr entgegen. An einer Stelle wurde gerade ein Galgen aufgestellt. Soldaten und Reiter begegneten ihr, die sie neugierig musterten. Cassandra sah aneinander gekettete Gefangene, die über den Hof getrieben wurden.

Der Wagen rollte weiter auf das größte der Gebäude zu, bog dann nach links ab hinter die schattige Rückseite und hielt schließlich vor einem breiten Eingang an. Der Kutschbock quietschte, als die beiden Männer abstiegen. Sie traten hinter den Wagen und öffneten den Käfig. Ein Wachmann kam heran und musterte Cassandra wie ein Stück Vieh.

„Werft sie zu den anderen Gefangenen von heute Morgen."

Zwei Wachleute nahmen sie in die Mitte und führten sie recht unsanft ein paar Treppenstufen hinauf und durch das breite Tor. Ihre Schritte hallten, als man sie einen langen Gang entlang führte.

Cassandra sah sich aufmerksam um und versuchte sich möglichst viele Einzelheiten einzuprägen. Überall lag Unrat, Putz blätterte ab und kleine Nagetiere huschten an den Mauern entlang. Schließlich wurde sie nach links eine ausgetretene Treppe hinab gebracht. Kalte, feuchte Luft schlug ihr entgegen. Auf halbem Weg kam ein anderer Wachmann entgegen.

„Wo habt ihr die neuen Gefangenen eingesperrt?"

„Im alten Trakt, ganz hinten."

Cassandra sah, dass nach rechts ein schmälerer Gang abzweigte, an dessen Ende sie durch eine offene Tür in einen Raum blicken konnte, in dem sich weitere Wachleute aufhielten. Dann wurde sie weiter die Treppe hinuntergeführt. Es mussten bestimmt zwei Stockwerke sein, die sie unter die Erde hinab stiegen, überlegte Cassandra. Der Geruch von ungewaschenen Körpern und Fäkalien stand in dem alten Kellergang, der von Fackeln nur spärlich beleuchtet waren. Etwas Weiches stieß an ihre Beine. Sie wollte gar nicht wissen, was das gewesen war, und ging weiter zwischen den beiden Wachen her. Sie führten sie an langen Reihen von vergitterten Zellen vorbei. Darin sah sie Menschen allen Alters in den unterschiedlichsten Stadien der Verwahrlosung. Viele Gesichter blickten sie an, aus denen jeder Lebenswille gewichen war. Schließlich hielten sie vor einer Zelle an.

Der Wachmann nahm einen großen Schlüssel vom Gürtel und führte ihn ins Schloss der vergitterten Tür. Nach ein paar Versuchen und einigen Flüchen gelang es ihm, das Schloss zu aufzusperren, und er zog die in den Angeln quietschende Türe auf.

Cassandra wurde in die schmutzige Zelle gestoßen. Sie stolperte über die Beine eines am Boden liegenden Gefangenen und fiel in das schmutzige Stroh. Sie schaffte es noch, sich umzudrehen und rief dem Wachmann zu: „Du kannst die Türe offen lassen. Ich werde sowieso gleich wieder gehen."

„Ich werde heute Nacht zu dir kommen, Schätzchen. Und nach dem, was ich mit die anstellen werde, wirst du nicht mehr von hier fort wollen."

„Wage es, mich anzufassen und du wirst meinen Zorn zu spüren bekommen."

Die beiden Wächter stimmten ein dreckiges Gelächter an. Die rostige Tür wurde zugestoßen und wieder fluchte der Mann, bis es ihm endlich gelang, das Schloss abzusperren. Er warf noch einmal einen abschätzigen Blick in die Zelle, dann verschwand er aus ihrem Sichtfeld.

Die Luft in der Zelle war noch schlechter, als die auf dem Gang. Es stank nach Schweiß, Erbrochenem und Urin. Auch ein weniger greifbarer Geruch lag in der Luft - ein Hauch von Verzweiflung. Cassandra setzte sich auf und sah sich um. Sie erblickte einen alten Mann, der teilnahmslos auf dem Boden saß, eine Mutter, die den Kopf ihrer weinenden Tochter in ihren Schoß gebettet hatte, und einen jungen Mann, der ein Mädchen in den Armen hielt. Weiter hinten sah sie eine Frau auf dem Boden sitzen, die ihre Arme schützend um zwei kleine Kinder gelegt hatte und ein paar Menschen, die sich um einen auf einem einfachen Strohlager liegenden Mann bemühten, der offensichtlich verletzt war.

Einer der Gefangenen kam auf sie zu und deutete auf ihre Fesseln. Nach einigem Bemühen gelang es ihm, den Strick zu lösen.

Cassandra bedankte sich bei ihm und massierte ihre Armgelenke. Dann wandte sie sich dem verletzten jungen Mann zu.

„Das ist der älteste Sohn von Bauer Belgan", sagte eine Frau, deren Gesicht vor Schmutz starrte.

„Was ist mit ihm geschehen?"

„Die Steuereintreiber haben ihn festnehmen lassen. Er hat sich gewehrt und die Soldaten haben ihr niedergestochen. Der Dolch des Soldaten hat nur knapp sein Herz verfehlt. Die Wunde ist tief und will einfach nicht zu bluten aufhören."

Cassandra blickte dem Verwundeten ins Gesicht und sah dort schon die ersten Zeichen des Todes. Sie fühlte seine schweißnasse, kalte Stirn. Dann öffnete sie sein Hemd und sah die blutigen Lappen, die seine Wunde bedeckten.

„Ich kann ihm helfen."

Sie ließ den Sternenstein in ihre Hand gleiten.

„Was ist das? Seid Ihr eine Zauberin? Eine vom Alten Volk?"

„Nein. Ich bin eine Comyn."

„Eine Comyn? Was bedeutet das?"

„Eine Heilerin."

Die Frau wirkte erleichtert. Auch wenn diese Beschreibung nicht gänzlich der Wahrheit entsprach, so genügte sie im Augenblick als Erklärung.

Cassandra konzentrierte sich auf die sich ständig verändernden Formen in dem Stein und die schmutzige Zelle verschwand für sie langsam. Ihr Blick glitt zwischen den Gewebeschichten des Verwundeten hindurch und sie untersuchte seine Verletzung. Sie sah den Wundkanal, den die Waffe hinterlassen hatte und die durchtrennten Blutgefässe.

Dann begann sie mit der Heilung. Sie verband mit den von ihr gelenkten Kräften des Sternensteines die durchtrennten Adern und ließ zerstörtes Gewebe Schicht um Schicht verheilen. So verheilte sie die tiefe Verletzung Schicht um Schicht und schloss zuletzt die Haut über dem Stich.

Als sie fertig war, entfernte sie den blutigen Verband und wischte die Brust des Mannes ab. Von der Wunde war nur noch eine sauber verheilte Narbe übrig geblieben. Sie setzte sich hoch und steckte den Sternenstein wieder weg.

Ungläubiges Staunen zeigte sich auf einigen der Gesichter, aber auch Angst und Misstrauen.

„Er atmet viel ruhiger."

„Sein Puls ist regelmäßig."

„Wie habt Ihr das gemacht?", fragte ein Mann, der den Verletzten untersucht hatte.

„Nur wenige aus meinem Volk verfügen über diese Gabe. Aber es kostet mich sehr viel Kraft, Wunden zu heilen."

Nach einer kurzen Pause der Erholung stand Cassandra auf und ließ ihren Blick über die Gefangenen schweifen.

„Ich muss euch jetzt verlassen. Aber ich verspreche euch, dass ich wiederkommen werde."

Dann ließ sie den Sternenstein in ihre linke Handfläche gleiten und teleportierte aus der Zelle.

Cassandra sprach kurz mit Harpon.
„Harpon, hörst du mich?"
„Ja, wie geht es dir? Bist du in Gefahr? Was ist geschehen?"
„Es geht mir gut. Aber jetzt hör mir zu. Ich befinde mich noch im Bereich der unterirdischen Verliese des fürstlichen Anwesens. Die Zellen sind voller Gefangener. Auch Frauen und Kinder sind dabei. Ich werde mich hier noch etwas umsehen."
„Das ist viel zu gefährlich. Komm sofort zurück."
„Es besteht keine Gefahr. Die Wächter haben sich zurückgezogen. Ich spüre ihre Gedanken. Sie halten sich in einer Wachstube auf und betrinken sich. Ich werde bald bei dir sein."
Dann unterbrach sie die Verbindung.

Vor der Zellentür überlegte Cassandra kurz, in welche Richtung sie sich nun wenden sollte. Sie wollte auf keinen Fall den Wärtern in die Arme laufen. Deswegen wendete sie sich vom Eingang weg und blickte den Gang hinab, der sich dort in einer dämmrigen Finsternis verlor. In einiger Entfernung konnte sie den schwachen Lichtkreis einer Fackel erkennen. Niemand zündet ein Licht an einem Ort an, der nie betreten wird, sagte sie sich.

Mit klopfendem Herzen schlich Cassandra in die Dunkelheit hinein. Hier gab es weitere Zellen, aber alle, in die sie blickte, standen leer. Die Luft wurde immer feuchter und stickiger je weiter sie vordrang, und es roch nach Moder und Vergänglichkeit. Wasser tropfte von der Decke und lief in kleinen Rinnsalen die Wände hinunter, um sich in Pfützen auf dem Boden zu sammeln. Die Wurzeln von Pflanzen hatten sich durch die Steinplatten der Decke gearbeitet und bildeten teilweise einen dicken Filz. Aber der Gang schien noch benutzt zu werden, stellte sie fest, da das Gewirr aus Pflanzenfasern an einigen Stellen eingerissen war.

Irgendwann kam Cassandra an eine Kreuzung. Eine einzige Fackel brannte hier und leuchtete nur ein paar Schritte weit in die finsteren Gänge hinein. Cassandra blickte nach links. Sie sah hier nur ein paar verrostete Gittertüren, die in uralte finstere Zellen führten. Geradeaus bot sich der gleiche Anblick. Als sie sich nach rechts wandte, konnte sie in einiger Entfernung gerade noch einen schwachen Lichtschein erkennen. Der weitere Weg wurde aber durch ein Gittertor versperrt. Noch einmal blickte sie in den Gang zurück, aus dem sie gekommen war. Dann teleportierte sie auf die andere Seite der Absperrung.

Vorsichtig tastete sich Cassandra durch den düsteren Gang. Die Reihen der finsteren Zellen entlang des Ganges wirkten erdrückend. Welche Schicksale mochten sich hier abgespielt haben? Wie viele Menschen hatten hier ihr Leben lassen müssen? Nur langsam kam sie der nächsten Lichtquelle näher.

Endlich hatte Cassandra die Fackel erreicht. Im flackernden Schein erblickte sie ein menschliches Skelett, das um die Arme und den Hals noch die rostigen Überreste von Fesseln trug, die mit Ketten an der Wand befestigt waren. Schaudernd betrachtete sie den Totenschädel, der sie aus leeren Augenhöhlen anstarrte. Warum hatte man diese arme Seele hier verenden lassen?

Schließlich gelangte Cassandra an das tote Ende des Ganges. Der weitere Weg war hier durch eine uralte Türe mit schweren Metallbeschlägen versperrt, die anscheinend schon seit vielen Jahren nicht mehr geöffnet worden war. Sie versuchte, die wuchtigen Riegel zu öffnen, aber diese waren rostig und ließen sich nicht mehr bewegen. Cassandra tastete mit ihren Fingerspitzen über die Oberfläche der Tür und fühlte das feuchte, morsche Holz. Als sie die Hand über den Spalt zwischen Tür und Rahmen legte, verspürte sie einen Luftzug. Überrascht sah sie zur Seite, als sie mit ihren telepathischen Sinnen die Anwesenheit eines Gefangenen in der Zelle neben ihr bemerkte. Sie trat an die Gittertür heran und versuchte das Dunkel der Zelle mit ihren Augen zu durchdringen.

„Wer seid Ihr?", drang eine Stimme aus dem Hinterrund der Zelle.

„Ich bin eine der Gefangenen."

Ein Schatten löste sich aus der Finsternis und trat an die Tür heran. Cassandra wich einen Schritt zurück. Es war ein Mann, dessen Gesicht zum Großteil unter einem wuchernden langen Bart verborgen war. Nur undeutlich konnte sie im schwachen Licht seine hageren Züge ausmachen. Warum war er hier alleine eingesperrt?

„Und Ihr lauft hier frei herum?"

„Wer seid Ihr?", fragte sie.

„Ich bin Sigmar von Lothringen. Und wie ist Euer Name?"

„Ich bin Cassandra y Demeter."

„Wie konntet Ihr entkommen?"

Sie zeigte ihm ihren Sternenstein.

„Was ist das? Ich habe nie dergleichen gesehen."

„Ich kann Euch das jetzt nicht erklären. Aber Gitter oder Wände stellen für mich kein Hindernis dar. Ihr sagtet, Euer Name sei von Lothringen? Das ist auch den Name des Fürsten."

„Ja. Ich bin der Bruder des Fürsten Ramirez."

„Aber warum hat man Euch hier alleine eingesperrt?"

„Ich war mit den Plänen meines jüngeren Bruders nicht einverstanden und wurde zu unbequem für ihn. Er täuschte einen Jagdunfall und meinen Tod vor. Seitdem hält er mich hier gefangen."

„Dann seid also Ihr der rechtmäßige Fürst?"

„Ja, der bin ich."

Cassandra deutete in den Gang hinein.

„Wurden all diese Leute eingesperrt, weil sie die Steuern nicht bezahlen konnten?"

„Ja, so ist es", sagte er mit traurigen Augen. Das schwache Licht der Fackel ließ seien eingefallenen Wangen noch hohler erscheinen. „Mein Bruder lässt das Volk ausbluten. Er ist machtgierig und versessen auf Reichtum und allerlei Firlefanz. All diejenigen, die gegen ihn sind, verschwinden in diesen feuchten Verliesen."

Cassandra sah hier eine Gelegenheit, einen äußerst wichtigen Verbündeten zu gewinnen. Er konnte ihr mit Sicherheit helfen, ihren Plan die Gefangenen zu befreien, umzusetzen. Sie überlegte, wie sie Sigmar für sich gewinnen konnte.

„Wohin führt diese Tür?"

„In die Freiheit. Mein Bruder steckte mich in diese Zelle, damit ich diese Türe immer vor Augen habe, so nahe und trotzdem unerreichbar für mich. Ich weiß nicht mehr, wie oft ich mir vorgestellt habe, durch sie hindurch zutreten und dann auf einer weiten Wiese die frische Abendluft einzuatmen."

„Der Fürst ist ein Tyrann. Er wirft Frauen und Kinder in den Kerker. Ich will diese Menschen befreien. Wenn ich Euch hier heraushole, gebt Ihr mir dann Euer Wort, dass Ihr mir helfen werdet?"

Sigmar klammerte sich an die Gitterstäbe und presste sein Gesicht dagegen. „Ich kenne jeden Winkel dieses Anwesens. Ich gebe Euch mein Wort darauf, dass ich Euch helfen werde. Und danach werde ich mich an meinem Bruder rächen."

Cassandra spürte, dass Sigmar die Wahrheit sprach. Es war keine Hinterhältigkeit in seinen Gedanken. Sie las die ehrliche Absicht darin, seinem Volk zu helfen. Aber sie sah auch den abgrundtiefen Hass auf seinen Bruder. Davor musste sie sich in Acht nehmen. Wut und Hass verblenden und leiten vom rechten Weg ab.

Sigmars Stimme unterbrach ihre Gedanken. „Aber sagt, Cassandra. Wie wollt Ihr mich aus der Zelle befreien?"

„Tretet bitte zwei Schritte zurück."

Sigmars Gesicht verdunkelte sich im Dämmerlicht seiner Zelle, als er langsam zurückwich.

Dann blickte sie in ihren Sternenstein und teleportierte auf die andere Seite der Gittertür.

Der Gefangene wich vor Schreck noch ein Stück weiter in die Finsternis zurück. „Das ist wahrlich ein mächtiger Zauber", sagte er mit zitternder Stimme. „Nur die Waldgeister sind ansonsten dazu fähig. Aber Ihr könnt nicht zu ihnen gehören. Ihr seht aus wie eine Menschenfrau. Wer seid Ihr?"

„Jetzt ist keine Zeit, um darüber zu sprechen. Ich werde uns nun an einen sichern Ort bringen. Vertraut mir. Reicht mir Eure Hand und schließt Eure Augen."

Cassandra materialisierte mit dem rechtmäßigen Fürsten auf dem Hof von Bauer Erril.

Sigmar war starr vor Schreck und wagte es nicht, sich zu bewegen. Erst zögernd, und dann gierig atmete er die kühle Herbstluft und den Geruch von Erde, Laub und reifen Früchten ein. Dann versuchte er unter vorgehaltenen Händen, seine Augen zu öffnen. Er schloss sie aber sofort wieder vor dem hellen Sonnenlicht.

„Ich hätte nicht gedacht, dass das so schmerzhaft werden würde", klagte er.

„Ihr habt lange Zeit kein Tageslicht gesehen", sagte Cassandra. „Es wird einige Tage dauern, bis sich Eure Augen wieder an die Helligkeit gewöhnt haben."

Sie wollte ihn gerade am Arm nehmen, um ihn ins Haus zu führen, als sich die Türe öffnete und Harpon heraus gestürmt kam.

„Ist alles in Ordnung, Cassandra?"

„Ja, Harpon. Es geht mir gut."

„Wer ist da?", fragte Sigmar. Er musste noch immer die Augen abschirmen und konnte nichts erkennen.

„Es ist mein Gatte", erklärte Cassandra.

„Wer seid Ihr?", fragte Harpon.

„Fürst Sigmar von Lothringen", antwortete Sigmar.

„Ich werde dir alles erklären", versprach Cassandra.

„Wir sollten besser ins Haus gehen", schlug Harpon vor.

„Wo sind Erril und Tania?"

„Erril ist ins Dorf gegangen, um sich umzuhören und Tania kümmert sich um die Tiere."

Tania betrat die Kate und rümpfte die Nase. Als sie Cassandra bemerkte, trat ein strahlendes Lächeln auf ihr Gesicht. Das Mädchen lief auf sie zu und sie fiel ihr in die Arme.

„Tante Cassandra, wie schön, dass du wieder da bist. Haben dir die Soldaten weggetan?"

„Nein. Es ist alles in Ordnung. Ich konnte fliehen und habe einem Gefangenen geholfen, zu entkommen."

Erst jetzt sah Tania Sigmar genauer an. „Wer seid Ihr?"

„Mein Name ist Sigmar."

„Ihr braucht dringend ein Bad und frische Kleidung", sagte sie zu ihm. „Ich werde Euch Sachen meines Bruders zum Anziehen geben."

Am Abend berichtete Cassandra Harpon von ihrem Plan, die Gefangenen zu befreien. Wie schon so oft stritten sie, ob hier eine Hilfeleistung sinnvoll ist.

„Wenn wir diese Menschen nicht befreien, werden sie alle sterben", sagte Cassandra.

„Aber du kannst doch nicht einem ganzen Gefängnis zur Flucht verhelfen."

„Warum sollte ich das nicht können?", entgegnete sie wütend.

„Und was ist mit den Wachen? Glaubst du, dass sie dir dabei tatenlos zusehen?"

„Wir müssen sie eben ablenken."

„Du bist von deinem Plan nicht abzubringen."

„Ich werde diesen Menschen helfen. Ich habe es ihnen versprochen. Und du wirst mich nicht davon abbringen." Ihre Augen blitzen zornig, die Nasenflügel bebten und ihre Brust hob und senkte sich mit jedem schweren, heftigen Atemzug.

„Dickschädel!" Jetzt wurde Cassandra erst richtig wütend. Sie fühlte sich, als würde Harpon sie nicht richtig ernst nehmen. „Jetzt wird mir langsam klar, wie die anderen Ritter gestorben sind. Sie haben sich alle ihre sturen Schädel eingerannt."

„Cassandra! Irgendwann tappst du in eine Falle, aus der du nicht mehr herauskommst", versuchte sie Harpon zu beruhigen.

„Die Falle muss erst erfunden werden, die mich festhalten kann." Ihre Wangen hatten sich gerötet.

„Jedes Leben, das gerettet werden kann, ist einen Einsatz wert", sagte Sigmar ruhig, aber bestimmt.

„Auch wenn wir nur einen Teil der Gefangenen retten können, sollten wir es wagen."

„Wir sind nur zu dritt. Wie sollen wir es mit einer ganzen Wachmannschaft aufnehmen?"

„Bitte lasst mich Euch das erklären", bat Sigmar.

„Die Wache kommt einmal täglich um die Mittagszeit vorbei und bringt mir Essen und Trinken", begann Sigmar. „Heute war die Wache schon an der Zelle. Sie werden also erst übermorgen feststellen, dass ich das Essen nicht angerührt habe."

„Ihr kennt die Anlage, Sigmar", entgegnete Harpon. „Wie könnten wir vorgehen?"

„Der Kerker wurde so ausgebaut, dass er im Falle einer Belagerung als Zuflucht verwendet werden kann", erklärte der Fürst. „Das Tor, durch das man ihn betritt, ist sehr massiv und kann von innen verriegelt werden. Die Türe am Ende des Ganges führt zu einem Geheimgang, der im nahen Wald in einem alten Grab endet."

Bis spät in die Nacht arbeiteten sie an einem Plan.

Der nächste Tag verging quälend langsam. Sigmar hatte erzählt, dass sich die Wachen nach Sonnenuntergang in die Wachstube zurückzogen, Karten spielten und sich betranken. Deswegen sollte der Angriff zu vorgerückter Stunde erfolgen.

Cassandra war noch immer etwas verärgert über Harpons Verhalten vom Vortag. Warum hatte er sich so benommen, fragte sie sich. Ansonsten war er immer sehr ernst, wenn es darum ging, Pläne zu schmieden. Aber gestern hatte er sie behandelt, wie ein unreifes Kind. Sie suchte ihn und fand ihn schließlich unterhalb der Kate auf der Wiese.

„Cassandra", begrüßte er sie. „Ich habe noch einmal über unseren Plan nachgedacht."

„Und ich habe über dein Verhalten nachgedacht", sagte sie. Ihre bernsteinfarbenen Augen funkelten ihn an. Sie spürte, wie sie wieder wütend wurde.

Sein Blick verdüsterte sich etwas.

„Das hat dir soviel ausgemacht?"

„Ja, das hat es. Ich bin kein kleines Mädchen. Ich bin eine Göttin."

„Habe ich dich denn jemals wie ein Mädchen behandelt?"

Sie gab ihm keine Antwort, sondern sah ihn nur aus großen, traurigen Augen an.

„Cassandra. Ich glaube, ich habe meine Worte gestern nicht richtig gewählt. Ich wollte dich nicht beleidigen. Ich wollte nur..."

„Was?"

Anstatt eine Antwort zu geben, zog er sie an sich und legte seine Arme um sie.

„Lies einfach meine Gedanken."

„Dickschädel!"

Er löste sich von ihr und sah ihr tief in die Augen. Nach einer Weile begannen ihre Lippen zu zittern und plötzlich lachte sie los.

„Geliebter Dickschädel."

„Geliebte Wildkatze."

Harpon zog sie noch näher an sich und küsste sie leidenschaftlich.

„Darf ich Euch etwas fragen, Harpon?"

„Bitte."

„Cassandra sprach von den anderen Rittern. Wie ist das zu verstehen?"

Harpon überlegte kurz. Dann entschied er, ihm nur einen Teil der Wahrheit zu erzählen.

„Ich gehöre einem uralten Orden an, dem Orden der Ritter der Ewigkeit. Niemand weiß, wie dieser Orden entstanden ist, oder wie lange es ihn schon gibt. Die Rätsel dieser Verbindung verlieren sich irgendwo in der Vergangenheit."

„Und was geschah mit dem Rest des Ordens, mit den anderen Rittern?"

„Ihre Aufgaben haben sie an weit entfernte Orte geführt, von denen sie nicht mehr zurückgekehrt sind. Niemand weiß, was mit ihnen geschehen ist, ob sie tot sind, oder noch immer ihren Aufgaben nachgehen. Die Spuren verlieren sich in der Zeit."

„Das tut mir Leid. Es mag kein gutes Gefühl sein, der Letzte eines Ordens zu sein." Nach einiger Zeit setzte er noch hinzu: „Was waren die Aufgaben dieses Ordens?"

„Den Frieden zu wahren."

„Eine ehrenwerte Aufgabe."

Als sich die Sonne endlich dem Horizont zuneigte, nahm Cassandra Sigmars Hand und teleportierte mit ihm in die Nähe des fürstlichen Anwesens. In mehreren kleinen Sprüngen gelangten sie schließlich zum Grab, an dem der Geheimgang endete. Cassandra sprang noch einmal zu Errils Kate und holte Harpon.

Das Grabmal war an den Rand eines flachen Hügels gebaut worden. Seit vielen Jahren schien niemand mehr die Gruft betreten zu haben. Die Steine waren mit einer dicken Schicht aus Flechten überwachsen. Den Eingang zum Grab versperrte dichtes Dornengestrüpp. Mühsam bahnten sie sich mit Schwert und Dolch einen Weg. Endlich hatten sie den Zugang freigelegt und standen nun vor einer schweren eisenbeschlagenen Tür. Den uralten Riegeln hatte der Zahn der Zeit arg zugesetzt. Sie ließen sich nicht mehr bewegen. Harpon setzte sein Schwert als Hebel an und schaffte es, sie Sperren zu aufzubrechen.

Harpon und Sigmar stemmten sich nun gemeinsam gegen die schwergängige Holztüre und schoben sie nach innen auf. Der feuchte, modrige Geruch von Jahrhunderten schlug ihnen entgegen.

Sigmar hatte erklärt, dass der Zugang zu dem Geheimgang im hintersten Bereich des Grabmales liegt.

Sie zündeten die mitgebrachten Fackeln an. Schweigend betraten sie das uralte Gemäuer und tasteten sich im schwachen Flackerschein durch das Halbdunkel vorwärts. Ein kurzer Gang führte sie nach etwa einem Dutzend Schritten in eine kleine Halle. Durch hoch an den Mauern angebrachte Fenster fielen letzte Reste des Tageslichtes. An den Wänden ringsum sahen sie in tiefen Nischen schwere Steinsarkophage stehen. Gegenüber dem Eingang gähnte sie die schwarze Öffnung eines Ganges an, der noch weiter in das Grabmal hineinführte.

Harpon hob seine Fackel, um in die Finsternis hineinzuleuchten.

„Da hat sich etwas bewegt!", sagte Cassandra.

Ein säuerlicher Geruch breitete sich langsam aus, der Brechreiz verursachte.

Harpon reichte die Fackel Sigmar und zog seinen Dolch. Urplötzlich stürzte Irgendetwas, das noch schwärzer als der dunkle Gang war, auf sie zu.

„Hinlegen! Schnell!", rief er.

Harpon warf sich schützend über Cassandra und spürte kurz die Berührung von ledernen Schwingen, dann war das Wesen schon über sie hinweg. Er blickte zurück und konnte gerade noch ein schemenhaftes Etwas durch den Eingang verschwinden sehen. Die Ausdünstungen der Kreatur ließen ihn würgen. Er stand auf und half Cassandra hoch.

„Was war das?", fragte Cassandra.

„Ein Schattendämon", antwortete Sigmar. Der Schreck stand ihm noch ins Gesicht geschrieben.

„Ein Schattendämon?"

„Diese Wesen sind sehr scheu. Sie meiden die Helligkeit des Tages. Mir wurde erzählt, dass sie sehr alt werden, viel älter als ein Mensch."

„Es hat gedacht", sagte Cassandra mit ihrer Gedankenstimme.

„Es war intelligent?"

„Ja. Eine intelligente Lebensform. Sie war sehr verärgert wegen der Störung."

Sie gingen den langen Gang entlang, der noch viele Nischen enthielt. Mit den Fackeln leuchteten sie in jede der Öffnungen, aber alle waren leer. Nur ein paar kleinere Tiere flüchteten kreischend vor der Helligkeit. Schließlich gelangten sie an das tote Ende, ohne einen Hinweis auf eine geheime Verbindung zum Anwesen des Fürsten gefunden zu haben.

„Was nun?", fragte Cassandra.

„Es muss hier sein", antwortete Sigmar mit energischer Stimme und leuchtete mit seiner Fackel die

Wand vor ihm ab. „Niemand baut einen Gang, den er dann blind vor einer Wand enden lässt."

„Vielleicht gibt es einen verborgenen Mechanismus", überlegte Harpon laut.

Sie begannen den Boden und die Wände abzutasten, in der Hoffnung irgendeine Kleinigkeit zu finden, die einen Hinweis auf den Zugang gab. Aber die Suche verlief erfolglos.

Harpon klopfte jeden einzelnen Stein ab, in der Hoffnung vielleicht einen Hohlraum zu finden. Auch damit hatte er keinen Erfolg. Entmutigt ließ er die Arme hängen.

„Vielleicht ist das die falsche Stelle", sagte er nachdenklich. „Sie ist zu offensichtlich. Vielleicht soll uns der blinde Gang nur ablenken."

„Aber wo können wir sonst suchen? Es gibt keinen anderen Gang, der von der Halle abführt."

Cassandra war ein paar Schritte von der Wand zurückgewichen. Plötzlich bemerkte sie eine Unebenheit unter ihrem Schuh. Sie dachte, es wäre ein Stück Ast und wollte ihn zur Seite schieben, aber sie stellte fest, dass der Gegenstand fest mit dem Boden verbunden war.

„Hier ist etwas", sagte sie, bückte sich und wischte altes Laub und verrottete Pflanzenteile beiseite.

„Ein Ring aus Metall. Er lässt sich hochklappen."

„Das ist der Zugang!", rief Sigmar erfreut. „Darunter muss sich eine Treppe befinden."

Harpon zog an dem Ring und die Umrisse einer Falltüre hoben sich vom Steinboden ab. Er schaffte es, sie soweit anzuheben, dass Sigmar und Cassandra deren Rand greifen konnten. Dann fasste auch Harpon nach der Türe und mit vereinten Kräften gelang es ihnen, sie aufzuheben und gegen die Wand zu lehnen.

Dunkelheit und kalte Luft schlug ihnen aus der Öffnung entgegen. Sie hörten den Widerhall von tropfendem Wasser.

Harpon leuchtete mit seiner Fackel in den Schlund. Vor Feuchtigkeit glänzende steinerne Treppenstufen führten in eine bodenlose Tiefe hinab.

„Sieht aus wie der Eingang zur Hölle", sagte Cassandra.

Harpon betrat als erster die Treppe und tastete sich mit hochgehaltener Fackel nach unten. Cassandra folgte ihm. Den Abschluss bildete Sigmar.

Am Ende der Treppe blieb Harpon stehen.

„Was ist?", fragte Cassandra hinter ihm.

„Wasser. So weit der Schein der Fackel reicht."

Vorsichtig stieg Harpon weitere Stufen hinab und tastete nach der nächsten.

„Die Treppe ist hier zu Ende. Das Wasser ist nur knietief."

Harpon hob die Fackel und versuchte zu erkennen, wie der Gang weiter verlief, konnte aber nur etwa ein Dutzend Schritte bis zur nächsten Biegung blicken. Er untersuchte Wände und Decke des Ganges und stellte fest, dass sie aus Mauersteinen bestanden.

Vorsichtig gingen sie weiter. Nach der Biegung schien der Gang immer geradeaus zu verlaufen. Harpon konnte das entfernte Spiegelbild der flackernden Fackel im Wasser erkennen. Klebrige Fäden hingen von der Decke und hafteten an Haaren und Kleidung fest. Die abgestandene Luft erschwerte ihnen das Atmen. Ein eigenartiger Druck legte sich auf die Brust und der Puls beschleunigte sich. Schweigend wateten sie durch das brackige Nass.

Nah Dutzenden von Schritten ließ die Wassertiefe almmählich nach und irgendwann verschwand es ganz.

Sie hatten wohl die Hälfte des Weges zurückgelegt, als sie auf ein Hindernis stießen. Ein paar Steine waren von der Decke herab gefallen und die starken Wurzeln eines Baumes hatten sich durch die entstandene Öffnung gezwängt. Sie waren so ineinander verflochten, dass kein Durchkommen möglich war.

Harpon steckte seine Fackel in eine Ritze der Wand. Dann zog er sein Schwert und hieb auf die Wurzeln ein. Immer wieder legte er Pausen ein und Cassandra und Sigmar schafften die abgeschlagenen Stücke beiseite. Die Arbeit war mühselig und trotz der Kühle des Ganges lief ihnen schon bald der Schweiß über ihre Körper.

Endlich hatten sie eine Öffnung geschaffen, die groß genug war, dass man hindurch kriechen konnte.

„Das hat uns viel Zeit gekostet. Wir sollten uns jetzt beeilen", sagte Harpon.

Sie hasteten den weiteren Gang entlang und gelangten schließlich an ein verschlossenes Tor.

„Das ist die Stelle", sagte Cassandra. „Dahinter müssen sich die Zellen mit den Gefangenen befinden."

Harpon untersuchte das Tor.

„Das Holz ist morsch. Nur die Beschläge halten es noch zusammen."

Er zog seinen Dolch, schob ihn in den Spalt zwischen Tor und Rahmen und untersuchte die Verriegelung.

„Zwei Riegel an der linken Seite."

Er steckte den Dolch weg und zog sein Schwert. Auf der Höhe des oberen Riegels führte er es in den Türspalt ein. Er suchte nach einem Widerstand, stemmte sich gegen das Schwert und mit lautem Knacken brach die erste Sperre. Den Vorgang wiederholte er am unteren Riegel.

„Geschafft", meinte er und steckte sein Schwert wieder weg.

„Und jetzt?", fragte Cassandra.

„Jetzt wollen wir hoffen, dass sich die Scharniere bewegen lassen."

Er stemmte sich gegen das Tor. Es gab zwar um ein paar Zentimeter nach, federte aber wieder in die Ausgangslage zurück.

„Helft mir!"

Sie stemmten sich gemeinsam gegen das Tor, aber auch mit vereinter Kraft gelang es ihnen nicht, es zu öffnen.

„Auf drei", sagte Cassandra.

„Ich verstehe nicht", erwiderte Sigmar.

„Ich zähle bis drei. Und bei drei stemmen wir uns gemeinsam gegen das Tor."

„Gut."

„1 – 2 – 3"

Sie warfen sich gegen das Tor. Mit lautem Krachen gaben die verrosteten Scharniere nach und es schwang auf.

Cassandra stürzte nieder und Sigmar fiel auf sie. Er rappelte sich sofort wieder auf und half ihr hoch.

„Bitte verzeiht mir. Ich hoffe, ich habe Euch nicht wehgetan", sagte er.

„Schon gut. Mir ist nichts passiert."

Vor ihnen lag der düstere Gang, der zu den Verliesen voller Gefangenen führte.

Sigmar trat als erster hindurch. Dann blieb er stehen und betrachtete nachdenklich den Durchgang.

„Viele Jahre lang habe ich auf dieses Tor gestarrt. Wie oft habe ich mir vorgestellt, dass es sich für mich öffnet, und dass ich hindurch schreite und in die Freiheit flüchte. Und jetzt steht es tatsächlich offen."

Cassandra griff nach seinem Arm. „Niemand wird Euch wieder hier einkerkern.",

„Hoffentlich hat keiner der Wärter unser Eindringen gehört", sagte Harpon unbeeindruckt.

„Ich glaube es nicht", erwiderte Sigmar. „Um diese Zeit sind sie mit sich selbst beschäftigt."

„Ich befürchte, dass die Gefangenen Lärm schlagen könnten, wenn sie uns sehen und dass die Wärter uns dann vorzeitig entdecken", warf Harpon ein. „Wir sollten also versuchen, möglichst ungesehen an den Zellen vorbeizukommen."

Sie löschten ihre Fackeln und legten sie neben dem Tor nieder. Nach einer Weile hatten sich ihre Augen an die Dunkelheit gewöhnt und sie konnten weiter vorne im Gang einen schwachen Lichtschein ausmachen.

Cassandra griff nach Harpons linker Hand und hielt sie fest.

Harpon wandte sich nach ihr um, konnte aber nur das Funkeln ihrer Augen erkennen. Er erwiderte den Druck ihrer Finger und zog sie langsam mit sich.

Sigmar folgte ihnen.

Nachdem sie an den ersten Zellen vorbei geschlichen waren, blieb Harpon stehen und flüsterte Cassandra ins Ohr: „Die Zellen sind alle leer."

„Erst weiter vorne im Gang sind sie belegt."

Nachdem Harpon den Riegel der verschlossenen Gittertüre mit seinem Schwert aufgebrochen hatte, kamen sie bald darauf an belegten Zellen vorbei, aber in allen, in die Harpon blickte, schliefen die Gefangenen bereits. Es musste wohl schon spät nachts sein, überlegte er. Sie hatten viel länger gebraucht, um hierher vorzudringen, als sie bedacht hatten.

Endlich waren sie an der Treppe angelangt, die ins Anwesen hinaufführte. Bereits hier konnten sie das Gegröle der Wachleute hören.

Harpon schlich an der Wand entlang bis zum Gang der zu der Wachstube führte. Vorsichtig spähte er um die Ecke, aber der Weg war frei. Sie huschten weiter die Treppe hinauf bis zum Tor. Es hatte zwei massive Flügel, die es nun zu schließen galt.

Harpon stellte sich neben den rechten Flügel, Cassandra und Sigmar neben den linken.

Harpon wollte gerade das Zeichen zum Schließen des Tores Geben, als sich von draußen Stimmen und Schritte näherten. Er deutete den Treppengang hinunter und sie eilten zurück zum Wachgang und versteckten sich dort. Mit angehaltenem Atem lauschten sie auf die Geräusche. Die Männer kamen näher, aber schließlich entfernten sich die Schritte wieder.

Cassandra wollte schon erleichtert aufatmen, als sich neben ihr eine Tür öffnete und ein Wächter auf den Gang heraus torkelte. Er bemerkte sie nicht sofort, da er noch damit beschäftigt war, seinen Hosenstall zu schließen. Als er aufblickte und sie an der Wand stehen sah, stutze er und starrte sie fassungslos an.

Harpon sprang von der Seite her auf ihn zu und hieb ihm die Faust ans Kinn. Bewusstlos sackte der Wächter zusammen. Er fing ihn auf und legte ihn auf den Boden. „Jetzt aber schnell!", sagte er.

Sie liefen zurück zum Tor und stellten sich wieder neben die beiden Flügel. Harpon gab das Zeichen und sie stemmten sich dagegen. Allerdings schienen die Torhälften schon seit Jahren nicht mehr bewegt worden zu sein und waren wie alles andere des Anwesens auch vernachlässigt worden.

Während sich Harpon gegen die rechte Torhälfte stemmte, beobachtete er die Bemühungen Sigmars und seiner Frau. Auch ihnen schien es nicht zu gelingen, den Flügel zu bewegen. Er ärgerte sich über die festsitzenden Scharniere. Sollte an dieser Kleinigkeit ihr Plan scheitern? Wenn sie nun entdeckt wurden, mussten sie durch den Tunnel zum Grab zurück flüchten. Gegen die Überzahl der hier stationierten Soldaten konnte er nichts ausrichten. Er dachte an die vielen Gefangenen, die er in den verwahrlosten Zellen gesehen hatte. Der Gedanke an diese bedauernswerten Menschen schien ihm mehr Kraft zu verleihen. Er spannte seine Muskeln an und mit einem Ächzen gab der Torflügel plötzlich nach, und er konnte ihn schließen.

Sofort eilte Harpon Sigmar und Cassandra zur Hilfe. Gemeinsam gelang es ihnen, das Tor soweit zu bewegen, dass Harpon sich in den Spalt zwischen Wand und Holz zwängen konnte, und sich zuerst nur mit den Armen, und dann auch noch mit den Füssen dagegen stemmte. Die alten Scharniere quietschten laut, aber mit vereinten Kräften gelang es ihnen, den zweiten Flügel zu schließen. Allerdings schien dies nicht ungehört geblieben zu sein, denn vom Anwesen her näherten sich eilige Schritte und eine Stimme wurde laut: „Was soll das? Warum wird der Zugang geschlossen?"

Auf der Innenseite der Torflügel waren jeweils zwei massive Holzbalken angebracht. Sie drehten diese so weit in ihrem Lager, dass sie in Aussparungen in der Wand einrasteten und das Tor war gesichert. Atemlos lehnten sie sich mit den Rücken dagegen und schnauften erst mal tief durch, als auch schon von außen dagegen geklopft wurde.

„Wir dürfen keine Zeit mehr verlieren. Schnell, zu den Wachleuten", sagte Harpon und lief die Treppen hinunter.

Tania wusste nicht, warum sie mitten in der Nacht aufgewacht war. Sie lauschte auf ungewöhnliche Geräusche, hörte aber nur das Zirpen der Grillen durch das offene Fenster dringen. Da vernahm sie ein Flüstern in ihrem Kopf, eine Stimme, die leise ihren Namen rief. Erschrocken hielt sie die Luft an. Schon einmal hatte sie diesen Ruf vernommen, als sie ein Waldgeist zu sich geheißen hatte. Aber was wollten sie diesmal von ihr? Sollte sie womöglich dafür bestraft werden, weil sie den singenden Stein berührt hatte? Einen Augenblick lang spielte sie mit dem Gedanken, im Bett liegen zu bleiben. Aber sie durfte den Ruf nicht ignorieren, denn dann hätten die Waldgeister sie irgendwann mit sich genommen. Sie hatte schon von Menschen gehört, die sie abgeholt hatten. Als die Leute dann nach Monaten oder Jahren wieder auftauchten, waren sie alt und gebrechlich und hatten keinerlei Erinnerungen daran, was ihnen während der verlorenen Zeit zugestoßen war.

Tania schlug die Bettdecke zurück und stand auf. Ihre Knie waren weich vor Angst. Sie legte ihr Nachtgewand ab und schlüpfte in ihr Kleid. Dann nahm sie noch eine warme Jacke vom Haken neben der Tür und schlich aus dem Zimmer.

Der Mond hing als helle Scheibe am Nachthimmel. Die Sterne glitzerten in all ihrer Pracht. Tania hatte aber keine Augen für diese Schönheit. So schnell sie ihre kleinen Füße trugen, lief sie zum Waldrand hinüber. Dort angekommen, blieb sie noch einmal kurz stehen und blickte zum Haus zurück. Dann bog sie ein paar Zweige zur Seite und trat mit einem beherzten Schritt in den nächtlichen Wald hinein.

Tania brauchte nicht weit zu gehen. Schon bald sah sie zwischen den Stämmen der Bäume die leuchtenden Erscheinungen der Geister auf sie zukommen. Mit klopfendem Herzen blieb sie stehen. Was würden sie nun mit ihr tun?

Drei der Schemen schwebten zwischen den Bäumen hindurch auf Tania zu. Als sie wenige Schritte vor ihr anhielten, konnte sie erkennen, dass es ein Mann und zwei Frauen waren.

Die Waldgeistfrauen lächelten sie an. Tania entspannte sich etwas.

„Hab keine Angst, kleine Tania", sagte die jüngere der beiden Frauen. „Wir haben dich nicht gerufen, um dich zu bestrafen. Wir haben dich gerufen, um mit dir zu sprechen."

Tania atmete auf. Sie hatte also nichts Böses zu befürchten.

„Es ist noch nie geschehen, dass jemand, der den singenden Stein berührt hat, wieder zurückgekommen ist. Deswegen möchten wir von dir hören, was mit dir geschehen ist. Erzähle uns von deinen Erlebnissen, Tania."

Tania begann mit ihrer Schilderung da, wo sie im fremden Wald am Ufer eines Baches zu sich gekommen war. Sie beschrieb die Bäume und Pflanzen, die Tiere und die Höhle, in der sie gelebt hatte.

„Alle Tiere und Pflanzen waren gesund und kräftig. Aber alles war so fremdartig." Dann berichtete sie von den vielen einsamen Nächten, die sie in der Höhle verbracht hatte, bis sie schließlich eines Tages Cassandra und Harpon zum ersten Mal gesehen hatte. Sie beschrieb ihre Angst vor Cassandra, die sie für eine Adelige gehalten hatte, erzählte aber auch davon, dass sie ihr jeden Tag geholfen hatte, indem sie ihr Nahrung oder warme Kleidung gebracht hatte.

„Und eines Tages wurde ich sehr krank. Das Winterfieber breitete sich in meinem Körper aus. Ich wurde bewusstlos und wäre wohl gestorben, wenn mir Cassandra nicht geholfen hätte. Ich erwachte in ihrem Haus, das sie zusammen mit Harpon bewohnt. Sie hielt mich in ihren Armen, als ich aufwachte. Ich habe viele Dinge in diesem Haus gesehen, die ich nicht verstanden habe."

„Versuche einige dieser Dinge zu beschreiben."

Tania berichtete von einer kleinen Sonne in einer Glaskugel, die anstelle einer Kerze verwendet wurde. Dann beschrieb sie den fliegenden Wagen und den Kobold, der sie so sehr erschreckt hatte.

„Und wie bist du wieder zurückgekommen, Tania?"

Tania erzählte von der fremden Waldgeistfrau, die eines Tages erschienen war, die sie wieder in den heimatlichen Wald gebracht hatte.

„Wir danken dir, Tania. Du bist ein sehr tapferes kleines Mädchen. Wir müssen dir jedoch sagen, dass du den singenden Stein nicht aus freiem Willen berührt hast. Wir haben dich gelenkt."

„Aber warum sollte ich das tun?", fragte Tania.

„Das werden wir dir ein anderes Mal erklären. Wichtig ist nur, dass du keine Schuldgefühle hast, und dass du heil zurückgekehrt bist. Aber nun gib Acht."

Die Waldgeister streckten ihre Hände nach ihr aus und deuteten mit dem Zeigefinger auf sie. Die Fingerspitzen erstrahlten in einem weißen Licht, dann lösten sich drei glitzernde Sternchen, die auf Tania zu schwebten. Funkelnd verweilten sie ein paar Augenblicke vor ihrem Gesicht, bevor sie sich auf ein Moospolster vor ihren Füßen nieder senkten.

„Du warst für die Dauer von drei Monden verschwunden. Das ist deine Belohnung. Bewahre sie gut auf und verwende sie nur in Zeiten der Not."

Tania bückte sich, um zu erkennen, was die Geister ihr geschenkt hatten. Als sie sah, was dort lag, glaubte sie zuerst, ihren Augen nicht trauen zu dürfen. Auf dem Moos ruhten drei glänzende Goldmünzen. Vorsichtig nahm sie sie auf und legte sie in ihre linke Handfläche. Deutlich fühlte sie das kühle, schwere Metall. Sie schloss die Hand um ihren Schatz und presste sie gegen ihre Brust.

Als sie sich wieder aufrichtete, sah sie die Waldgeister gerade noch zwischen den Bäumen verschwinden.

„Habt Dank, ehrenwerte Waldgeister!", rief sie ihnen nach.

Sie wartete noch, bis die Faune nicht mehr zu erkennen waren, dann drehte sie sich um und lief zum Haus zurück.

Harpon und Cassandra fesselten und knebelten den Bewusstlosen, der auf dem Gang lag. Dann wandten sie sich der Tür zu, die in den Wachraum führte. Von drinnen hörte man Stühle rücken und zwei laute Stimmen, die sich stritten.

Harpon trat gegen die Türe, die daraufhin krachend gegen die Wand schlug. Zwei Wachleute hatten sich über einen Tisch hinweg gegenseitig am Kragen gepackt und blickten erstaunt in Harpons Richtung. Ein anderer lag schlafend am Tisch und zwei weitere saßen im Hintergrund auf einer Bank. Harpon stürmte auf die beiden Streithähne zu und schlug sie bewusstlos. Dann wandte er sich den beiden Wachen zu, die von der Bank aufgesprungen waren. Einer zog ein langes Messer und wandte sich ihm zu. Der Raum war zu klein um mit dem Schwert zu kämpfen. Deswegen riss Harpon seinen Dolch aus der Scheide.

Auch dieser Wachmann war schon etwas betrunken. Er holte mit seinem Dolch weit aus, mit viel zu viel Schwung. Aber er bedrängte Harpon immer mehr.

Harpon setzte sich zur Wehr und entdeckte schließlich eine Lücke in der Abwehr seines Gegners. Er stieß mit seinem Dolch zu. Der Körper des Wachmannes erschlaffte und sank leblos zu Boden.

Der Ritter zögerte nicht und wandte sich mit vorgehaltenem Dolch dem letzten der Wachmänner zu. Er war schon alt und sein frisch gestutzter Bart war von Grau durchsetzt. Angst zeigte sich in den Augen des Mannes, während er an die Wand zurückwich. Harpon griff mit der Linken nach seinem Kragen und hielt ihn mit eisernem Griff fest.

„Haltet ein, Harpon", rief Sigmar aufgeregt. „Ich glaube, ich kenne diesen Mann."

Harpon bedrohte den Mann weiterhin mit dem Dolch, griff aber nicht an.

Sigmar trat näher.

Das Gesicht des Wachmannes zeigte maßloses Erstaunen. „Fürst Sigmar! Ihr lebt!"

„Wie ist Euer Name, Wachmann?"

„Leandro, mein Fürst."

„Ich erinnere mich an Euch. Ihr habt meinem Vater Treue geschworen. Und dieser Schwur ist nach seinem Tod auf mich übergegangen."

„Aber es hieß, Ihr seid tot. Ich habe selbst an der Begräbniszeremonie teilgenommen."

„Es war eine Lüge. Mein Bruder hat meinen Tod vorgetäuscht, um selbst an die Macht zu kommen. Lasst ab von dem Mann, Harpon."

Widerwillig lockerte Harpon seinen Griff und gab den Mann frei. Dann wischte er den blutigen Dolch ab und steckte ihn in seinen Gürtel.

„Helft uns, Leandro, die Männer zu fesseln."

„Was habt Ihr vor, Fürst Sigmar?", fragte Leandro.

„Wir wollen die Gefangenen befreien."

„Die Gefangenen befreien? Das wird Euch nicht gelingen. Ihr kommt niemals bis zum Haupttor."

„Es gibt einen anderen Weg. Einen Geheimgang, der zum alten Grabmahl führt."

„Ich habe nie davon gehört."

Nachdem sie die Wachen geknebelt und gefesselt hatten, nahmen sie die Zellenschlüssel an sich und traten auf den Gang hinaus.

„Können wir ihm trauen?", fragte Harpon den Fürsten.

„Ja. Ich bürge für ihn", antwortete Sigmar.

Leandro hatte die Aussage seines Fürsten gehört und verbeugte sich vor ihm.

Harpon wandte sich an seine Frau: „*Cassandra, was hältst du von ihm?*"

„*Er ist immer noch fassungslos, weil Sigmar noch lebt. Aber er denkt ständig an den Eid, den er geschworen hat. Er ist nicht gefährlich.*"

„Also gut", sagte Harpon und wandte sich an den Wachmann. „Helft uns bei der Befreiung."

Gemeinsam verließen sie den Wachraum.

Noch immer wurde von außen gegen das Tor geklopft.

Leandro betrachtete nachdenklich die geschlossenen und verriegelten Flügel. Er gab uns ein Zeichen zu schweigen, dann wollte er die Treppen hinaufgehen.

Harpon packte ihn am Kragen und fragte ihn mit leiser Stimme: „Was habt Ihr vor?"

„Ich will sie hinhalten."

Harpon blickte nachdenklich zu Sigmar. Der gab ihm ein Zeichen, und er ließ den Wachmann frei.

Leandro ging zum Tor hinauf und trat mit dem Fuß dagegen. Dann rief er mit lauter Stimme: „Kann man denn niemals seine Ruhe haben. Es ist mitten in der Nacht. Wir wollen schlafen."

Das Klopfen verstummte. Von draußen hörten sie gedämpfte Stimmen.

„Es wird immer schlimmer mit diesen Saufköpfen."

„Diesmal sind sie zu weit gegangen. Ich werde es dem Major melden."

Dann vernahmen sie Schritte, die sich entfernten.

„Gut gemacht", sagte Harpon zu Leandro.

Gemeinsam stiegen sie zu den Zellen hinunter.

Zwei der Gefangenen schreckten hoch, als sich die Zellentür quietschend öffnete.

Ein Mann betrat den Raum. Der Schein der Fackel, die er mit sich trug, erhellte die Zelle. Er trug einfache Kleidung, aber seine Haltung war aufrecht und stolz, wie die eines Edelmannes. Sein Gesicht war schmal, die Wangen eingefallen. Aber seine Augen verrieten die Energie, die in diesem Mann steckte.

„Ich bin Fürst Sigmar. Steht auf und folgt mir. Ihr seid frei. Ich zeige euch den Weg in die Freiheit."

Ein Gefangener stand auf und trat näher. „Ich glaube Euch nicht. Sigmar ist tot. Es ist wahrscheinlich nur ein Trick."

„Ich war selbst als Gefangener jahrelang in diesem Kerker eingesperrt. Aber nun bin ich frei. Und ich bin mit Freunden zurückgekehrt, um mein Volk zu befreien. Wenn Ihr an meinen Worten zweifelt, dann bleibt hier."

Sigmar drehte sich um und verließ die Zelle.

Andere Gefangene waren aufgewacht.

„Glaubst du ihm?"

„Ich werde jede Gelegenheit wahrnehmen, um aus diesem Drecksloch hinauszukommen."

„Bitte wartet. Wir kommen mit Euch."

Harpon, Cassandra und Leandro öffneten eine Zellentür nach der anderen. Der Gang füllte sich mit den Befreiten. Sigmar ging als Anführer voraus und zeigte ihnen den Weg in die Freiheit. Als sie an den noch versperrten Zellen vorbeikamen, wurden die Inhaftierten auf sie aufmerksam. Sie pressten ihre Gesichter gegen die Gitter und begannen zu rufen.

„Was ist da draußen los?"

„Lasst uns nicht zurück!"

„Ich will hier raus!"

Viele der Gefangenen konnten nicht aus eigener Kraft laufen und mussten sich auf andere stützen. Nicht alle Zellen leerten sich vollständig. Tote blieben zurück. Mit Bestürzung registrierten sie, dass sich darunter auch Kinder befanden.

Cassandra hatte sich über den leblosen Körper eines kleinen Jungen gebeugt. Seine toten Augen starrten ins Nichts, als würde er dort die Antwort auf die Frage suchen, warum er in so jungen Jahren sterben musste.

Harpon legte ihr eine Hand auf die Schulter.

„Wir können ihm nicht mehr helfen, Cassandra. Wir sollten uns jetzt um die Lebenden kümmern."

Cassandra strich über das blasse Antlitz des Jungen und schloss damit seine Augen. Dann erhob sie sich und vergrub ihr Gesicht an der Brust ihres Mannes.

Harpon strich ihr zärtlich über Kopf und Rücken und wartete geduldig, bis sich ihre zuckenden Schultern beruhigt hatten. Er verspürte einen schmerzhaften Stich in seiner Brust, als sie sich schließlich den Kopf hob und ihm ihr tränennasses Gesicht zuwandte.

Zuletzt öffnete Cassandra die Zelle, in die man sie selbst einen Tag vorher gesperrt hatte.

„Ihr seid tatsächlich wieder zurückgekommen", sagte die Frau, die Cassandra bei der Heilung beobachtet hatte.

„Wie geht es dem Sohn von Bauer Belgan?"

„Es geht mir gut."

Cassandra wandte sich der Stimme zu. Der Junge war schon wieder auf den Beinen, auch wenn sein Gesicht noch sehr blass war.

„Ich fühle mich zwar noch etwas schwach. Aber ich lebe. Ihr habt mich geheilt?"

„Ja, das habe ich."

Er verbeugte sich vor Cassandra.

„Ihr habt mein Leben gerettet. Habt Dank. Habt vielen Dank."

„Wie ist Euer Name?"

„Ranel, Heilerin."

„Aber jetzt kommt! Wir wissen nicht, wie viel Zeit uns noch bleibt. Folgt den anderen Menschen. Der Weg führt in die Freiheit."

Cassandra verließ als letzte die schmutzige Zelle.

„Ich wusste nichts von diesem Fluchtweg", sagte Leandro, als er zusammen mit Cassandra und Harpon den unterirdischen Tunnel betrat.

„Fürst Sigmar kannte ihn", sagte Harpon. „Anscheinend wird dieses Geheimnis nur von Fürst zu Fürst weitergegeben."

„Sollten wir das Tor nicht wieder schließen?", fragte Leandro. „Vielleicht finden die Wachen dann nicht heraus, wie wir geflohen sind."

„Ihr habt Recht", erwiderte Harpon. „Vielleicht gewinnen wir so ein paar Stunden Zeit."

Cassandra, Harpon und Leandro gingen hinter den letzten Gefangenen her.

Als sie den unterirdischen Gang verließen und an den Sarkophagen vorbei auf den Ausgang des Grabmals zueilten, begrüßte sie schon das erste Licht des beginnenden neuen Tages. Sie traten ins Freie und blieben unweigerlich stehen, als sie die Menge der befreiten Menschen sahen.

„Ich hätte nicht gedacht, dass es so viele sind", sagte Cassandra.

„Wie viele Menschen waren da unten eingesperrt, Leandro?", fragte Harpon.

„In jede Zelle wurden zwanzig Menschen gesperrt. Zuletzt waren 42 Zellen besetzt."

Mitten in der Menge hatte sich ein kleiner Kreis gebildet, in dessen Zentrum Sigmar stand.

Sie konnten nicht verstehen, was er sprach, aber die Anwesenden schienen ihm konzentriert zuzuhören. Sie gingen näher und traten neben den rechtmäßigen Fürsten.

Als Sigmar sie bemerkte, wandte er sich ihnen zu und sagte mit lauter Stimme: „Dies sind meine Freunde. Ohne ihre Hilfe hätten wir euch nicht befreien können."

„Ein Wachmann!", rief ein Mann, als er Leandro bemerkte. „Einen Wachmann nennt Ihr Euren Freund?"

„Ich kenne ihn", wies ihn eine Frau zurecht. „Er war einer der wenigen, die uns nicht schikaniert haben. Er hat uns immer ausreichend Wasser gebracht."

„Ja, das ist wahr", sagte eine andere Frau. „Auch mir hat er geholfen, als ich die Wunden meines Sohnes verbunden habe."

„Ihr seht nun", sagte Sigmar, „dass es auch unter dem Feind Menschen gibt, die gut sind. Nicht alle sind mit dem einverstanden, was der Verräter Ramirez tut." Er wandte sich Cassandra zu.

„Diese Frau hat mir die Freiheit geschenkt. Ihr Name ist Cassandra. Sie ist zusammen mit ihrem Mann Harpon dieses Wagnis eingegangen euch zu befreien, und hat sich dabei selbst in Gefahr gebracht."

„Ihr stammt nicht aus den Dörfern im näheren Umkreis", stellte ein Mann fest, der sie schon die ganze Zeit seit ihrem Eintreffen gemustert hatte.

„Das ist wahr", erwiderte Cassandra. „Fremde Mächte haben eine von euch in unsere Heimat gebracht. Das Mädchen hatte den singenden Stein berührt und war in unserem Wald wieder erwacht. Die Waldgeister unserer Heimat haben uns zusammen mit ihr hierher gebracht."

„Wer ist das Mädchen?", fragte eine junge Frau.

„Sie ist Tania, die Tochter vom Bauern Erril."

„Ich kenne sie. Der Hof ihres Vaters liegt oberhalb des Dorfes, kurz vor dem Wald. Ich habe davon gehört, dass sie plötzlich verschwunden war. Wie geht es der Kleinen?"

„Es geht ihr gut", sagte Cassandra. „Sie erfreut sich bester Gesundheit."

„Es ist etwas Besonderes an dem Kind. Es sind nicht nur ihre roten Haare. Ich habe es in ihren Augen gesehen."

„Aber was soll nun mit uns geschehen?"

„Geht nach Hause", sagte Sigmar. „Eure Schuld ist euch erlassen. Ihr seid frei."

Während Harpon mit Sigmar über das weitere Vorgehen diskutierte, wandte sich Cassandra den Befreiten zu, die sich zu kleinen Gruppen zusammen gefunden hatten. Plötzlich fiel ihr das Schreien eines kleinen Kindes auf. Sie wandte sich in Richtung des Geräusches und gelangte zu einer jungen Frau, die einen Säugling in den Armen hielt. Cassandra blickte der Mutter ins Gesicht und musterte dann das Kind.

„Eure Tochter hat Schmerzen", sagte Cassandra und suchte den Blick der Frau.

„Es war das Ungeziefer im Gefängnis. Im Schlaf ist es über sie hergefallen."

Sie zeigte mir den verbundenen Arm des Säuglings.

„Ich bin eine Heilerin. Ich kann Eurem Kind helfen."

„Sie haben im Gefängnis über Euch gesprochen", erwiderte die Frau. „Ihr habt Ranel geheilt."

„Ja, das habe ich. Aber jetzt lasst mich Eurer Tochter helfen."

Cassandra konnte die schmerzhaften Einstiche der Blut saugenden Insekten schnell heilen.

„Sie ist noch so klein. Wie alt ist sie?"

„Vier Wochen."

„Man hat Euch mit Eurem Säugling ins Gefängnis gesteckt?"

„Nein. Ich habe das Kind in der Gefangenschaft zur Welt gebracht."

Cassandra sah erschrocken von dem Kleinkind auf. Ein Mensch, der keinen Respekt von ungeborenem Leben zeigte, hatte es nicht verdient, über andere zu herrschen. Ihre Verachtung und Wut auf Ramirez stieg ins Unermessliche.

„Dieser Fürst ist kein Mensch. Er benimmt sich wie eine Bestie."

Cassandra nahm den Dank der Frau entgegen und ging weiter durch die Reihen der Befreiten, auf der Suche nach Verwundeten, denen sie helfen konnte. Als sie zu Harpon zurückkam, fand sie ihn mit Sigmar in ein Streitgespräch verwickelt vor.

„Ich befehle es Euch", sagte Sigmar soeben zu Harpon. Zornesröte machte sich in seinem Gesicht breit.

„Ihr habt mir nichts zu befehlen", erwiderte Harpon mit fester Stimme.

„Ich bin Fürst Sigmar", ereiferte sich Sigmar.

„Das seid Ihr erst dann, wenn Euch der König dazu ernannt hat. Bis dahin solltet Ihr mit uns besprechen, wie Ihr vorgehen wollt."

Sigmar ballte die Fäuste und presste die Lippen aufeinander.

„Ist Euer Verhalten der Dank dafür, dass wir Euch und Euer Volk befreit haben?"

„Dem Handeln meines Bruders muss Einhalt geboten werden."

„Das könnt Ihr jedoch nicht selbst tun. Nur der König hat die Macht dazu", sagte Harpon.

„Was wird nun geschehen?", fragte Cassandra.

„Sie werden nichts unversucht lassen, um das Tor zu den Verliesen aufzubekommen", sagte Leandro.

„Deswegen müssen wir davon ausgehen, dass die Befreiung der Gefangenen und Sigmars Flucht heute im Laufe des Tages bekannt werden", sagte Harpon und wandte sich an Sigmar. „Dieser Ort wird nicht mehr lange sicher sein. Die Befreiten sollten möglicht bald von hier verschwinden."

„Ich werde es meinen Untertanen sagen", meinte Sigmar. Er schien sich wieder beruhigt zu haben, denn der Zorn war aus seinem Blick verschwunden.

„Und dann sollten wir uns auf den Weg zum königlichen Schloss machen und den Verrat Eures Bruders aufdecken. Nur der König kann Euch wieder in Euer Amt erheben."

Sigmar nickte und wandte sich den Befreiten zu.

Cassandra beobachtete, wie sich der Platz vor dem Grabmal langsam leerte. Die Befreiten bildeten kleine

Gruppen und verschwanden im nahe liegenden Wald. Sie war sich sicher, dass sie allen Verletzten geholfen hatte, so weit es in ihrer Macht stand. Dennoch mussten sich einige Menschen schwer auf andere stützen. Die lange Haft und die schlechte Verpflegung hatten sie geschwächt.

„Wie weit ist das Schloss des Königs entfernt?", fragte Harpon.

„Etwa eineinhalb Tagesritte", antwortete ihm Leandro.

„Wir brauchen also Pferde." Harpon blickte Leandro fragend an. „Könnt Ihr welche besorgen?"

„Ich wage es nicht, zum Anwesen des Fürsten zurückzugehen. Außerdem gehöre ich nicht zum berittenen Wachpersonal. Es würde Verdacht erregen, wenn ich mit vier Pferden das Anwesen verlasse."

„Gibt es in der Nähe einen Bauernhof oder ein Gut?"

Leandro überlegte kurz. „Nein. Aber auf der Hauptstrasse die am Anwesen vorbei nach Castilia führt, sind immer viele Reiter unterwegs."

Leandro führte die Gruppe durch den Wald zu einer Stelle, wo eine hervorspringende Waldzunge fast bis zur Hauptstrasse ragte - einem idealen Beobachtungspunkt. Aus ihrer Deckung heraus hatten sie einen guten Überblick über ein Stück der Strasse, mussten sich aber gedulden, da so früh am Morgen nur wenige Soldaten unterwegs waren.

„Wir sollten eine Gruppe aufhalten, die aus der Richtung des fürstlichen Anwesens kommt", sagte Leandro. „Die Pferde sind frisch und die Soldaten führen genügend Proviant und Wasser mit sich."

Endlich näherte sich eine Gruppe von vier Reitern.

„Ich werde sie aufhalten", sagte Cassandra.

„Wie wollt Ihr das tun?", fragte Sigmar.

Harpon grinste, weil er die Gedanken seiner Frau gelesen hatte.

Cassandra antwortete nicht, sondern lächelte und öffnete zwei Knöpfe ihrer Bluse.

Sigmar stieg die Schamesröte ins Gesicht.

Harpon und Cassandra schlichen gebückt vom Waldrand bis zur Strasse hinüber. Sie setzte sich im

Schatten eines Gebüschs nieder, hinter dem sich ihr Gatte versteckte.

Das Hufgetrappel wurde immer lauter und bald war der Trupp fast heran. An der Spitze ritt ein Mann, dessen Uniform sich von der seiner Kameraden unterschied. Als er Cassandra bemerkte, zügelte er sein Pferd und wies mit einer Handbewegung die Reiter an, anzuhalten.

„Seid gegrüßt, schöne Frau", wandte sich der junge Unteroffizier an Cassandra. „Seid Ihr in Not? Können wir Euch helfen?"

Cassandra lächelte den Soldaten an. „Mir scheint, ich habe mir den Knöchel verstaucht." Sie hob den Saum ihres Rockes ein Stück und streckte dem Unteroffizier ihren Fuß entgegen, was von ihm mit einem Augenaufschlag quittiert wurde.

„Was ist Euch zugestoßen?"

„Mein Pferd", sagte Cassandra. „Es war heute sehr unruhig. Ich weiß nicht, was es erschreckt hat. Plötzlich hat es gescheut und mich abgeworfen."

Der Unteroffizier stieg vom Pferd und ging auf Cassandra zu, um sich ihren Fuß anzusehen.

Darauf hatte Harpon nur gewartet. Er sprang aus seinem Versteck hervor, griff den Mann in die Haare, zog seinen Kopf zurück und setzte ihm seinen Dolch an die Kehle.

Die drei Soldaten wollten ihrem Vorgesetzten zu Hilfe eilen, aber dieser deutete ihnen an, nichts zu unternehmen.

„Gebt uns, was wir verlangen und Ihr bleibt am Leben", zischte er.

„Was wollt Ihr?"

„Eure Pferde, Wasser und Proviant."

„Ihr wisst, wie hoch die Strafe für Pferdediebe und einen Überfall auf fürstliche Soldaten ist?"

„Bitte verzeiht uns", sagte Cassandra. „Aber wir können nicht anders handeln."

„Wie ist Euer Name?"

„Cassandra y Demeter."

„Die drei sollen absteigen und von den Pferden zurücktreten", sagte Harpon.

Die Soldaten blickten ihren Vorgesetzten fragend an.

„Tut was er sagt!", presste der Unteroffizier hervor.

Leandro und Sigmar waren inzwischen neben Cassandra getreten.

„Steigt auf die Pferde", befahl ihnen Harpon. Er wartete, bis sie aufgesessen waren, dann ging er mit dem Unteroffizier auf das vierte Pferd zu.

„Zurück!", fuhr er die Soldaten an. „Ich werde jetzt das Messer von Eurer Kehle nehmen. Geht dann zu Euren Kameraden hinüber. Solltet Ihr versuchen, mich anzugreifen, werde ich Euch töten. Ist das klar?"

„Ich habe Euch verstanden", sagte er.

Harpon ließ den Kopf des Mannes los und zog sein Messer zurück. Der Soldat ging langsam zu seinen Kameraden hinüber, wo er sich umdrehte und Harpon finster anblickte.

„Mein Name ist Harpon von Armadaan."

Er schloss zu den anderen Pferden auf und sie ritten gemeinsam los. Als sie außer Sichtweite der Soldaten waren, verließen sie die Strasse und lenkten die Pferde in den Wald.

„War es klug, den Soldaten Eure Namen zu nennen?", fragte Sigmar Harpon.

„Ich kämpfe nicht gerne verdeckt. Der Feind soll mein Gesicht und meinen Namen kennen."

„Ihr seid wahrlich ein Mann von Ehre."

„Ich bin ein Ritter."

Die Sonne stand inzwischen hoch am Himmel. Sie ritten durch einen Hochwald, in dem es kaum Unterholz gab.

„Es war eine lange Nacht", sagte Harpon. „Vielleicht sollten wir eine Rast einlegen und erst nach Anbruch der Dunkelheit weiter reiten." Er blickte in die erschöpften Gesichter seiner Begleiter und las dort deren Zustimmung.

„In der Nähe fließt ein Fluss durch ein tiefes Tal", sagte Sigmar. „Dort gibt es viele Versteckmöglichkeiten."

„Bitte führt uns, Sigmar."

Nach etwa einer halben Stunde wichen die Bäume zurück und sie fanden sich am Rande einer Schlucht wieder, auf deren Boden sich das silberne Band eines Flusses wand. Sigmar führte sie zu einem Pfad, der sich den Formationen des Tales anpasste und in unregelmäßigem Zickzack zum Fluss hinunterführte.

Als sie die Talsohle erreichten, umfing sie Kühle und Feuchtigkeit. Das Geräusch des Wassers, das neben ihnen floss, drang mit einem Mal an ihr Ohr. Moos wuchs auf großen Steinen, die den Verlauf des Flusses säumten.

„Zu dieser Jahreszeit führt der Fluss nur wenig Wasser", erklärte Sigmar. „Im Frühjahr, zur Zeit der Schneeschmelze, tritt er über die Ufer und spült die Seitenwände des Tales aus. Deswegen gibt es hier viele Höhlen."

Sie fanden unter einem Felsüberhang einen Unterschlupf, der groß genug für sie und die Pferde war. Sie sattelten die Tiere nicht ab, damit sie im Falle einer Gefahr schnell fliehen konnten.

„Der Mond ist fast voll", sagte Leandro. „Wir werden also heute Nacht gut vorwärts kommen."

„Sofern es sich nicht bewölkt", warf Harpon ein.

Leandro betrachtete sinnierend den Himmel. „Das glaube ich nicht."

Sigmar warf mürrisch ein: „Wir sollten essen und dann schlafen. Ich will so bald wie möglich den König sprechen."

Cassandra durchsuchte die Packtaschen ihres Pferdes nach Proviant.

„Dörrfleisch, harter Käse und etwas Brot", meinte sie etwas enttäuscht. „Aber ich habe schon schlechtere Dinge gegessen."

Harpon sah sie fragend an und sprach zu ihr mit seiner Gedankenstimme: *„Du denkst dabei vermutlich an die Erde?"*

„Ja, an die Erde. Aber was tut man nicht, wenn es ums Überleben geht und der Hunger an den Eingeweiden frisst."

„Diese Zeiten sind vorbei, Cassandra", flüsterte Harpon ihr ins Ohr. Sie legte ihren Proviant auf einen flachen Stein und umarmte Harpon. „Ja, ich bin froh, dass das Vergangenheit ist."

„Was ist Vergangenheit?", fragte Sigmar barsch.

Cassandra sah ihn verwundert an: „Meine Kindheit", sagte sie. „Aber ich glaube, das geht Euch nichts an."

„Ich dulde nicht, dass in meiner Gegenwart geflüstert wird."

„Glaubt Ihr, dass wir etwas vor Euch verbergen?", fuhr ihn Cassandra an. „Denkt Ihr etwa, dass wir Euch jetzt Schaden zufügen wollen, nachdem wir Euch vorher befreit haben?"

Sigmar blickte sie düster an. Dann drehte er sich wortlos um und ging zu seinem Pferd hinüber.

„Was hat er nur?", fragte Harpon.

„Er ist vollkommen erschöpft. Der lange Aufenthalt im Kerker hat ihn geschwächt."

Nachdem sie gegessen hatten, ging Cassandra zum Flussufer hinüber und kniete nieder. Sie fühlte das Wasser und fand es warm genug, um baden zu können. Sie kehrte zu den anderen zurück und fragte: „Leandro, gibt es in diesem Fluss Tiere, die einem Menschen gefährlich werden könnten?"

„Nein", meinte er lachend. „Höchstens ein paar Frösche könnten Euch erschrecken."

Cassandra erwiderte sein Lachen: „Dann werde ich jetzt ein Bad nehmen."

Sie setzte sich etwas abseits auf einen Stein, löste ihren Zopf und kämmte ihr langes Haar aus.

Harpon gesellte sich zu ihr. „Ich werde dich begleiten." Als sie ihn fragend anblickte, fügte er erklärend hinzu: „Dachtest du wirklich, ich lasse dich alleine in einem unbekannten Fluss baden?"

„Harpon, deine Fürsorge ist rührend. Aber ich würde es spüren, wenn mir eine Gefahr droht."

„Mir ist wohler, wenn du in meiner Nähe bist."

Harpon und Cassandra gingen ein paar hundert Schritte den Flusslauf entlang, bis eine Biegung sie vor den Blicken ihrer Begleiter verbarg. Am Ufer bildeten ein paar Büsche einen natürlichen Schutz. Hier schlüpften sie aus ihren Kleidern.

Harpon beobachtete Cassandra, die lachend zum Fluss hinunter lief und in das erfrischende Nass sprang. Er folgte ihr, schwamm die wenigen Meter zu seiner Frau und schloss sie in die Arme. Sie erwiderte seine Umarmung und küsste ihn, zuerst zärtlich, und dann immer leidenschaftlicher.

Harpon verspürte irgendwann ein Pochen in seinen Lenden, das mit jedem von Cassandras Küssen stärker wurde. Schließlich löste er die Umarmung um sie, nahm ihre Hand und zog sie auf das Ufer zu. Dort angekommen, nahm er seine Geliebte auf die Arme und trug sie auf die Büsche zu.

Cassandra lachte, als Harpon sie vorsichtig in das weiche Gras legte und neben sie glitt. Sie schlang ihr Arme um ihn und küsste ihn. Ihre Zunge teilte seine Lippen und suchte seine. Es war schon einige Tage her, seit sie sich zuletzt geliebt hatten. Aber jetzt sollte er seine ehelichen Pflichten erfüllen.

Harpon fühlte sein Blut auf atemberaubende Weise durch seinen Körper rauschen und spürte, wie seine Männlichkeit sich aufrichtete. Nach Luft ringend zog er eine Spur von Küssen Cassandras Hals entlang nach unten und über ihre Brüste.

Cassandra legte sich auf den Rücken und zog ihren Liebhaber auf sich. Vorsichtig drang er in sie ein und sie stöhnte vor Lust auf. Er begann, sich in ihr zu bewegen, gefühlvoll und doch kräftig. Mit ihren telepathischen Kräften griff sie nach seinem Geist und baute eine Verbindung auf. Sie spürte, wie erregt er schon war, und wie viel Mühe es ihn kostete, sich zurückzuhalten. Sie trank von seiner Lust, berauschte sich daran und linderte gleichzeitig seine Not. Sie schlang ihre Beine um ihn, streichelte seinen Rücken und genoss das Spiel seiner Muskeln.

Harpons Herz hämmerte immer schneller gegen seine Rippen. Über die Verbindung, die Cassandra zu ihm aufgebaut hatte, spürte er auch ihre Erregung. Wie eine Flut riss sie ihn mit sich. Noch zweimal bewegte er sich in ihr, dann kamen sie beide in perfekter Harmonie.

Danach lagen sie erschöpft nebeneinander im Gras und beobachteten die vorbeiziehenden Wolken.

Vor ihrem Unterschlupf hatte sich Cassandra auf einen bemoosten Stein gesetzt und ließ ihr langes Haar von den warmen Strahlen der Sonne trocknen. Sie beobachtete die Blumen vor ihr und das spielerische Treiben bunter Insekten, die von einer Blüte zur nächsten flogen. Am anderen Flussufer erblickte sie ein paar Tiere, die sich dort gesammelt hatten. Sie erinnerten Cassandra an Rehe, auch wenn sie viel kleiner waren. Mehrmals blickten sie scheu zu der Mondgöttin herüber, bevor sie es wagten, zum Wasser zu laufen, um ihren Durst zu stillen.

Zwitschernde Laute lenkten Cassandras Aufmerksamkeit auf einen großen Busch, der sich wenige Schritte von ihr entfernt an einen Felsen drückte. Eine Schar blauer Vögel bevölkerte ihn, die dort emsig zwischen den Zweigen herumhüpften. Die Tiere stiegen immer wieder auf, kreisten suchend über dem Gewässer und kehrten dann in einem weiten Bogen dicht an Cassandra vorbei wieder zurück. Der Flug erinnerte aber mehr an das kurvenreiche Schwirren von Insekten, als an das Gleiten von Vögeln.

Cassandra streckte eine Hand aus und tatsächlich ließ sich eines der Tiere auf ihrem Finger nieder. Fasziniert betrachtete sie das kleine Geschöpf. Es war etwa so groß wie ihre Handfläche und oberflächlich betrachtet hätte man es tatsächlich für einen Vogel halten können: Es hatte einen spitzen Schnabel, zwei schwarze Augen, und hielt sich mit zwei Beinen, die in jeweils vier bekrallten Zehen endeten, an ihrem Zeigefinger fest. Cassandra konnte jedoch zwei Flügelpaare erkennen, die es auf dem Rücken zusammengefaltet hatte, und der Körper des Tieres war mit etwas bedeckt, das eher an die Schuppen eines Fisches als an die Federn eines Vogels erinnerte, und das bei jeder Bewegung in allen Regenbogenfarben schillerte. Das kleine Tier drehte mehrmals den Kopf und musterte Cassandra neugierig. Dann entfaltete es seine Flügel, stieg munter in die Luft auf, und schwirrte zurück zu seinen Artgenossen.

Als Harpon den Unterschlupf betrat, sah er, dass sich Sigmar bereits niedergelegt hatte. Leandro wachte über den Schlaf des Fürsten. Der ehemalige Wachmann blickte ihn fragend an.

„Ihr seht müde aus, Leandro. Legt Euch schlafen. Ich werde wachen."

„Ich danke Euch", erwiderte Leandro. „Weckt mich, wenn ich Euch ablösen soll."

„Das werde ich tun. Aber jetzt, schlaft."

Es war bereits Abend als Cassandra aufwachte. Sie blickte sofort zum Lager neben ihr. Aber es war leer, die Decken lagen noch sorgfältig gefaltet auf der Schlafstelle. Sie richtete sich auf und sah sich besorgt um. Da bemerkte sie in der schon beginnenden Dämmerung vor dem Unterschlupf die Silhouette ihres Gatten. Eine Weile betrachtete sie ihn, wie er da stand, eine Hand auf den Griff seines Schwertes gelegt. Wie eine Statue stand er da, ein Standbild von antiker Schönheit, umgeben von einem Hauch von Ewigkeit, seine Kräfte wie zu Stein gebündelt. Stolz und überlegen erschien er ihr, als könne keine Macht des Universums an ihm vorbeigelangen. Sie lächelte. Welch ein Glück, dass ich diesen Mann kennen gelernt habe, dachte sie. Dann tastete sie nach seinem Geist und schickte ihm eine Botschaft: *„Guten Abend, Geliebter!"*

Sofort drehte sich Harpon zu seiner Gattin um. Dann kam er zu ihr und setzte sich auf das Lager neben sie.

„Warum hast du dich nicht hingelegt?", fragte Cassandra.

„Ich war nicht müde. Außerdem brauchten Sigmar und Leandro dringend Schlaf."

„Sollten wir sie nicht jetzt wecken?"

„Ich werde das tun."

„Einen Augenblick noch", sagte Cassandra.

„Was ist?"

Sie zog ihn an sich und küsste ihn.

Nach einer kleinen Mahlzeit packten sie ihre Sachen auf die Pferde und führten die Tiere aus dem Unterschlupf hinaus. Leandro führte den Trupp an, den gewundenen Weg aus der Schlucht hinaus und in den Hochwald hinein. Sie kamen gut voran, denn die Stämme der Bäume standen weit voneinander entfernt und es gab kaum Unterholz.

Schweigend ritten sie hinter Leandro her und lauschten auf die nächtlichen Geräusche des Waldes.

„Ich mache mir Sorgen um Sigmar", sagte Cassandra mit ihrer Gedankenstimme zu Harpon. *„Seit wir los geritten sind, hat er kein einziges Wort gesprochen."*

„Vielleicht sind seine Gedanken schwer."

„Ich werde versuchen, mit ihm zu sprechen."

Cassandra lenkte ihr Pferd neben Sigmar.

Der Fürst schreckte aus dumpfem Brüten hoch, als er die Frau neben sich bemerkte.

Eine Zeitlang ritten sie schweigend nebeneinander her, dann durchbrach Cassandra Stimme die Stille: „Sigmar. Ihr seid so schweigsam."

„Es gibt nichts zu sagen. Erst wenn wir..." Sigmar behielt den unausgesprochenen Rest für sich.

„Wenn wir beim König sind?", vollendete Cassandra den Satz.

„Ja. Nur er kann meinen verbrecherischen Bruder aufhalten."

„Glaubt Ihr, dass es Euch gelingen wird, den König zu überzeugen?"

„Ich muss ihn überzeugen", sagte Sigmar mit energischer Stimme. „Ich habe keine andere Wahl. Ihr habt die vielen Menschen im Gefängnis gesehen."

„Ja, das habe ich."

„Es sind meine Leute. Es ist mein Volk, für das ich verantwortlich war. Ihr habt gesehen, wie sie gelitten haben, wie mein Bruder sie in die Zellen gepfercht hatte, als wären sie Tiere. Ich muss meinem Volk helfen."

„Wir werden alles tun, was in unserer Macht steht, um Euch beizustehen."

„Ich danke Euch, Cassandra. Wenn ich wieder Fürst bin, werdet Ihr eine große Belohnung erhalten."

Immer langsamer kamen sie vorwärts. Dicht durchwachsenes Unterholz behinderte ihren Ritt und sie kämpften mit zurückschnellenden Zweigen und dornigen Ranken.

„Bei der Geschwindigkeit brauchen wir noch viele Tage, bis wir zum Schloss kommen", sagte Leandro.

„Soviel Zeit haben wir nicht", entgegnete Sigmar und trieb sein Pferd an.

Mit einer Plötzlichkeit, die sie alle anhalten ließ, wich das dichte Unterholz zurück und machte einer großen Lichtung Platz. Sie hatten ihre Pferde ins Freie gelenkt, und befanden sich etwa in der Mitte der freien Stelle, als Cassandra unerwartet ihr Tier anhielt. Harpon stoppte ebenfalls und blickte besorgt zu ihr zurück. Das Mondlicht perlte hell über ihr Gesicht. Ihr Blick traf ihn jedoch nicht, denn er war in weite Fernen gerichtet. Plötzlich ging ein Ruck durch sie und sie blickte Harpon an.

„Etwas kommt auf uns zu", sagte sie. „Von allen Seiten."

Harpon sah sich suchend um, konnte aber im Dunkel zwischen den Stämmen der Bäume nichts erkennen. Auch Sigmar und Leandro hatten angehalten und kamen nun auf Harpon zu.

„Was ist los?", erkundigte sich Sigmar.

„Mein Fürst!", erklang die aufgeregte Stimme Leandros. „Es sind die Waldgeister!"

Da bemerkte auch Harpon die schwachen Leuchterscheinungen im sie umgebenden Wald. Immer mehr Lichter erschienen und schwebten auf die Lichtung hinaus. Jetzt konnte er auch Formen erkennen: Menschen, Tiere und auch Mischformen, wie Vögel mit menschlichen Gesichtern und Pferde mit humanoiden Oberkörpern umringten sie.

Harpon wollte sein Schwert ziehen, aber Cassandra griff nach seinem Arm. Er sah sie fragend an. Die Mondgöttin schüttelte den Kopf und er zog die Hand vom Griff der Waffe zurück.

„*Was fühlst du?*", fragte er sie mit seiner Gedankenstimme.

„*Macht. Grosse Macht. Aber ich kann nicht feststellen,
ob sie friedliche Absichten haben*", erwiderte Cassandra. „*Ihre Gedanken bleiben vor mir verborgen.*"

Die Waldgeister glitten von allen Seiten her auf die
vier Reiter zu. Harpon sah nun auch in Sigmars und
in Leandros Gesicht Besorgnis.

„Sigmar, was hat das zu bedeuten?"

„Ich weiß es nicht. Ich habe sie noch nie in solcher
Vielzahl gesehen."

Wie ein Keil schoben die leuchtenden Wesen sich
zwischen sie, drängten Harpon und Cassandra ab und
umzingelten die beiden.

„Ich glaube, es ist besser, wenn wir absteigen", sagte
Cassandra.

Langsam glitten sie aus den Sätteln.

„Merkwürdig", meinte Harpon und streichelte den
Hals seines Pferdes. „Die Pferde zeigen keine Anzeichen von Angst."

„Ich glaube nicht, dass sie gefährlich sind", flüsterte
Cassandra. „Tania hat gesagt, dass sie ihnen in der
Not helfen."

„Ihnen vielleicht. Aber wer weiß, was sie mit uns
vorhaben."

Auch die Pferde hatten die Geister abgedrängt. Cassandra versuchte in den schemenhaften Gesichtern zu
lesen, aber die Konturen waren zu undeutlich, um
Gefühlsregungen zu erkennen.

Da löste sich eine einzelne Gestalt aus dem Wall der
sie umgebenden Geister und glitt auf sie zu. Der
Waldgeist glich einem alten Mann, der sie um zwei
Kopflängen überragte. Nun waren auch die Gesichtszüge des Alten zu erkennen. Mit ernster Miene musterte er Harpon und Cassandra.

„Wer seid ihr?", fragte er mit tiefer Stimme.

„Ich bin Cassandra y Demeter."

„Mein Name ist Harpon von Armadaan."

„Das sind eure Namen", entgegnete der Waldgeist.
„Aber ich fühle ungewöhnliche Kräfte, vor allem in
Euch, Cassandra y Demeter. Nie haben wir Wesen wie

euch getroffen. Und es war noch ein anderes, viel mächtigeres Wesen anwesend, das euch neben dem singenden Stein abgesetzt hat. Was habt ihr in unserem Wald zu suchen?"

„Wir haben ein Mädchen mit dem Namen Tania zurückgebracht, das sich in unsere Heimat verirrt hatte", antwortete Cassandra. „Danach wollten wir diese Welt wieder verlassen. Aber wir wurden in Ereignisse verstrickt und blieben. Tanias Vater sollte bestraft werden, weil er seine Steuern nicht bezahlen konnte. Ich wollte Tania helfen und wurde in den Kerker des Fürsten geworfen. Dort fand ich Sigmar, den wahren Fürsten, den sein habgieriger Bruder eingesperrt hatte. Und jetzt sind wir unterwegs zum König, damit der falsche Fürst abgesetzt wird und die Tyrannei ein Ende findet."

„Ich weiß, dass Ihr die Wahrheit sprecht", erwiderte der Waldgeist. „Wir haben die Befreiung der Menschen beobachtet. Ihr habt eine gute Tat vollbracht. Aber jetzt erklärt mir, wer Ihr wirklich seid."

Harpon hob seine rechte Hand und ließ sein Zeichen erscheinen.

„Ich bin ein Ritter der Ewigkeit und dies ist mein Zeichen."

Der Geist runzelte die Stirn. „Ein Ritter der Ewigkeit? Das sagt mir nichts. Was hat dieser Titel zu bedeuten?"

„Der Orden der Ritter wurde vor Jahrtausenden von den mächtigen Yr gegründet. Die Aufgabe dieses Ordens ist das Aufrechterhalten des Friedens zwischen allen Völkern."

„Yr? Ich habe nie von diesem Volk gehört."

„Sie leben an einem Ort, der von diesem sehr weit entfernt ist. Das Wesen, das uns beim singenden Stein abgesetzt hat, ist eine von ihnen."

„Es war Demeter, meine Mutter", setzte Cassandra fort.

„Eure Mutter? Wir haben deutlich gespürt, wie mächtig dieses Wesen war. Und auch in Euch verspüren wir ähnliche Kräfte."

Cassandra hob ihre rechte Hand und zeigte die drei leuchtenden Monde.

„Das Wissen um höhere Wesen, die Erfahrung ganzer Zeitalter, die Mächte der Sterne, die Weisheit und Güte einer Göttin, dies alles vereine ich. Dies alles bin ich. Ich bin die Göttin des Mondes."

Der Waldgeist verneigte sich vor Cassandra und Harpon.

„Erklärt mir, woher Ihr kommt."

„Jeder Stern, den Ihr nachts am Himmel seht, ist eine Sonne", sagte Harpon, „eine Sonne wie die, welche diese Welt erhellt. Viele dieser fremden Sonnen erwärmen andere Welten. Von einer dieser fremden Welten kommen wir."

„Ich danke Euch für Eure Worte. Wir werden uns nun beraten. Bitte habt Geduld."

Der Alte wich zurück und verschwand in der Menge der Waldgeister.

„Ob sie uns glauben werden?", flüsterte Cassandra.

„Wenn sie parapsychische Sinne haben, dann werden sie es."

„Ich hoffe nur, dass die Beratung nicht sehr lange dauert. Ich mache mir Sorgen um Sigmar und Leandro."

Es zeigten sich schon die ersten Spuren des neuen Tages, als der Waldgeist endlich zurückkam.

„Wir konnten nicht alles verstehen, was Ihr uns erzählt habt", sprach der Waldgeist. „Aber wir wissen, dass Ihr die Wahrheit sprecht. Unsere Sinne können falsche von wahren Worten trennen. Und wir sind uns nun sicher, dass Ihr keine Gefahr für uns oder den Wald darstellt."

Er legte eine Pause ein. Dann fuhr er fort: „Ich werde Euch jetzt erzählen, was sich zugetragen hat.

Vor vielen Generationen waren schon einmal Wesen von einer anderen Welt hier. Sie waren eigenartig anzusehen, kaum größer als Kinder. Nur ihre Gesichter verrieten ihr wahres Alter. Zuerst war plötzlich der singende Stein da. Eines Morgens lag er in der Mitte der Lichtung. Der Stein hat dann die fremden Zwerge in großer Anzahl ausgespuckt. Sie sind ausgeschwärmt und durch den Wald gezogen. Aber sie haben nichts berührt und auch keinerlei Schaden angerichtet. Also haben wir sie gewähren lassen. Sie führten merkwürdige Gegenstände mit sich, die sie auf Pflanzen und Tiere gerichtet haben.

Viele Wochen lang blieben sie im Wald, bis eines Tages plötzlich große Unruhe unter ihnen entstand. Sie schienen in Panik zu geraten, flohen zurück zum singenden Stein und verschwanden. Sie sind nie wieder zurückgekommen. Nur der singende Stein blieb zurück. Und ein jeder, der ihn berührt hat, ist verschwunden und nie wieder aufgetaucht. Das kleine rothaarige Mädchen ist die einzige, die jemals wieder zurückgekehrt ist."

Der Waldgeist schwieg und sah sie nun fragend an.

„Ich glaube, dass die Fremden Forscher oder Wissenschaftler waren", setzte Harpon an. „Der singende Stein ist ein künstliches Objekt, ein sehr komplizierte Apparatur, die es ihnen ermöglicht, von einer Welt zur anderen zu reisen. Den Grund dafür, warum sie plötzlich geflohen sind, werden wir wohl nie erfahren. Aber sie schienen keine Zeit mehr gefunden zu haben, den Stein wieder mit sich zu nehmen."

„Könnt Ihr verhindern, dass der Stein Menschen verschwinden lässt?"

„Ich verspreche Euch, dass ich das Artefakt untersuchen werde. Wenn ich eine Möglichkeit sehe, es unschädlich zu machen, so werde ich das tun."

„Aber vorher müssen wir zum König", warf Cassandra ein. „Es dürfen nicht weiterhin Unschuldige in den Kerker geworfen werden. Ramirez hat sogar Schwangere eingesperrt."

„Ihr dürft Euch von nun an frei in unseren Wäldern bewegen. Auf der anderen Seite der Lichtung werdet ihr ein Tor finden. Reitet hindurch und ihr werdet zum Schloss gelangen. Aber verlasst den Pfad nicht und verweilt unterwegs nicht. Ihr würdet euch in große Gefahr begeben. Lebt wohl."

Der Waldgeist wollte zurückweichen, aber Cassandra sprach ihn noch einmal an.

„Bitte verzeiht!"

„Ja?"

„Wie ist Euer Name?"

„Daminium. Man nennt mich auch den Obersten."

Der Alte drehte sich um und verschwand zwischen den Waldgeistern. Die leuchtenden Schemen wichen zurück und glitten zwischen den Stämmen der Bäume hindurch in den Wald hinein. Ein letztes Aufflimmern, und die Waldgeister waren verschwunden.

„Gespenstisch", sagte Harpon.

„Ja", erwiderte Cassandra. „Aber auch wunderschön."

Als er Hufgetrappel hörte, drehte sich Harpon um.

Sigmar und Leandro zügelten ihre Pferde und stiegen aus den Sätteln.

„Was ist geschehen? Warum haben uns die Waldgeister aufgehalten?", fragte Sigmar.

Harpon erklärte ihm, was vorgefallen war, verschwieg aber ihre wahre Identität. Dafür waren die Menschen dieser Welt noch nicht bereit.

Die ersten Strahlen des beginnenden neuen Tages fielen auf die Lichtung. Dort wo sie auf den Waldrand trafen, zeigte sich nun ein faszinierendes Schauspiel: Der Bodennebel verflüchtigte sich und von den Enden der Grashalme stiegen Kaskaden von Lichtpunkten auf. Auf Höhe der Baumwipfel vereinten sie sich zu einem gewaltigen Bogen. Mit zunehmender Helligkeit schien das Tor mehr und mehr an Substanz zu gewinnen. Der Wald hinter dem Durchlass war immer undeutlicher zu erkennen, bis schließlich Dunkelheit die Torfläche ausfüllte.

„Was ist das?", fragte Sigmar.

„Ein Tor, das die Waldgeister für uns schaffen", antwortete Harpon. „Es wird uns den Weg zum Schloss weisen."

„Sehr einladend sieht es aber nicht aus", kritisierte Cassandra.

„Wenn es von den Waldgeistern geschaffen wurde, dann kann es nicht gefährlich sein", entgegnete Sigmar.

„Es ist noch nicht fertig. Seht doch!", bemerkte Harpon.

Im Zentrum der Schwärze war ein gleißend heller Fleck erschienen. Funken sprühend vergrößerte er sich unter lautem Zischen, bis er die ganze Fläche des Tores einnahm und das friedliche Bild einer sonnigen, von saftigem Gras bewachsenen Hügellandschaft zeigte.

Und auf dem höchsten der Hügel erblickten sie ihr Ziel.

„Das Schloss seiner Majestät!", sagte Sigmar. Die Ehrfurcht ließ seine Stimme zittern. Nach Jahren der Haft sah er nun endlich sein Ziel vor Augen.

Sie setzten sich auf ihre Pferde und ritten auf das Tor zu. Je näher sie kamen, umso mehr wich das Abbild des Schlosses zurück und machte einem breiten Pfad Platz. Widerstandslos passierten sie den Durchgang.

Harpon sah sich erstaunt um. Jedes Detail erschien nach dem Passieren der Schwelle künstlich hervorgehoben, alle Kantenlinien und Konturen wirkten übertrieben ausgeprägt. Pflanzen, Bäume, Sträucher, Blumen waren ins Riesenhafte vergrößert. Sie ritten unter den Hüten gigantischer Pilze hindurch auf ihr Ziel zu. Farnwedel säumten den Pfad, die die Höhe von kleinen Häusern erreichten.

Das Abbild des Schlosses schwebte vor ihnen her, so nahe, aber dennoch unerreichbar. Jegliches Zeitgefühl ging verloren. Cassandra glaubte Gesichter zu erkennen, die sich schnell hinter die Stämme der Pilze zurückzogen, wenn sie sich ihnen zuwandte. Wie mochten wohl die Tiere dieses Waldes aussehen, fragte sie sich. Ging nicht eine Gefahr von ihnen aus, wenn auch sie ums Vielfache größer als normal waren? Oder erschienen die Reiter den Geschöpfen dieser Umwelt so klein, dass sie nicht beachtet wurden? Als sich plötzlich die Sonne verdunkelte, sah Cassandra hoch und erblickte die bunten Flügel eines gigantischen Schmetterlings. Ein Blatt fiel von einem Baum und legte sich Cassandra übers Gesicht. Es bedeckte ihren ganzen Oberkörper und raubte ihr die

Sicht. Sie nahm beide Zügel in die linke Hand und zog sich mit der rechten das Laub vom Gesicht.

„Der Ausgang!", rief Harpon.

Das Abbild des Schlosses war zum Stillstand gekommen und übergangslos fanden sie sich auf der saftigen Wiese wieder, die sie am Ende des Tunnels gesehen hatten. Sie zügelten ihre Pferde und hielten an.

Cassandra blickte zurück und sah gerade noch die beiden Torbogen verblassen.

„Habt Dank, liebe Waldgeister!", rief die Mondgöttin.

„Ja. Habt Dank", rief auch Sigmar. Und zum ersten Mal seit vielen Tagen zeigte sich ein Lächeln auf seinem Gesicht.

Cassandra warf den Rest des riesigen Blattes auf den Boden. Ein kleines Tier streckte seinen Kopf neugierig aus einem Loch, schnupperte daran und zog den Leckerbissen mit in seinen Bau.

Die kupfernen Dächer des königlichen Schlosses blinkten im Licht des neuen Tages. Farbige Banner flatterten im Wind. Es war noch sehr früh und das Leben am Hofe begann gerade erst zu erwachen. Sigmar ritt voran, Leandro und Cassandra folgten ihm, und Harpon bildete den Abschluss. Sie ritten quer über die Wiese, bis sie auf eine gepflasterte Strasse trafen, die zum Schloss führte. Das Anwesen war von einer hohen Mauer umgeben, die von einem breiten Tor unterbrochen wurde. Hier versperrten ihnen die königlichen Wachen den Weg. Sie hielten die Pferde an und saßen ab.

„Ich werde mit den Wachen sprechen", sagte Sigmar bestimmt. „Wartet hier." Er reichte Leandro die Zügel und ging stolz aufgerichtet auf die Wachen zu.

„Nennt Euren Namen und Euer Begehr", forderte ihn ein Wachmann auf.

„Ich bin Fürst Sigmar von Lothringen und ich wünsche, den König zu sprechen."

Die Wachen sahen sich erstaunt an.

„Ihr tragt die Kleider eines Bauern. Wie könnt Ihr behaupten, ein Fürst zu sein?"

„Ich befinde mich auf der Flucht und musste mich verkleiden."

„Ein Fürst auf der Flucht?"

Die Wachmänner berieten sich kurz. Dann ging einer von ihnen hinter die Mauer zum Wachhaus und kam bald darauf in Begleitung eines höherrangigen Gardisten zurück.

„Ihr behauptet, ein Fürst zu sein?", fragte dieser.

„Ihre Majestät, König Gundomar selbst hat mich in das Amt des Fürsten erhoben. Und solange ich nicht abgesetzt werde, habe ich das Recht mich Fürst zu nennen."

„Zwischen den hohen Bergen im Norden und dem Meer im Süden gibt es nur einen Fürsten, und das ist Fürst Ramirez."

„Dieser Verräter hat seinen Titel nicht verdient und er trägt in zu Unrecht!"

„Hütet Eure Zunge!", brauste der Gardist auf. „Ich sollte Euch wegen Majestätsbeleidigung in den Kerker werfen lassen." Er überlegte kurz. „Fürst Sigmar ist schon seit Jahren tot. Er starb bei einem Jagdunfall."

„Der Unfall war inszeniert. In Wahrheit ließ mich mein Bruder ins Gefängnis werfen."

„Ich bin nicht dazu bereit, mir weiterhin diesen Unsinn anzuhören. Macht, dass Ihr wegkommt, sonst bekommt Ihr die Speerspitzen meiner Leute zu spüren."

Der Gardist wandte sich brüsk ab und trat hinter die Wachleute, die mit ernsten Gesichtern ihre Lanzen gegen Sigmar richteten.

Langsam ging Sigmar zu den Wartenden zurück. Die Enttäuschung stand ihm ins Gesicht geschrieben. „So nahe... Jetzt bin ich dem Ziel so nahe und kann es doch nicht erreichen." Das Missvergnügen ließ seine Stimme brüchig klingen.

„Was können wir jetzt noch tun?", fragte Leandro.

„Ich werde es versuchen", sagte Harpon und ging auf die Wachen zu.

„Mein Name ist Harpon von Armadaan. Bei meiner Ehre als Ritter bitte ich um ein Gespräch mit Eurem Vorgesetzten."

Wieder erschien der Gardist, sichtlich verärgert über die erneute Unterbrechung.

Harpon wiederholte seine Vorstellung und setzte fort: „Ich schwöre Euch bei meiner Ehre als Ritter, dass wir nicht Böses im Schilde führen." Er wies auf Sigmar. „Diesem Mann wurde Unrecht angetan und nun müssen einige Dinge richtig gestellt werden. Dies kann nur durch den König erfolgen, aber dazu ist es notwendig, dass Ihrer Majestät darüber berichtet wird."

„Wenn er behauptet, ein Fürst zu sein, dann kann es sich nur um einen Hochstapler handeln. Es ist meine Aufgabe derlei Personen vom Hofe fernzuhalten."

„Dann bitte ich Euch darum, gebt diesem Mann die Gelegenheit, einer Person gegenüberzutreten, die ihn als den identifizieren kann, der er behauptet zu sein."

„Das werde ich nicht zulassen. Ihr habt meine Zeit nun zu Genüge in Anspruch genommen. Meine Geduld ist zu Ende. Entfernt euch!"

„Bedenkt, dass Euch womöglich eine Bestrafung droht, wenn Ihr dem König wichtige Informationen vorenthaltet."

„Wollt Ihr mir drohen?", schrie er außer sich. „Wachen! Vertreibt sie!"

Harpon und Sigmar wichen von den Lanzenspitzen der Wachmänner zurück.

Harpon sah nun ein, dass gegen den starrsinnigen Gardisten weder mit Diplomatie, noch mit Drohungen anzukommen war. Sein Blick ging an den Männern vorbei zum Schloss. Ein breiter Weg, der von einer gepflegten Hecke gesäumt wurde, führte zum Hauptportal des königlichen Anwesens. Inzwischen schien dort der normale Tagesablauf begonnen zu haben. Die Wachen ließen einen Wagen durch, der vom königlichen Anwesen kam. Ein paar Reiter passierten, welche die Gruppe neugierig musterten. Auf dem Weg, der vom Schloss herführte hatte sich eine Gruppe von Menschen versammelt.

„Seht Ihr den Mann in der blauen Robe?", fragte Sigmar.

„Ja. Wer ist das?"

„Das ist Artan, der Verwalter des Königs. Er hatte schon vor vielen Jahren dieses Amt inne. Er würde mich mit Sicherheit wieder erkennen."

„Mein Fürst", sagte Leandro. „Sollte ich versuchen, mit den Wachen zu sprechen? Womöglich lassen sie sich durch meine Uniform beeindrucken."

„Vielleicht nehmen Sie Euch aber auch fest", warf Harpon ein. „Wir sollten uns zurückziehen und beraten."

Sie nahmen die Zügel der Pferde und gingen langsam den Weg zurück.

„Es gibt noch eine andere Möglichkeit", meinte Cassandra.

Sigmar sah sie fragend an. „Ihr meint, Ihr könntet Eure Zauberkräfte einsetzen?"

„Ja. Ich werde Euch ins Schloss zu dem Mann in der blauen Robe bringen."

Sigmar atmete erleichtert auf.

Harpon schien jedoch mit Cassandras Vorschlag nicht einverstanden zu sein.

Cassandra sah ihm das Missfallen an. „Sobald ich ein Möglichkeit sehe, lasse ich dich und Leandro nachholen", versprach sie.

„Also gut", willigte Harpon ein. „Aber komm sofort zurück, falls es gefährlich werden sollte."

Cassandra ließ ihren Sternenstein in ihre linke Hand gleiten. „Gebt mir Eure Hand, Sigmar." Sie konzentrierte sich und entmaterialisierte zusammen mit ihm.

Cassandra und Sigmar hörten Stimmen, als sie hinter der Hecke materialisierten. Sie traten aus dem Schatten hervor und gingen auf die Gruppe der Versammelten zu. Ein Mann in einer farbenprächtigen Uniform wurde als erster auf sie aufmerksam und musterte mit offensichtlichem Missfallen ihre einfache grobwollene Kleidung.

„Wer seid Ihr? Wer hat Euch eingelassen?", fragte er und legte die Hand auf den Griff seines Degens.

Artan wandte sich nach ihnen um. Erkennen zeigte sich in seinen Augen. „Sigmar! Bei allen Geistern! Seid Ihr von den Toten zurückgekehrt?"

„Artan! Lasst mich das erklären", bat Sigmar.

„Und wer ist diese bezaubernde junge Frau?"

„Mein Name ist Cassandra y Demeter."

Artan deutete eine Verbeugung an. „Seid mir willkommen, schöne Frau."

„Artan, bitte vergebt mir meine Ungeduld. Aber wir müssen unbedingt Ihre Majestät sprechen. Grosses Unrecht geschieht. Und bitte erlaubt es, dass unsere beiden Begleiter eingelassen werden."

Artan trug einem Herold auf, dies zu veranlassen und bat Sigmar und Cassandra, ihn zu seinem Besprechungsraum zu begleiten.

Cassandra fühlte Sigmars tiefe Erleichterung, als er Artan in allen Einzelheiten von seiner Entführung bis zum heutigen Tag berichtete.

Diener versorgten sie mit Getränken und bald darauf wurden Harpon und Leandro in den Raum geführt. Artan erhob sich und begrüßte seine Gäste.

„Leandro, ich glaube, mich an Euer Gesicht erinnern zu können. Seid mir willkommen." Dann trat er vor Harpon. „Und wer seid Ihr?"

Harpon stellte sich vor.

Artan zeigte sich von Sigmars Bericht sehr bestürzt. Dem falschen Fürsten war es gelungen, dafür zu sorgen, dass Berichte über seine Taten nicht bis zum Schloss des Königs vordrangen.

„In der Tat", sagte er mit nachdenklichem Gesicht. „Ich muss so bald wie möglich dem König von den schändlichen Taten des falschen Fürsten berichten. Aber er ist ein kritischer Mann und wird so leicht nicht zu überzeugen sein. Er wird Beweise verlangen."

„Ist nicht meine Anwesenheit Beweis genug?", ereiferte sich Sigmar. „Genügt es nicht, dass ich vier Jahre meines Lebens im Kerker verbringen musste, um meinen Worten Glaube zu schenken? Was muss noch geschehen, bis diesem Übeltäter das Handwerk gelegt wird?"

„Fürst Sigmar", setzte Artan an und benutzte erstmalig seinen Titel in der Anrede. „Ich werde noch heute vor den König treten und berichten. Mehr kann ich im Augenblick nicht tun. Ihr seid solange meine

Gäste. Meine Diener werden Euch Räume zuweisen und Euch auch bessere Kleidung geben. In dieser Aufmachung dürft Ihr nicht vor den König treten."

Sie mussten sich in Geduld üben. Immer wieder hatten sie durchgesprochen, was sie dem König vortragen wollten. Doch nun war Warten angesagt. Ein jeder König, den Harpon auf einem seiner zahlreichen Abenteuer bisher unaufgefordert besucht hatte, war ein sehr beschäftigter Mann gewesen. Er beobachtete Sigmar, der in dem geräumigen Zimmer, das an die Räume schloss, die ihnen zugeteilt worden waren, nervös auf und ablief. Harpon saß auf einem bequemen Diwan. Cassandra hatte ihren Kopf auf seinen Schoss gelegt und war irgendwann eingeschlafen. Leandro versuchte seinen Herrn zu beruhigen, und sprach leise auf ihn ein, machte ihn dadurch aber nur noch nervöser.

Erst am späten Nachmittag suchte sie Artan wieder auf und berichtete von seinem Gespräch mit dem König. Nur der Ungewöhnlichkeit dieses Ereignisses war es zu verdanken, dass ihnen noch am gleichen Tag eine Audienz bei seiner Majestät gewährt wurde. Die Dienerschaft hatte sie in der Zwischenzeit mit anderen Kleidern ausgestattet. Cassandra trug nun ein langes Seidenkleid und einen Umhang um die Schultern, der mit einer metallenen Brosche zusammengehalten wurde. Harpon war in weite Hosen und eine Jacke gekleidet, die ihn als Edelmann kennzeichneten. Leandro hatte eine Paradeuniform erhalten und Sigmar die farbenprächtigen Gewänder eines hohen Adligen.

Gegen Abend wurde laut an die hohe Eingangstüre geklopft. Ein Diener öffnete und ließ einen Herold eintreten. Zwei Wachleute begleiteten ihn.

„Sigmar von Lothringen! Eure Majestät König Gundomar der Dritte wünscht Euch und Euer Gefolge zu sprechen. Bitte folgt mir."

Sigmar wirkte verärgert. Wiederum war er nicht mit seinem Titel angesprochen worden und die Bezeichnung Gefolge war für seine Begleiter ebenso wenig angebracht. Er stand auf und trat vor den Herold. Dieser blickte ihn kalt an, wandte sich um und trat aus dem Zimmer. Sigmar folgte ihm und gab seinen Begleitern einen Wink, sich ihm anzuschließen.

Auf dem Gang bemerkte Harpon weitere Wachleute, die sich ihnen anschlossen und sie flankierten. Der Herold führte die Gruppe ein Stockwerk tiefer und auf einen Säulengang hinaus, von dem aus man einen Blick auf einen weiten Innenhof hatte. Noch immer blühten hier die schönsten Blumen, obwohl der Herbst schon kalte Nächte bescherte. Sie gelangten vor ein hohes Tor, vor dem Wachen, die lange Lanzen trugen, postiert waren. Auf einen Wink des Herolds hin zogen sie die hohen Torflügel auf. Die Gruppe betrat einen breiten Gang, dessen Wände mit Gemälden und Gobelins verziert waren. Die hohe Kuppel war von bunten Glasflächen durchbrochen, durch die gefiltertes Licht fiel auf die Gruppe fiel. Teppiche dämpften ihre Schritte. Wiederum versperrte ein geschlossenes Tor den Weg der Gruppe. Ein Hauptmann, der einen auf Hochglanz polierten Helm und Brustschild trug, versperrte ihnen den Weg. Er musterte die Besucher und sein Blick blieb schließlich auf Harpons Schwert ruhen.

„Es ist nicht gestattet, mit Waffen vor den König zu treten. Bitte legt sie ab. Ihr werdet sie später unversehrt wieder erhalten."

Harpon bückte sich, zog sein Stiefelmesser und hielt es dem Hauptmann auf der flachen Hand entgegen. Dieser gab einem Wachmann, der neben ihm stand einen Wink, welcher das Messer an sich nahm und auf einem Tisch, der neben dem Tor stand, ablegte. Dann reichte ihm Harpon seinen Dolch und schließlich sein Breitschwert. Als der Wachmann danach greifen wollte, hielt ihn der Hauptmann mit einer knappen Handbewegung auf. Er nahm das Schwert selbst entgegen und seine zuerst so strengen Gesichtszüge änderten sich. Bewunderung zeigte sich in seinen Augen. Behutsam nahm er die Waffe mit beiden Händen auf und legte sie neben die anderen Messer. Dann zog er das Schwert ein Stück aus der

Scheide und betrachtete es intensiv. Vorsichtig schob er die Klinge zurück und trat wieder vor Harpon.

„Ein kostbares Stück. Ich habe nie dergleichen gesehen. Wer seid Ihr, dass Ihr eine so wertvolle Klinge führen dürft?"

„Ich bin ein Ritter der Ewigkeit, der letzte meines Ordens."

Der Hauptmann verneigte sich leicht vor Harpon. „Tretet ein. König Gundomar erwartet Euch."

Er drehte sich um und auf ein Zeichen hin wurden die mit Schnitzereien reich verzierten Tore geöffnet.

Der Herold führte Sigmar und seine Begleiter einen langen Säulengang entlang, der sich schließlich zu einer hohen Halle erweiterte. Sie kamen an Wachen und langen Reihen von Dienern vorbei. Übermannsgrosse Gemälde zierten die hohen Wände. Der Boden der Halle bestand aus poliertem Holz, in dem vielerlei Einlagen Muster und Reliefs formten. Die Decke der Halle bildete ein Kuppeldach aus Glas, deren Farbenspiel den Betrachter verwirrte. Schließlich hielt der Herold an und deutete der Gruppe an, sich nebeneinander aufzustellen. Die Wachen bildeten hinter ihnen eine undurchdringliche Mauer.

Erst jetzt bemerkte Cassandra den Thron, ein kunstvolles Schnitzwerk, das aus einem einzigen Stamm eines riesigen Baumes erstellt worden war. Der König verlor sich fast in dem einzigartigen Kunstwerk. Unterhalb des Throns standen seitlich angeordnet zwei Reihen von langen Tischen, hinter denen die Berater und Schreiber saßen.

Der Herold verneigte sich tief. Sigmar und seine Begleiter folgten seinem Beispiel.

„Eure Majestät", begann der Herold mit lauter Stimme. „Vor Euch stehen Sigmar von Lothringen, Leonardo Terrel, Harpon von Armadaan und Cassandra y Demeter."

Er verneigte sich erneut und trat zur Seite.

Stille senkte sich über die Anwesenden.

Das Alter hatte schon tiefe Furchen im Gesicht des Königs hinterlassen. Sein einst dunkles Haar war längst ergraut. Ein dichter, sorgfältig gestutzter Bart verlieh ihm zusätzliche Würde. Aber in seinen Augen sah man noch immer Kraft und Autorität. Mit stechendem Blick musterte er die kleine Gruppe.

„Ungewöhnliches wurde mir berichtet", sagte er mit leiser, aber umso gefährlicher klingender Stimme. „Behauptungen einer Art, die, sollten sie sich als falsch erweisen, Euch Eure Zungen kosten könnten."

Sein Blick verfinsterte sich, als er weiter sprach.

„Fürst Ramirez genießt mein uneingeschränktes Vertrauen. Dies ging vom Vater auf den Sohn über. Und nach dem Tod von Sigmar wurde es auf Ramirez übertragen. Doch nun steht der Tote leibhaftig vor mir. Artan hat mir berichtet. Aber jetzt will ich aus Eurem Mund hören, was sich zugetragen hat. Sprecht, Sigmar von Lothringen."

Und Sigmar berichtete erneut über die Jagd, auf der man ihn rücklings niedergeschlagen hatte, und darüber, wie er in der schmutzigen Zelle wieder zu Bewusstsein gekommen ist. „Ich wollte immer in die Fußstapfen meines Vaters treten und ein strenger, aber gerechter Herrscher sein. Ramirez jedoch war machtbesessen. Er wollte das Volk knechten und sich bereichern. Nach meinem Tod konnte er ungehindert seine Ziele verfolgen. Es gab genug Speichellecker zu Hofe, die ihn bei seinen schändlichen Plänen unterstützten. Er hat die Steuersätze erhöht. Ein Zehntel war ihm zu wenig. Er..."

„Schweigt!", schnitt ihm der König das Wort ab. „Niemals habe ich von erhöhter Steuer gehört. Das ist eine unverschämte Behauptung."

„Darf ich sprechen, Hoheit?", fragte Leonardo.

„Sprecht!"

„Die einfachen Leute hungern und frieren im Winter. Viele Kinder überleben die kalte Jahreszeit nicht. Die Bauern schuften sich auf den Feldern zu Tode und die Steuereintreiber nehmen ihnen das bisschen Geld weg, das ihnen übrig bleibt. Wer nicht bezahlen kann wird ausgepeitscht oder mit seiner Familie in den Kerker geworfen. Sein Hof wird niedergebrannt."

„Das ist eine Ungeheuerlichkeit, so etwas zu behaupten", schrie der König. Die Zornesröte stieg in sein

Gesicht. „Meinem Volk geht es gut! Niemand leidet Not."

„Woher wollt Ihr das wissen?", fragte Harpon unaufgefordert.

„Von den Bauern, die als Ehrengäste an Festlichkeiten im Schloss teilnehmen."

„Wer sucht diese Leute aus?"

„Berater!", rief der König. „Wer kommt dieser Aufgabe nach?"

„Fürst Ramirez, Hoheit."

Der König stutze.

„Ich bin mir sicher", sagte Harpon, „dass ein Silberstück genügt, um die Bauern eine schöne Geschichte erzählen zu lassen."

„Und was ist mit den Menschen in der Stadt, die mir zujubeln, wenn meine Kutsche an ihnen vorbeifährt?"

„Vielleicht fühlen sie einen Speer im Rücken, der sie jubeln lässt."

Der König wurde sehr nachdenklich.

„Tatsächlich stehen die Soldaten nicht vor ihnen, sondern hinter den Reihen der Menschen."

„Majestät", sagte Leonardo. „Ich habe als Wächter in den Verliesen des fürstlichen Anwesens gearbeitet. Ich habe mit ansehen müssen, wie unschuldige Menschen, teilweise ganze Familien, in schmutzige, enge Zellen gepfercht wurden. Ich habe den Menschen geholfen, so weit es ging. Auch bei der Befreiung habe ich mitgewirkt. Aber was ich dort gesehen habe, wird mich wohl bis an mein Lebensende verfolgen."

„Hoheit", begann Cassandra. „Ich habe es am eigenen Leibe erfahren. Wie ein Stück Vieh haben sie mich in einen Käfig gesperrt. Sie sprachen davon, mich als Sklavin zu verkaufen. Dann wurde ich zum Anwesen des Fürsten gebracht und in eine der Zellen geworfen. Ich habe die Menschen gesehen und mit ihnen gesprochen. Es waren keine Diebe, Räuber oder Verbrecher. Es waren unschuldige Menschen und Kinder. Verletzten wurde keine Hilfe gewährt. Sogar Schwangere ließ der Fürst einsperren. Ich habe eine Frau getroffen, die in der Gefangenschaft ihr Kind zur Welt gebracht hat."

„Vier Jahre lang war ich eingesperrt", setzte Sigmar fort. „Immer wieder hat mich mein Bruder besucht. Er hat von seinen finsteren Plänen berichtet und sich an meinem Entsetzen geweidet."

„Wir haben etwa achthundert Gefangene befreit", berichtete Cassandra. „Aber nicht alle Zellen haben sich geleert. Tote blieben zurück. Und darunter befanden sich auch Kinder."

Der König war von seinem Thron aufgestanden und kam nun langsam die Stufen herunter auf Sigmar zu. Schweigend musterte er die Gesichter der Anwesenden. Vor Cassandra blieb er schließlich stehen.

„Was seid Ihr für ein König, der vom Leid seines eigenen Volkes nichts weiß", warf ihm die Mondgöttin vor. „Ihr verbergt Euch hier hinter Eurem Reichtum, während die einfachen Leute hungern."

„Hütet Eure Zunge, oder ich lasse sie Euch herausschneiden", sagte der Hauptmann der Wache.

„Fasst mich an und Ihr seid tot, bevor Ihr auf den Boden fallt", fuhr ihn Cassandra an.

„Lasst ab", lenkte der König mit brüchiger Stimme ein. „Ich muss nachdenken." Er wandte sich ab und ging auf seinen Thron zu. „Ich werde mich beraten. Wache! Bringt meine Gäste auf ihre Zimmer."

„Wir haben einen Teilsieg errungen", sagte Harpon zu Sigmar, als sie sich wieder in ihren Räumen befanden. „Der König zweifelt nicht an Eurer Identität. Er hat uns angehört und überdenkt nun die Situation." Dann wandte er sich an Cassandra. „Aber dein Vorwurf, dass er über sein eigenes Volk nicht Bescheid weiß, war sehr gewagt. Das hätte alles zunichte machen können."

„Irgendjemand musste es ihm sagen", erwiderte sie wütend.

„Aber nicht zu diesem Zeitpunkt. Wir hatten es gerade erst geschafft, dass er anfing, uns zu glauben. Deine Aussage hätte auch alles wieder zerstören können. Er ist ein König. Man darf ihm keine Fehler vorwerfen."

Zornig funkelten Cassandras Augen. „Es ist mir egal, wer er ist. Wenn er seine Augen vor den Machenschaften dieses Fürsten verschließt, dann wird es Zeit, dass sie ihm geöffnet werden."

„Und du glaubst, dass du das in einem einzigen Gespräch erreichen kannst?", fragte Harpon und hob seine Stimme.

„Ja, das glaube ich", schrie ihn Cassandra an. Sie atmete heftig und blickte ihren Gemahl böse an.

„Bitte...", versuchte Sigmar sie zu beruhigen.

„Was?", fauchte ihn Cassandra an.

Erschrocken wich Sigmar zurück.

Harpon wollte sich wieder an seine Frau wenden, aber sie hatte ihm den Rücken zugewandt.

Leandro tauschte mit Sigmar einen Blick aus und sah dann Harpon an. Der Ritter deutete ihnen an, nicht zu sprechen.

Schweigen lastete auf der Gruppe.

Harpon versuchte, eine Gedankenverbindung zu seiner Frau aufzubauen, aber sie schirmte sich ab. Sie hatte sich niedergesetzt und hielt den Kopf gesenkt. Der Ritter nahm neben ihr Platz und legte eine Hand auf ihre Schulter. Sie schüttelte sie ab und drehte sich zur Wand hin.

„Es tut mir Leid, Cassandra."

Die Mondgöttin schwieg.

„Ich hätte es dir vielleicht schonender beibringen sollen."

Er griff nach ihrer Hand und spielte mit ihren Fingern.

„Bitte sieh mich an, Cassandra."

Sie wandte sich zu ihm um und als er die Traurigkeit in ihren Augen sah, fühlte er einen schmerzhaften Stich in seiner Brust.

„Ich werde das wieder irgendwie gutmachen."

Sie legte ihre Arme um seinen Hals und zog ihn zu sich heran.

„Ich habe die toten Kinder gesehen", flüsterte sie. „Das darf nicht wieder geschehen."

Ein lautes Klopfen an der Tür ließ sie hochschrecken. Ein Diener öffnete und der Herold trat ein:

„König Gundomar der Dritte bittet darum, dass Ihr Euch zum Abendmahl zu ihm in den kleinen Saal gesellen möget!"

„Geht es Euch nicht gut, Cassandra?", fragte der König und musterte sie mit ernstem Gesicht.

Cassandra warf ihren Gatten einen kurzen Blick zum, dann antwortete sie dem König: „Wir hatten eine kleine Meinungsverschiedenheit. Es war wegen den Dingen, die ich Euch heute vorgeworfen habe. Verzeiht mir meine Worte, Hoheit."

„Es gehört eine Portion Mut dazu, um so offen mit mir zu sprechen. Aber noch mehr Stärke bedarf es, sich für diese Worte zu entschuldigen." Er musterte Cassandra ein paar Augenblicke. „Nun... gut. Setzt Euch. Wir müssen sprechen."

Der König gab einem der Dienstboten ein Zeichen. Dieser eilte aus dem Saal und wenige Augenblicke später trugen Diener Speisen und Getränke auf.

„Wir haben uns beraten. Es gab in den letzten Monaten einige Ungereimtheiten, was den Fluss der Steuergelder angeht", eröffnete der König das Gespräch. „Auch kamen uns Aussagen zu Ohr, die ich für törichtes Geschwätz hielt. Aber der Kern dieser Gerüchte deckte sich mir Euren Aussagen. Ramirez scheint es sehr gut zu verstehen, die Nachrichten über sein verwerfliches Tun abzufangen. Ich kann ihn aber nicht wegen der Aussagen von vier Personen in den Kerker werfen lassen. Ich brauche mehr Beweise."

„Vielleicht wäre es... von hohem Informationsgehalt", setzte Harpon vorsichtig an, „wenn Eure Majestät mit eigenen Augen sehen und mit eigenen Ohren hören könnten, wie es Eurem Volk ergeht."

„Wie sollte mir das gelingen? Soll ich wahllos irgendwelche Leute ins Schloss rufen lassen?"

„Nein, Majestät. Das würde ihre Aussagen beeinflussen. Sie würden sich in der für sie ungewohnten Umgebung gehemmt fühlen. Womöglich hätten sie Angst davor, ihre wahre Meinung von sich zu geben."

„Nun. Das leuchtet mir ein. Was schlagt Ihr vor?"

„Mischt Euch unter das Volk. Seht und hört selbst."

„Sollte sich dadurch die Situation ändern? Ich würde sofort erkannt werden."

„Verkleidet Euch als einfacher Bauer, und niemand wird Euch bemerken."

„Was?", brauste er auf. „Ich, der König, soll wie ein gewöhnlicher Bauer gekleidet, womöglich im Lumpen, mich außerhalb meines Schlosses zeigen?"

„Majestät. Ihr könntet Euer Volk beobachten und hören, was es spricht. Es wäre nicht die durch eine Silbermünze verfälschte Meinung ein paar ausgesuchter Menschen, sondern die Wahrheit. Ein Mensch, der nicht weiß, dass er vor seinem Herrscher steht, wählt andere Worte, als ein Mann von der Strasse, der in schöne Kleider gesteckt und ins Schloss gerufen wird."

„Noch nie hat es jemand gewagt, mir einen solchen Vorschlag zu unterbreiten."

„Eine ungewöhnliche Situation erfordert manchmal eine außergewöhnliche Vorgehensweise."

Der König legte die Keule, von der er gerade noch abgebissen hatte auf seinen Teller zurück.

„Ich als Bauer. Das schlägt mir auf den Magen."

„Majestät", sagte Cassandra. „Gebt Ihr mir Recht, wenn ich sage, dass ein König sein Volk umso gerechter regieren kann, je besser er es kennt?"

„Ja. Ich stimme Euch zu."

„Dann folgt Harpon. Mischt Euch mit ihm unters Volk. Auch wenn unsere Behauptungen nicht stimmen sollten, so werdet Ihr dennoch neue Erfahrungen sammeln. Hört, wie Euer Volk über Euch denkt. Hört die Sorgen und Nöte der einfachen Leute."

Der König versank in dumpfes Brüten.

„Aber kann es nicht gefährlich werden? Was, wenn ich dennoch erkannt werden sollte? Was, wenn Gesindel oder Diebesvolk über mich herfallen sollte?"

„Nehmt eine Handvoll Eurer besten Soldaten als Leibwächter mit Euch", schlug Harpon vor.

„Ein verwegener Vorschlag. Wahrlich. Es gefällt mir nicht, dass ich die Mauern meines Schlosses verlassen muss. Aber ich werde dennoch darauf eingehen. Um das Wohl meines Volkes willen."

Cassandra beobachtete Sigmar, der sichtlich erleichtert auf diese Entscheidung reagierte.

Der König ließ am nächsten Morgen verbreiten, dass er sich unwohl fühle, und deswegen seine Gemächer für die Dauer einiger Tage nicht verlassen könne.
Sigmar, Leandro und Cassandra mussten als Sicherheit im Schloss bleiben.
In einfache Gewänder gekleidet, verließ der König in einer geschlossenen Kutsche, von der alle königlichen Insignien entfernt worden waren, sein Schloss. Seine Begleitung bildeten Harpon und ein kleiner Trupp von Elitesoldaten.
Unterwegs übernachteten sie in einer einfachen Herberge. Der König verließ sein Zimmer nicht. Er wollte das Risiko, erkannt zu werden, möglichst klein halten.
Am nächsten Tag reisten sie sehr früh ab und erreichten kurz nach Mittag das Dorf. Die Kutsche wurde am Waldrand hinter hohen Büschen versteckt. Zu Fuß machten sich der König und Harpon, begleitet von den Elitesoldaten, auf den Weg zu Bauer Errils Kate.

Der verratene Fürst lief nervös im Zimmer auf und ab.
„Diese endlose Warterei treibt mich noch in den Wahnsinn."
„Mein Fürst, bitte bedenkt, wie viel Ihr in nur wenigen Tagen erreicht habt. Und.." Er zögerte kurz. „Lasst Euch versichern, dass ich solange nicht von Eurer Seite weichen werde, bis Ihr alle Eure Rechte und Euren Besitz wieder erhalten habt."
Sigmar blieb stehen und sah den ehemaligen Wachmann an.
„Leandro, wenn das alles vorbei ist, und ich wieder Fürst bin, dann werde ich Euch zu meinem Ersten Berater ernennen."
Cassandra trat hinzu. „Bitte sagt mir, Sigmar. Wie kam es dazu, dass Euer Vater die Steuern einziehen durfte?"
„Es geschah zu einer Zeit, als sich der König nach einem Reitunfall lange Zeit nicht um seine Aufgaben

kümmern konnte. Mein Vater erhielt Sonderrechte und nahm sich vieler Aufgaben des Königs an, auch der Rechtsprechung und dem Eintreiben und Verwalten der Steuern. Als der König nach vielen Monaten wieder genesen war, stellte er fest, dass mein Vater die ihm übertragenen Aufgaben zu seiner vollen Zufriedenheit erfüllt hatte. Man einigte sich darauf, dass das Einholen und Verwalten der Steuer die Aufgabe des Fürsten blieb. Diese Regelung wurde bis heute beibehalten."

Erril hatte keine Ahnung, wer da zu Besuch zu ihm kam. Den älteren Mann und seine finster dreinblickenden Begleiter hatte er noch nie im Dorf gesehen. Lediglich Harpon kannte er.

Tania begrüßte den Ritter voller Freude und fragte ihn nach Cassandra.

„Es geht ihr gut. Aber sie konnte mich nicht begleiten. Sie muss sich um einen Verwundeten kümmern", behauptete Harpon.

Harpon bat Erril um einen Schluck Wasser für den Mann, der ihn begleitete.

Tania lief in die Küche, holte Tassen und füllte am Brunnen einen Krug mit frischem Wasser. Dann lief sie in die Scheune und schleppte einen Eimer voll Wasser herbei, den sie vor die Pferde auf den Boden stellte. Eines der Tiere begann sofort zu trinken, was Tania mit einem Lächeln quittierte.

Geschickt verstand Harpon es, Erril und den König in ein Gespräch zu verwickeln und dieses auf ein bestimmtes Thema zu bringen.

Erril begann zu erzählen: „Die Steuereintreiber zeigen kein Erbarmen. Bauer Meckel hatte nur ein Pferd. Es begann während der Ernte zu lahmen. Er hatte nicht genügend Geld, um sich ein anderes Tier zu kaufen. Deswegen konnte er das Getreide nicht mehr rechtzeitig einbringen und die Herbststürme vernichteten den Großteil davon. Also konnte er seine Steuern nicht bezahlen. Die Steuereintreiber hackten ihm die rechte Hand ab. Jetzt konnte er sich nicht mehr um seine Familie kümmern. Wir haben selbst nicht viel. Wir sammelten, was wir abtreten konnten und gaben es seiner Familie. Seine Frau hungerte, damit ihre Kinder genug zu Essen bekamen. Im Winter bekam die Frau dann die Schwindsucht. Im Frühling starb sie, und bald darauf auch Bauer Meckel. Ich glaube, es war seine Verbitterung, die ihn dahingerafft hat. Sein ganzes Leben lang hatte er hart und schwer gearbeitet und jedes Jahr seine Steuern bezahlt, auch dann noch als sie immer höher wurden. Und nur weil er ein einziges Mal wegen eines lahmen Pferdes nicht bezahlen konnte, wurde er so hart bestraft.

Oder Bauer Horak. Ein Blitz hatte seine Scheune getroffen, die völlig nieder brannte. Seine ganze Ernte, die er schon eingebracht hatte, wurde vernichtet. Die Steuereintreiber brannten sein Haus nieder. Er verkaufte sein Vieh und versuchte mit seiner Familie den Winter im Viehstall zu überleben. Der Winter wurde sehr kalt. Und als man zwei Tage lang nichts von Bauer Horak und seiner Familie gehört oder gesehen hatte, sah ich nach dem Rechten und fand sie alle erfroren vor.

Früher, als der Vater des Fürsten Ramirez noch lebte, war der König ein gerechter Mann. Aber seit Ramirez die Steuern eintreibt, hat sich vieles verändert. Ich verstehe nicht, warum der König das tut."

Das Gesicht des Königs hatte sich im Laufe Errils Erzählung immer mehr verfinstert. Schließlich bedankte er sich für den Krug Wasser und meinte, es wäre nun an der Zeit wieder weiterzugehen.

Sie verabschiedeten sich und wandten sich in Richtung des Weges, der zum Dorf führt.

Der König hielt an und blickte noch einmal zu Errils Kate zurück.

„Es war kein Zorn in der Stimme dieses Mannes, als er sprach", wandte er sich an Harpon. „nur eine tiefe Traurigkeit. Und er hält mich für die Steuererhöhungen verantwortlich."

„Womöglich hat Ramirez dies verbreiten lassen", erwiderte Harpon.

Auf dem Weg durch das Dorf musterte der König mit verschlossenem Gesicht die ärmlichen, windschiefen Behausungen. Niedrige, geduckte Häuser mit Schindeldächern und kleinen Fenstern zogen sich entlang der Strasse dahin. Fleckige und rissige Mauern, schiefe Kamine zeugten von der Armut der Bewohner. Einige der Gebäude standen leer, die Schindeldächer zeigten schon Löcher, Türen hingen schief in den Angeln und in den Vorgärten wucherte das Unkraut. Auf der Strasse spielten Kinder, nur in Lumpen gekleidet. Ein bis auf die Rippen abgemagerter Hund wühlte in einem Abfallhaufen nach etwas Fressbarem. Eine alte Frau mit gekrümmtem Rücken bearbeitete mit einer Harke ein trockenes, steiniges Feld.

Die meisten Dorfbewohner sahen ihnen neugierig entgegen und grüßten höflich. In einigen der mageren Gesichter sahen sie aber auch Furcht oder Abneigung.

„Harpon. Warum stehen so viel Häuser leer?"

„Dort lebten die Menschen, die in den Kerker geworfen wurden."

Erschrecken zeigte sich auf dem Gesicht des Königs. „So viele!"

Ihr Weg führte sie an der Dorfschänke vorbei. Harpon blieb stehen und wies darauf.

„Was haltet Ihr davon, Majestät, wenn wir einen Krug Bier zu uns nehmen?"

„Mir ist jetzt nicht danach zumute."

„Eine Taverne wäre jedoch ein guter Ort, um weitere Informationen zu sammeln. Hier treffen sich viele Leute und tauschen Neuigkeiten aus."

König Gundomar willigte schließlich ein. Zusammen mit Harpon und zwei Elitesoldaten betrat er den Schankraum. Der Geruch von Bier und kaltem Rauch schlug ihnen entgegen. Durch kleine Fenster fiel nur wenig Licht in die Stube. Vor dem Tresen stand ein runder Tisch, an dem sich eine Gruppe von Bauern niedergelassen hatte. Sie blickten kurz auf, als Harpon und seine Begleiter den Raum betraten. Harpon hob die Hand zum Gruß, wie er es von Erril gelernt hatte. Die Bauern nickten als Antwort darauf und beachteten sie nicht mehr.

Die Gruppe ließ sich an einem freien Tisch in der Nähe des Eingangs nieder. Der Wirt kam hinter dem Tresen hervor, wischte sich die Hände an seiner schmutzigen Schürze ab und erkundigte sich nach ihren Wünschen. Harpon bestellte eine Runde Bier.

Noch ein paar Mal sahen einige der Bauern misstrauisch zu ihnen herüber. Als der Wirt die Bestellung auf ihren Tisch stellte, und sie sich den Krügen zuwandten, setzten sie ihr Gespräch fort.

„Wir müssen Shimor helfen, seine Ernte einzubringen", sagte einer der Bauern. „Sein kaputtes Bein macht ihm wieder zu schaffen. Wenn wir ihm nicht helfen, dann schafft er es nicht und kann die Steuern nicht bezahlen."

„Aber wer bringt dann meine Ernte ein?", entgegnete ein anderer. „Ich stehe im Morgengrauen auf und arbeite bis spät in die Nacht. Wann sollte ich ihm helfen? Es sind schlechte Zeiten. Jeder muss sehen, wo er bleibt."

„Du wirst wohl eine Stunde Zeit für ihn haben. Wenn jeder von uns ihm ein bisschen hilft, dann könnte er es schaffen."

„Ich kann ja selbst meine Steuern kaum bezahlen. Wenn mir die Steuereintreiber alle Einnahmen wegnehmen, wie soll ich da im Frühjahr Saatgut kaufen?"

„Ich werde ihm helfen", sagte eine andere Stimme. „Als meine Frau im letzten Winter krank war, haben Liesl und ihre Tochter sich um sie und meine Kinder gekümmert."

„Ich werde ihm auch helfen."

„Und ich auch."

Eine zeitlang schwiegen die Bauern. Nur das Gegacker der Hühner, die im Hinterhof der Schenke herumliefen, war zu hören. Dann sagte einer: „Die Zeiten werden immer schlechter."

„Es ist, als ob ein Fluch auf dem Land liegen würde."

„Wie wird es wohl unseren Kindern ergehen? Werden sie noch mehr Steuern bezahlen müssen?"

„Sollen wir ihnen raten, das Land zu verlassen?"

„Möchtest du den Grund und Boden verlassen, auf dem du aufgewachsen bist?"

„Würdest du deine Eltern im Stich lassen?"

„Wovon willst du in der Ferne leben?"

„Besser in der Ferne in Freiheit sterben, als hier von den Steuereintreibern ermordet oder verstümmelt zu werden."

„Gehen wir wieder an die Arbeit."

Die Männer standen schwerfällig auf, grüßten den Wirt und gingen mit schweren Schritten an ihrem Tisch vorbei zum Ausgang der Taverne. Der letzte der Bauern blieb neben ihrem Tisch stehen, musterte die Runde kurz und sagte zu ihnen: „Fremde, wenn Ihr einen guten Rat von mir haben wollt: Verlasst dieses Land. Es ist verflucht."

Einerseits hatte der König hatte nun genug gesehen und wollte wieder zurück ins Schloss. Andererseits war er aber immer noch argwöhnisch. Er wollte sich überzeugen, dass das Dorf, in dem Erril wohnte, kein Einzelfall war, und wies den Kutscher an, auf dem Rückweg zum Schloss weitere Ortschaften zu passieren.

Aber überall bot sich der gleiche ärmliche Anblick: Verfall, Schmutz und die ausgezehrten Gesichter der Menschen, Gesichter aus denen jegliche Hoffnung und Lebensfreude gewichen war.

Immer wieder passierte die Kutsche die Überreste niedergebrannter Höfe. Der König zählte mehr Ruinen, als noch bewirtschaftete Höfe.

Plötzlich wurde die Kutsche langsamer. Der Weg vor ihnen war durch einen Wagen blockiert. Der König verließ die Kutsche und musterte die Szene. Eine Bäuerin saß auf dem Kutschbock, neben ihr befanden sich drei kleine Kinder mit blassen Gesichtern, während der Bauer vergeblich versuchte, den Karren anzuschieben. Auf der Ladefläche waren die ganzen Habseligkeiten der Familie festgezurrt. Die Räder hatten sich tief in den weichen Boden gegraben und das abgemagerte, alte Pferd, das vor den Karren gespannt war, war viel zu schwach, um ihn freizubekommen.

„Gott zum Gruß, Bauer", sagte der König. „Meine Männer werden Euch helfen."

„Habt Dank, Herr", erwiderte der Mann schnaufend. „Euch schickt der Himmel."

Mit vereinten Kräften gelang es, den Wagen wieder freizubekommen.

„Es scheint, Ihr verlasst das Land. Wo wollt Ihr hin?"

„Wir gehen weg. Wir wissen nicht wohin, aber wir gehen weg. Gestern haben die Schergen des Fürsten das Haus unserer Nachbarn niedergebrannt. Und morgen kommen sie womöglich zu uns."

Der Himmel zog sich immer mehr zu. Ein Unwetter schien heraufzuziehen. Stunde um Stunde rumpelte die Kutsche über die Wege in Richtung Schloss.

Der König hatte sich in sich selbst gekehrt und vermied es, aus den Fenstern der Kutsche zu blicken. Er hatte nun genug gesehen, um sich eine Meinung bilden zu können. Gewissensbisse begannen ihn zu plagen. Über viele Jahre hinweg hatte er sich zu sehr auf seine Regierungstätigkeit konzentriert und so nach und nach den Kontakt zum Volk verloren. Er schwor sich, diesen Fehler wieder gutzumachen.

Der Regen hörte nun nicht mehr auf und verstärkte sich bis in die Abendstunden noch mehr. Als es vollkommen dunkel war, hatte der Sturm Ausmaße erreicht, die einem die Worte vom Mund rissen und die einem die Sicht lediglich für die nächsten paar Meter erlaubte.

Der König schreckte aus dumpfem Brüten hoch, als die Kutsche plötzlich zum Stillstand kam. Er hörte das Fluchen des Kutschers und wäre beinahe vom Sitz gestürzt. Er rappelte sich hoch und öffnete das Seitenfenster, um hinauszusehen. Der Wind peitschte ihm den Regen Gesicht und er kniff seine Augen zusammen.

Einer der Soldaten ging mit gezogenem Schwert an der Kutsche vorbei nach hinten, während ein zweiter mit einer Blendlaterne den Weg beleuchtete. Sie blieben ein paar Schritte weiter unten am Weg stehen und beugten sich über ein Bündel, das regungslos am Boden lag. Der König verließ die Kutsche und eilte zum Ort des Geschehens.

„Was ist geschehen?", wollte Gundomar wissen.

„Er wäre mir beinahe in die Pferde gelaufen", verteidigte sich der Kutscher, der sich gerade zu der Gruppe hinzugesellte.

Die Soldaten untersuchten die reglos am Boden liegende Gestalt. Einer schlug die regennasse Decke, in die sich das Opfer gehüllt hatte ein Stück auf und erschrak. „Es ist eine Frau."

Sie hatte die Augen geschlossen. Aus einer tiefen Stirnwunde trat Blut aus und wurde vom Regen verwischt.

„Sieht aus, als hätte eines der Pferde sie mit dem Huf getroffen."

„Ist sie tot?"

Der Soldat fühlte ihren Puls an der Halsschlagader.

„Nein. Sie lebt noch", stellte er fest. „Was soll nun mit ihr geschehen, Majestät?"

„Wir können sie nicht hier liegen lassen", sagte Harpon. „Sie holt sich den Tod bei der Kälte. Ihre Kleider sind vollkommen durchnässt."

„Wie weit ist es noch bis zum Schloss?", fragte der König.

„Eigentlich müssten wir nach der nächsten Wegbiegung die Lichter sehen", antwortete der Kutscher.

„Schafft sie in die Kutsche und gebt ihr eine trockene Decke", ordnete der König an. „Und verbindet die Wunde."

Als die Soldaten die Frau aufrichten wollten, hörten sie ein klagendes Geräusch.

„Was war das?"

Da bemerkten sie erst, dass die Frau ein nasses Bündel umschlungen hielt. Harpon untersuchte es, schlug die Decken beiseite und erstarrte in der Bewegung.

„Ein Kind!" Er nahm das weinende Kleine in die Arme. „Komm her zu mir."

Die Männer trugen die Verletzte in die Kutsche und setzten sie auf die Bank. Nachdem die Kopfwunde verbunden war, kam die Frau wieder zu sich.

„Ihr seid vor die Pferde gelaufen", sagte der König. „Wie geht es Euch?"

„Wo ist mein Kind?", sagte die Frau und sah sich mit trübem Blick um.

„Hier ist sie. Es ist doch ein Mädchen?", sagte Harpon. Er schlug die Decke, in die sie die Frau gehüllt hatten, etwas auf, und legte ihr das Kind in die Arme.

Erleichterung breitete sich auf dem Gesicht der Frau aus.

„Bitte verzeiht mir", sagte sie.

„Wo wolltet Ihr hin?"

„In den Wald."

Der König und Harpon tauschten verwunderte Blicke aus.

„In den Wald? Es dunkelt bereits. Was wolltet Ihr dort?"

„Uns vor den Schergen verstecken."

Sie sahen die tiefe Verzweiflung im Blick dieser Frau.

„Bitte, habt Erbarmen. Helft mir…"

Der König wollte ihr noch eine Frage stellen, aber die Frau hatte wieder das Bewusstsein verloren. Das Kind fing an zu wimmern.

„Wir nehmen sie mit aufs Schloss", entschied er energisch. „Morgen werden wir sehen, wo sie sich hingehört. Kutscher!"

„Ja, Majestät!"

„Wir fahren weiter. Beeilt Euch."

Mit einem Ruck fuhr die Kutsche wieder an.

Etwa eine Stunde später passierte das Gefährt das Tor zum königlichen Schloss. Es regnete noch immer in Strömen, als hätten sich alle Pforten des Himmels geöffnet. Die Wächter ließen den Wagen passieren und er rollte weiter bis zum großen Haupttor. Diener eilten herbei und halfen dem König aus der Kutsche. Er übergab ihnen die Frau und ihr Kind und erteilte Anweisungen, ihnen trockene Kleidung und Essen zu geben.

„Majestät, vielleicht sollte sich meine Frau um die Verwundete kümmern", schlug Harpon vor. „Sie ist eine Heilerin."

Der König winkte einem Diener. „Gebt ihr Bescheid"

Cassandra eilte in den Raum, in den die Diener die Bäuerin und ihr Kind gebracht hatten.

Die Frau war gerade wieder zu sich gekommen. Cassandra half ihr aus den nassen Sachen, reichte ihr die trockene Kleidung, die das Personal bereit gelegt hatte, und trocknete ihr Haar mit einem Tuch.

Die Türe wurde geöffnet und Harpon betrat den Raum.

Cassandra umarmte ihn kurz.

„Wie geht es unseren Gästen?"

„Ich habe Mutter und Kind untersucht", berichtete Cassandra. „Der Kleinen fehlt nichts. Aber sie war schon unterkühlt. Sie braucht trockene Kleidung und Wärme."

„Und die Frau?", fragte Harpon.

„Ein paar Prellungen. Nichts Ernsthaftes. Leichte Gehirnerschütterung. Die Fleischwunde an der Stirn war leicht zu heilen."

Harpon trat zu Frau, die sich ans Feuer gesetzt hatte und ihr Kind in den Armen wiegte. Sie hatte das Mädchen gefüttert, das dann in ihren Armen eingeschlafen war.

Die Diener legten noch Brennholz nach.

„Es dauert lange bis die Kälte wieder aus den Gliedern weicht, wenn man erst einmal so richtig durchgefroren ist."

Die Bäuerin sah hoch, als sich die Türe öffnete, und der König eintrat. Er wurde von zwei finster dreinblickenden Männern begleitet, die sich neben der Tür aufstellten. Er setzte sich neben sie und musterte die Mutter und das Kind.

„Wie geht es Euch?"

„Danke, Herr. Aber bitte sagt. Wo bin ich hier?"

„In Sicherheit. Die Schergen des Fürsten werden Euch hier nicht finden. Aber nun erzählt mir, was Euch zugestoßen ist."

Die Frau begann zu erzählen: „Es gab noch zwei Höfe in Vorderwaldstadt. Einer davon gehörte uns. Wir hatten die fünf Silberstücke für die Steuer ehrlich verdient, und dachten, wir brauchen die Steuereintreiber nicht zu fürchten. Aber dann haben sie nicht fünf sondern zehn Silberstücke verlangt. Soviel hatten aber nicht. Und zwei Silberstücke brauchten wir, um damit im Frühjahr Saatgut zu kaufen. Mein Mann fing Streit mit den Schergen des Fürsten an und meine beiden Söhne unterstützten ihn dabei. Sie gingen sogar mit den Mistgabeln auf die Steuereintreiber los. Da zogen die ihre Schwerter und bedrängten uns damit. Wir liefen ins Haus und verriegelten die Tür. Wir hatten schon schlimme Geschichten über die Schergen des Fürsten gehört. Aber jetzt bekamen wir es am eigenen Leib zu spüren. Sie legten Feuer am Haus. Der Rauch drang ein und raubte uns den Atem.

Mein Mann brachte mich und Lea in den Keller. Dort gibt es eine verborgene Tür, durch die man hinter die Scheune gelangt. Er sagte, ich solle mit meiner Tochter fliehen, solange noch Zeit dazu ist. Er wolle die Steuereintreiber hinhalten, solange es geht. Ich wollte ihn nicht verlassen. Er schlug mir ins Gesicht und schrie mich an. Das hatte mein Mann vorher noch nie getan und da wurde mir klar, wie ernst er es meinte. Er schob mich und Lea durch die Tür und wir konnten entkommen. Als wir am Hügel hinter unserem Hof angekommen waren, blickte ich noch einmal zurück. Die Flammen schlugen schon aus dem Dach unseres Hauses. Einen meiner Söhne sperrten sie gerade in den Käfig – ich glaube es war Sten. Ich konnte es nicht genau erkennen aus der Entfernung, weil meine Augen brannten. Und meinen Mann und Theo zerrten sie gerade aus dem Haus. Ich lief in den Wald. Bald darauf begann das Unwetter. Ich wollte weiter nach Ebenhausen zu Verwandten. Stundenlang bin ich durch den Wald gelaufen. Aber ich habe mich verirrt. Irgendwann kam ich an die Strasse. Ich habe die Pferde im Regen zu spät gesehen. Etwas traf mich am Kopf und dann...“

Die Stimme der Frau versagte.

„Hier braucht Ihr niemanden zu fürchten, gute Frau. Ihr seid in Sicherheit. Morgen werde ich sehen, was ich für Eure Angehörigen tun kann.“

Als der König aus dem Zimmer gehen wollte, trat ihm Harpon in den Weg und fragte drohend: „Wie viele Beweise braucht Ihr jetzt noch?"

Der König sah ihn nur finster an, schob ihn zur Seite und eilte hinaus.

Am nächsten Morgen rief König Gundomar Harpon, Cassandra, Sigmar, Leonardo und seine Berater zusammen. Dunkle Ringe unter den Augen des Herrschers ließen darauf schließen, dass er in der vergangenen Nacht nur wenig Schlaf gefunden hatte. Finster blickte er die Anwesenden der Reihe nach an.

„Ich hatte Euch nicht glauben wollen. Aber nun habe ich es mit eigenen Augen gesehen: Ausbeutung, Armut, Schmutz und Verfall. Ich habe nicht ein einziges Mal einen Menschen lachen hören."

„Majestät...", setzte Sigmar an.

„Schweigt!", schnitt ihm der König das Wort ab. Gundomar erhob sich von seinem Thron und ging langsam auf die vier zu. „Wie konnte Ramirez es nur wagen, mich solchermaßen zu hintergehen.

„Ich glaube...", setzte Sigmar an, wurde aber sofort durch eine Geste Gundomars zum Verstummen gebracht.

„Ruft den leitenden Offizier meiner Garde!"

Schon nach wenigen Minuten betrat der General, gekleidet in eine farbenprächtige Paradeuniform, den Thronsaal. Begleitet wurde er von einer Gruppe hoher Militärs. Der Anführer der Truppe trat vor den König und salutierte, während seine Begleiter in respektvollem Abstand verweilten.

„Majestät, wie lauten Eure Befehle?"

„Stellt eine Truppe zusammen. Bringt mir Ramirez. Ich will ihn hier vor mir auf dem Boden liegen sehen. In Ketten!" , sagte der König mit vor Zorn grollender Stimme. „Übernehmt die Verwaltung des fürstlichen Anwesens. Kein Steuereintreiber darf das Gelände verlassen. Zwei Eurer Männer sollen nach der Familie der Bäuerin suchen. Bringt sie hierher, aber als Gäste, nicht als Gefangene."

Nachdem Gundomar seine Befehle erteilt hatte, zog er sich mit seinen Beratern zurück.

„Jetzt sind wohl Dinge ins Rollen geraten, die sich nicht mehr aufhalten lassen", meinte Sigmar und blickte Harpon nachdenklich an.

„Wir haben alles getan, was in unserer Macht stand.
Jetzt können nun nur noch warten", erwiderte Harpon
mit ernstem Gesicht.

Das Unwetter vom Vortag hatte sich restlos verzogen,
und war von einem herrlichen Sommertag abgelöst
worden.

Der Fürst und sein Wachmann mussten sich beraten und zogen sich in ihre Gemächer zurück.

Harpon und Cassandra wollten das schöne Wetter
genießen und waren in den großzügig angelegten Park
des Anwesens hinausgegangen. Nach und nach hatten
sie sich immer weiter vom Schloss entfernt. Im Schatten unter einem uralten Baum lud schließlich eine
kleine Bank zum Verweilen ein. Dort ließen sie sich
jetzt nieder.

Unter altem Laub fand Cassandra ein Stück trockenes Holz. Zuerst schnitzte sie nur zum Spiel daran
herum. Ihr fielen jedoch die ungewöhnlich feinen
Strukturen der Maserung auf, und schließlich kam
ihr die Idee, aus dem Stück Natur eine Flöte zu erstel-
len. Ihre Arbeit beschäftigte sie so sehr, dass sie die
Anwesenheit ihres Gatten kaum noch wahrnahm.

Mit einiger Mühe hatte Cassandra ihr Werk vollendet. Sie nannte das schlichte Instrument Lerchenflöte,
und begann darauf zu spielen, ohne zu wissen, dass
sie diese Art von Musikinstrument beherrschte. Es
musste wohl Teil des Erbes ihrer Mutter sein, dachte
sie sich. Als Demeter ihre körperliche Existenz aufge-
geben hatte, und von den Yr aufgenommen worden
war, hatte sie all ihr Wissen und ihre Lebenserfahrung
ihrer Tochter vermacht.

Cassandra spielte eine Melodie einfacher Art, die
aber dennoch das Herz des Zuhörers berührte.

„Welch wunderschöne Melodie", sagte eine leise
Stimme. „Ich hörte sie von weitem und bin dem liebli-
chen Klang gefolgt."

Harpon wollte sofort zu seiner Waffe greifen, aber
Cassandra hielt seinen Arm fest.

„Bitte verzeiht meine Unhöflichkeit. Ich vergaß, mich vorzustellen. Mein Name ist Prinz Joshu. Ich bin der Sohn Gundomars."

Harpon verbeugte sich. Cassandra machte einen Knicks und senkte den Kopf.

„Bitte erhebt Euch, Cassandra und Harpon", forderte sie der Prinz auf.

Cassandra musterte ihn. Er war wohl zwölf oder dreizehn Jahre alt, schlank und hatte ein offenes, ehrliches Gesicht, von dunklem lockigem Haar umrahmt. Der Prinz war in ein teures Jagdgewand gekleidet und trug einen kunstvoll verzierten Degen am Waffengürtel. In einer fließenden, eleganten Bewegung nahm er den Hut ab und deutete eine Verbeugung an.

„Wir wussten nicht, dass König Gundomar einen Sohn hat", sagte Cassandra. „Und auch am Hofe bin ich Euch noch nicht begegnet."

„Ich war verreist, schöne Frau", erwiderte der Prinz. „und bin erst heute Nacht zurückgekommen. Mein Vater lässt mich von bedeutenden Gelehrten in den vielfältigen Fächern der Wissenschaften ausbilden. Deswegen bin ich viel unterwegs."

„Bitte verzeiht meine Neugier", setzte Cassandra fort. „Habt Ihr noch weitere Angehörige?"

„Nein. Meine Mutter verstarb schon vor Jahren an den Folgen eines bösartigen Fiebers. Danach fand mein Vater nie mehr die Kraft, sich eine andere Frau zu nehmen."

„Das tut mir Leid."

„Ihr braucht Euch nicht zu entschuldigen." Der Prinz sah kurz nach dem Stand der Sonne. „Es geht wohl auf die Mittagsstunde zu. Erweist mir die Ehre und begleitet mich zum Mahl."

Am nächsten Tag bat ein Herold Harpon und Cassandra, ihm zu folgen. Er geleitete sie die langen Gänge entlang zum grossen Thronsaal. Schon bevor sich die breiten Torflügel vor uns öffneten, hörten sie die laute Stimme des Königs. Gundomars Gesicht war puterrot vor Zorn. Neben ihm sah Cassandra Sigmar und Leandro, der wie üblich keinen Schritt von seinem Fürsten wich. Ein paar der Militärs machten ihnen Platz und erst jetzt erkannte Cassandra die Ursache für die Aufregung.

Auf dem Boden kniete eine massige Gestalt deren Arme auf dem Rücken mit Ketten zusammengebunden waren. Hinter dem Gefangenen standen zwei schwer bewaffnete Wachmänner, die die Enden der Fesseln in ihren starken Händen hielten.

Cassandra blickte auf die Gestalt hinab. Über dicken, rot geäderten Hängebacken, blickten kleine, kalte Augen unter dicken Fettwülsten hervor. Ramirez war in verschwenderisch teure Gewänder gekleidet. Goldketten hingen unordentlich um seinen Hals. Seine feisten, fetten Finger zierten schwere Goldringe.

Was Cassandra jedoch am meisten erschreckte, war der grausame Blick seiner Augen. Ein Abgrund der Unmenschlichkeit tat sich vor ihren empathischen Sinnen auf.

„Ich hatte Eurem Vater vertraut", schrie Gundomar außer sich. „Und ich hatte Fürst Sigmar vertraut. Und dieses Vertrauen war auf Euch übergegangen. Ihr habt dies auf das Schändlichste missbraucht! Ihr habt Euch bereichert und mein Volk geknechtet, es ausbluten lassen, habt Kinder, ganze Familien in den Kerker geworfen. Rechtfertigt Euch, bevor ich Euch auf der Stelle hinrichten lasse!"

„Dieses Gezücht verdient es nicht, Rechte zu erhalten. Sie vermehren sich wie die Karnickel. Sie sind einfältig und zu nichts zu gebrauchen."

„Ihr habt eigenmächtig, ohne meine Genehmigung, und ohne mir zu berichten, die Steuern erhöht! Was ist mit diesen Einnahmen geschehen?"

„Das werdet Ihr niemals erfahren."

„Die Folter wird Eure Zunge lockern. Nehmt ihm den Siegelring ab!"

Grob öffnete ein Wachmann die linke Faust des falschen Fürsten und riss unsanft den Ring der fürstlichen Macht von seinem Finger.

Ramirez schrie vor Wut auf. „Das werdet Ihr mir büssen!" Er wand sich in seinen Fesseln. „Ihr alle, die ihr hier anwesend seid, werdet meinen Zorn zu spüren bekommen."

Durch die unsanfte Behandlung hatten sich die Knöpfe seiner Weste geöffnet und an einer Kette baumelte nun ein reich verzierter Schlüssel ins Freie.

„Was ist das? Wozu dient dieser Schlüssel?"

„Kein Wort darüber wird über meine Lippen kommen", meinte Ramirez hämisch grinsend.

„Werft ihn in den Kerker!", tobte der König. „Sonst vergesse ich mich und schlage ihm eigenhändig den Kopf ab."

Ein Elitesoldat trat vor den König hin und verbeugte sich. „Majestät!"

„Was ist nun schon wieder?", fuhr ihn Gundomar an. Noch war die Zornesröte nicht aus seinem Gesicht gewichen.

„Wie haben die Angehörigen der Bäuerin gefunden." Der Soldat deutete auf eine Gruppe von drei ängstlich dreinblickenden Personen.

Der König warf einen kurzen Blick auf die drei Männer. „Bringt sie zu der Bäuerin."

Auf ihr Verlangen hin hatten Harpon und Cassandra die Erlaubnis seiner Majestät erhalten, Ramirez in seiner Zelle aufzusuchen.

Zwei Wachmänner geleiteten sie einen langen Gang entlang zu einer gewundenen Treppe, die sie in eine feuchtkalte Tiefe hinunterführte. Fackeln in eisernen Wandhalterungen beleuchteten die uralten Steintreppen nur ungenügend. Am Ende des Abstiegs standen sie schließlich vor einer schweren mit Metall beschlagenen Tür, die zu beiden Seiten von jeweils drei Männern bewacht wurde.

„Befehl des Königs", sagte einer der beiden Wachleute. „Sie dürfen den Gefangenen sprechen."

Einer der Männer trat vor das Tor. Ein schwarzer Schlüssel knirschte in einem rostigen Schloss, ein schwerer Riegel wurde beiseite geschoben, dann zog der Mann das Tor auf und trat zur Seite, um Harpon und Cassandra eintreten zu lassen.

Nur eine Fackel erhellte das düstere Verlies. Der falsche Fürst kauerte auf einem primitiven Lager aus altem Stroh und blickte ihnen finster entgegen. Geschwollene Lippen und eine blutverkrustete Augenbraue ließen darauf schließen, dass die Wächter nicht zimperlich mit ihm umgegangen waren. Um den Hals trug der Verräter einen breiten Eisenring, von dem zwei Ketten zu Halterungen an der Wand führten.

„Lasst uns allein", sagte Harpon zu den beiden Wachleuten.

Sie nickten und gingen aus der feuchten Zelle. Harpon und Cassandra waren mit Ramirez allein.

Cassandra fixierte den Gefangenen schweigend solange, bis er hochsah und ihrem Blick begegnete.

Nein, dachte sie, als sie wieder seine Gefühlskälte und Menschenverachtung spürte. Dieser Mann hat keine Gnade verdient. In all den Jahren, in denen sie mit Harpon den Aufgaben nachgegangen war, die ihnen die mächtigen Yr auftrugen, war ihr kein intelligentes Lebewesen begegnet, das über eine solche Gefühlskälte verfügte. Hätte Cassandra nicht das Bewusstsein des falschen Fürsten gespürt, hätte sie ihn für einen Androiden halten können. Er jedoch dachte und fühlte, auch wenn seine Emotionen von einer Art waren, die Cassandra einen eisigen Schauer über den Rücken laufen ließen.

„Wir werden diese Zelle erst dann verlassen, wenn alle unsere Fragen beantwortet sind", sagte Harpon mit drohender Stimme. „Es hängt von Euch ab, wie viel Leben dann noch in Euch sein wird. Also antwortet schnell, dann erspart Ihr Euch Schmerzen, an die Ihr Euch bis an Euer kümmerliches Ende erinnern werdet."

Ramirez lachte kurz auf - ein Lachen, das Cassandra erschauern ließ.

„Wozu dient der Schlüssel, den Ihr um den Hals trugt?", fuhr ihn Harpon an.

Ramirez blickte ihn kalt an. „Das wirst du niemals erfahren."

Krachend landete Harpons Faust in seinem Gesicht.

„Das war für die Beleidigung", sagte Harpon zu Ramirez.

„Verflucht sollst du sein", schrie ihn Ramirez an. Blut schoss aus seiner Nase, das er mit dem Handrücken wegwischte.

„Warum hast du das getan?", fragte ihn Cassandra.

„Es muss so aussehen, als hätten wir die Informationen aus ihm herausgeprügelt", wandte er sich auf Interkosmo an seine Gemahlin. „Oder willst du ihnen erklären, dass du Gedanken lesen kannst?"

Ramirez betastete mit schmerzerfülltem Gesicht seine Nase. „Du Tölpel hast mir die Nase gebrochen."

„Ich werde Euch noch viel mehr brechen, wenn ich nicht sofort ein paar Antworten erhalte." Drohend ging er auf den Fürsten zu. „Jetzt hört mir zu. Für jede Frage, die Ihr nicht beantwortet, werde ich Euch einen Finger abschneiden. Sollte ich dann immer noch nicht alles über den Schlüssel wissen, werde ich mit den Zehen weitermachen. Auch Nase und Ohren braucht Ihr nicht zum sprechen. Ich frage noch einmal: Wozu dient der Schlüssel?"

Schweigen lastete auf der Szene. Nur das Atmen der drei Menschen war zu hören, unterbrochen von tropfendem Wasser. Mühelos hielt Harpon dem Blick des

Verräters stand. Augen, die schon die Ewigkeit gesehen hatten, ließen den falschen Fürsten schließlich einen Teil seiner Selbstsicherheit verlieren, und sein Blick begann zu flackern.

Harpon zog seinen unterarmlangen Dolch und prüfte mir den Daumen die Schärfe.

Cassandra war sich sicher, dass ihr Gemahl niemals seine Drohungen wahr machen würde. Es ging lediglich um die Einschüchterung des Gefangenen. Sie überlegte, was sie nun tun sollte. Sollte sie in seinen Geist eindringen? Eigentlich war es ihr untersagt. Ihr Ehrencodex als Telepathin verbot ihr, einen Rapport zu erzwingen. Noch immer zögerte sie, aber ihr wurde klar, dass sie in diesem Falle eine Ausnahme machen konnte. Auf einen Menschen, der so viele andere Leben auf dem Gewissen hatte, brauchte sie keine Rücksicht zu nehmen.

Cassandra konzentrierte sich und öffnete ihre telepathischen Sinne.

„Dieser Schlüssel öffnet eine Truhe, die in seinem Schlafgemach steht", sagte sie.

Das Gesicht des Gefangenen verzerrte sich zu einer Maske des Hasses. „Du bist eine Hexe."

„Ich bin keine Hexe. Aber du bist ein Dieb und Mörder. Gesteh deine Schuld, oder ich werde jede Nacht in deinen Träumen erscheinen. Und ich verspreche dir, dass es keine angenehmen Träume sein werden."

„Was befindet sich in der Truhe?", lenkte Harpon ab. Wenn Ramirez den Schlüssel ständig mit sich trug, musste der Inhalt von hoher Wichtigkeit für ihn sein.

„Dort liegt der Schlüssel, der die Türe zu dem Gewölbe öffnet, in dem er die Steuergelder verbirgt. In der Truhe liegen auch Bücher, in denen alle unterschlagenen Gelder aufgeführt sind."

Ramirez schrie vor Wut auf und sprang hoch. Harpon hielt ihn auf und stieß ihn unsanft auf sein Lager zurück. Drohend richtete er die funkelnde Spitze seines Messers auf ihn.

Cassandra forschte weiter in seinem Bewusstsein. Er versuchte krampfhaft nicht an sein Geheimnis zu denken. Einem Telepathen konnte ein geübter Geist durch Überlagerung von Gedankenbildern Informationen vorenthalten. Ramirez hatte jedoch keinerlei Erfahrung in diesen Dingen. Schon bald sah Cassandra weitere Bilder in dessen Kopf, die mit den unterschlagenen Geldern in Zusammenhang standen.

„Im Weinkeller. Ein sehr großes Fass am Ende eines langen Ganges. Die Vorderseite lässt sich beiseite drehen. Dahinter gelangt man durch eine weitere Türe in einen Raum. Dort liegen die Gelder."

Ramirez wollte sich trotz der Ketten auf Cassandra stürzen. Erschrocken wich sie zurück. Harpon hielt Ramirez am Arm fest und hieb ihm die Faust ans Kinn. Bewusstlos sank der Gefangene nieder.

Nach der erfolgreichen Befragung eilten Harpon und Cassandra in den Thronsaal. Dort hatte der König alle seine Berater und einige Militärs um sich versammelt. Auch Leandro und Sigmar waren anwesend.

Der König blickte hoch, als sie sich der Menge näherten. „Nun. Habt Ihr ihn zum sprechen gebracht?", fragte er.

Harpon berichtete, was Cassandra in seinen Gedanken gelesen hatte.

„Habt Ihr das vernommen, Fürst Sigmar? Nein, bitte schweigt", wehrte er Sigmar ab. „Eigentlich hättet Ihr es verdient, in allen Ehren in einem Festakt wieder in Euer Amt eingeführt zu werden. Aber die Vorbereitung dafür kostet viel Zeit, die wir jetzt nicht haben. Tretet näher und kniet nieder."

Der König erhob sich, und trat vor den Knienden hin. Auf einen Wink hin eilte ein Diener herbei, der ein samtenes Kissen vor sich trug. Von dort nahm der König den Siegelring des Fürstentums auf.

„Reicht mir Eure Linke", forderte Gundomar den verratenen Fürsten auf. „Dies ist der Ring der Macht, der dem Träger alle Rechte über das Fürstentum Lothringen erteilt. Nehmt ihn wieder an Euch, Fürst Sigmar von Lothringen. Herrscht streng aber gerecht."

Mit diesen Worten steckte er den Ring an Sigmars Finger.

„Erhebt Euch!"

Sodann griff der König nach dem geheimnisvollen Schlüssel. Nachdenklich wog er ihn in der Hand.

„Ihr wisst nun, welches Schloss er öffnet. Entscheidet selbst, was Ihr mit den Reichtümern tut, die Ihr dort findet."

Sigmar nahm den Schlüssel entgegen, verneigte sich und trat einen Schritt zurück.

„Es ist mein Wunsch und mein Wille, dass Frieden im Fürstentum einkehrt, und die Knechtung und Willkür ein Ende findet."

„Wohl gesprochen, Fürst Sigmar. Ich verspreche Euch, dass der Festakt beizeiten nachgeholt wird. Aber nun begebt Euch auf Euer Anwesen und leitet alles Notwendige ein. Ich übertrage Euch bis auf weiteres die Befehlsgewalt über meine dort stationierten Truppen."

Damit waren die Aufgaben unserer Helden auf dieser Welt beinahe getan. Lediglich der singende Stein musste noch unschädlich gemacht werden.

Harpon und Cassandra hatten Pferde und Proviant erhalten. Beide waren frohen Mutes, als sie über die breite, gepflasterte Strasse aus dem Schloss ritten. Die Wachen ließen sie diesmal passieren und grüßten respektvoll.

In wenigen Tagen würde auch das Versprechen, das sie dem Obersten der Waldgeister gegeben hatten, eingelöst sein, und dann wäre es an Demeter, sie wieder nach Hause bringen.

Ohne Eile ritten sie die viel bereiste Hauptstrasse entlang und erfreuten sich am Anblick der herbstlichen Wälder.

Nach wenigen Tagen gelangten Harpon und Cassandra zu Errils Kate, von wo aus sie weiter zu dem magischen Steinkreis reiten wollten.

Erril begrüßte sie aufs herzlichste und bot ihnen frische Milch zum trinken an.

„Nachrichten verbreiten sich schnell in solchen Tagen. Gestern haben wir im Dorf von einem Reisenden erfahren, dass der falsche Fürst verurteilt worden ist und öffentlich hingerichtet werden soll", erzählte der Bauer aufgeregt. „Es war gar nicht der König, der die Steuern erhöht hatte, sondern der Fürst. Der Teufel soll sich seine Seele holen."

Der neue Fürst - wie ihn die Menschen nannten - hatte alle Steuereintreiber entlassen und eine Reform verkündet. Die Steuer war wieder auf einen Zehnten reduziert worden. Man erzählte sogar, dass Sigmar durch die Dörfer ritt, und dort Hilfe versprach, wo die Not am größten war. Die niedergebrannten Höfe sollten wieder aufgebaut werden. Man hoffte, dass dann viele der Familien, die geflüchtet waren, wieder zurückkehrten.

Kurz darauf kam Tania die Wiese herauf auf das Haus zu. Vor sich her trieb sie ein paar Gänse, die lauthals schnatterten. Als Tania Cassandra erkannte winkte sie ihr lächelnd zu. Das Mädchen lenkte die Tiere mit einer Rute in den Stall und schloss das

Gatter hinter ihnen. Dann lief Tania zu Cassandra
und fiel ihr in die Arme.

Der singende Stein

Je näher Cassandra und Harpon kamen, umso mehr der Tierstimmen verstummten. Etwa ein Dutzend Schritte vor dem Steinkreis hielten sie die Pferde an und gingen zu Fuß weiter.

Der Steinkreis durchmaß wohl vier oder fünf Schritte. Auffallend war, dass die Dolmen keinerlei Bewuchs zeigten. Cassandra betrachtete einen der Felsen genauer und musste feststellen, dass dies nur auf Innenseite der Fall war. Die Außenseite hingegen war von einer dicken Schicht Moose überzogen. Cassandra untersuchte den Waldboden innerhalb des Kreises, aber auch hier wuchs nicht das kleinste Pflänzchen, als würde die Ausstrahlung des Artefaktes alles Leben vertreiben.

Harpon hob einen Stein auf, der bequem in seine Handfläche passte, und wog ihn prüfend. Dann warf ihn in hohem Bogen in Richtung des Artefaktes. Ein Lichtblitz begleitet vom einem Implosionsgeräusch folgten und das Wurfgeschoss war verschwunden.

Der singende Stein war verstummt. Kaum hörbar zuerst, setzte ein abgrundtiefes Brummen ein, das sich kontinuierlich zu höheren Tonlagen hin steigerte, bis wiederum der Druck auf den Ohren lag.

„Das waren wohl fünf Sekunden bis er sich wieder aufgeladen hatte", überlegte der Ritter laut. „Und er scheint ein Feld um sich aufzubauen, das die Masse abstrahlt. Der geworfene Stein hat nicht die Oberfläche des Artefaktes berührt. Das hätte ich sonst gehört. Es ist ohne Zweifel ein Transmitter."

Er suchte nach einem Stein, der etwa doppelt so groß wie der vorherige war, und wiederholte das Experiment.

„Acht", sagte Cassandra.

„Einen dritten Versuch möchte ich noch wagen."

Wie ein Kugelstoßer legte er sich einen mehrere Kilo schweren Stein in die Halsbeuge und stieß ihn zum Transmitter.

„15", sagten Harpon und Cassandra nahezu gleichzeitig.

„Es gibt also einen direkt proportionalen, aber nicht linearen Zusammenhang zwischen Masse und Regenerierungsdauer."

„Was hast du vor?"

„Ich muss noch herausfinden, wie sich das Artefakt während der Aufladephase verhält."

Er warf einen grossen Stein auf das Objekt und wenige Sekunden einen etwas kleineren; der zuletzt geworfene prallte gegen das Artefakt und blieb am Boden liegen.

„Während der Aufladephase ist er also inaktiv. Ich möchte ein möglichst massives Objekt gegen den singenden Stein werfen, damit ich ausreichend Zeit habe, ihn zu untersuchen."

„Wie wäre es, wenn wir eine alten Baumstamm aufrichten und darauf fallen lassen", schlug Cassandra vor.

„Nein", erwiderte Harpon kopfschüttelnd. „Es sollte etwa Massives sein, wie z.B. ein Felsen", sagte er nachdenklich. „Ich glaube ich habe eine Idee."

Sie errichteten über dem Artefakt ein Dreibein aus Baumstämmen. An der Spitze war ein Seil befestigt, das um einen schweren Stein geschlungen wurde. Gemeinsam lenkten sie das Pendel aus.

„Wie viel Zeit wird wohl bleiben?"

„Ich schätze etwa 45 Sekunden."

„Wir sollten die Augen abwenden. Je mehr Masse abgestoßen wird, umso heller ist der Lichtblitz."

„Gut. Auf drei."

„1 - 2 - 3!"

Sie wandten sich ab und schlossen die Augen. Harpon legte schützend seine Arme um Cassandra.

Nachdem der Transmitter verstummt war, rammte Harpon sein Schwert unter das Artefakt und versuchte es anzuheben.

Cassandra begann laut zu zählen.

„Verflucht", keuchte Harpon. „Entweder ist er unglaublich massiv, oder auf einer Art Fundament befestigt."

Es gelang ihm den Stein etwas anzuheben und das Schwert noch weiter darunter zu schieben.

„11 - 12...“
Mit einem gewaltigen Kraftakt hebelte er den Stein um.

„15 - 16...“
Das Artefakt rollte ein Stück zu Seite, und blieb auf der Seite liegen. Harpon untersuchte heftig atmend die Bodenplatte.

„Faszinierend. Ein Jammer, dass ich keinen Scanner bei mir habe.“

„23 - 24...“
Ein Display zeigte Schriftzeichen in einer Sprache, wie er sie noch nie gesehen hatte. Anzeigen änderten sich. Er suchte nach einer Möglichkeit, die Maschine zu deaktivieren.

„31 - 32...“
In einer Vertiefung saß ein zylinderförmiger Behälter, den an einer Seitenfläche zwei Energieleitungen verließen. Harpon zog seinen Dolch.

„35. Was hast du vor?“

„Die Energieleitung durchtrennen.“

„38 - 39 ...“
Er versuchte die Klinge zwischen Zylinder und Leitung zu führen.

„44! Harpon, pass auf!“, schrie Cassandra.

Er verspürte ein Prickeln, das das durch seine Fingerspitzen lief.

„Verdammt.“
Fluchtartig verließ er das Artefakt, und griff im letzten Augenblick nach seinem Schwert, das noch am Boden lag.

Ein ohrenbetäubender Knall ertönte. Staub wirbelte auf.

Als sich die Sicht wieder geklärt hatte, ging Harpon näher. Eine halbkugelförmige Vertiefung hatte sich gebildet.

Und auf dem Boden lag unversehrt das Artefakt.

„Was ist jetzt?“, fragte Cassandra in die Stille hinein. „Lädt er sich wieder auf?“

„Ich weiß es nicht.“
Harpon stieg in den Krater hinab und setzte die Dolchspitze zwischen den beiden Energieleitungen an.

Mit einem Stein schlug er auf das Heft. Knirschend drang die Klinge etwa fingerbreit in die Oberfläche ein. Unter Hochdruck stehendes Gas entwich zischend und grüne Funken wanderten das Messer hinauf. Harpon hielt die Luft an und wich zurück, den Blick auf die Anzeigen gebannt - ein kurzes Aufflackern - und das Display erlosch.

Schweigend saßen Cassandra und Harpon da und warteten. Die Stille wurde nur langsam von den Geräuschen des Waldes durchdrungen. Fast schien es, als hätte die Natur Angst davor, die kleine Lichtung wieder mit Leben zu füllen.

Der singende Stein schwieg. Die Gefahr war beseitigt.

Sie bedeckten das uralte Artefakt mit Ästen, Steinen und Erde.

„Wie viele Menschen mag der Stein wohl getötet haben?"

Schweigend ritten sie nebeneinander her zurück zu Errils Kate.

Eigentlich wollten sie sich am nächsten Tag verabschieden.

„Bitte bleibt noch einen Tag", flehte sie Tania an. „Morgen Abend findet das Herbstfest statt. Es wird euch bestimmt gefallen."

Harpon sah seine Frau an. Sie wollte wieder nach Hause, genauso wie er. Die flehenden Augen des kleinen Mädchens ließen sie es sich anders überlegen.

„Ja, Tania", sagte Cassandra und strich dem Mädchen über den Kopf. „Wir bleiben noch einen Tag."

„Danke! Vielen Dank."

Das Herbstfest

„Jedes Jahr zu Beginn des Herbstes versammeln sich alle Bewohner des Dorfes am Waldrand", erzählte Tania mit leuchtenden Augen. „Dort erscheinen dann nach Sonnenuntergang die Waldgeister. Das ist das einzige Mal im Jahr, an dem sie den Wald verlassen. Es gibt immer eine Auserwählte oder einen Auserwählten im Dorf, dem die Waldgeister dann das Winterfeuer übergeben. Der Auserwählte bringt dann das Feuer in jedes Haus des Dorfes. Es soll schützen und Wärme für den kommenden Winter spenden. Die letzte Auserwählte war die alte Birgit. Sie ist im vorigen Winter gestorben. Die Waldgeister werden also diesmal eine neue Wahl treffen müssen."

Oberhalb des Dorfes, dort wo der Wald am nahesten an das Dorf heranreichte, stieg die Wiese sanft an. Hier traten Felsen zu Tage und bildeten mehrere kleine Terrassen. Alle Dorfbewohner hatten sich unterhalb der obersten Erhebung versammelt und betrachteten den Abendhimmel. Die Sonne berührte bereits den Horizont. Immer tiefer sank die leuchtende Scheibe und färbte den Himmel in goldenen Farben. Als sie schließlich untergegangen war, leuchtete nur noch das Abendrot in all seiner Pracht. Die Menschen wendeten nun ihre Aufmerksamkeit dem Wald zu. Voll Ungeduld warteten sie, bis endlich in den dunklen Tiefen zwischen den uralten Stämmen ein schwaches Schimmern zu erkennen war, das immer mehr an Helligkeit zunahm, bis die leuchtenden Körper der Waldgeister am Waldrand erschienen. Laute des Erstaunens wurden hörbar. Obwohl die Anwesenden die funkelnde Pracht der Faune alle Jahre wieder sahen, war es dennoch ein Erlebnis, das für diese Menschen wohl niemals zur Gewohnheit werden würde.

Wenige Schritte nach den letzten Bäumen hatte die Menge der glänzenden Leiber angehalten. In ihrer Mitte wurde nun ein Schemen sichtbar, der alle anderen überragte. Langsam schwebte er näher und wurde als würdevoller, alter Mann erkennbar. Kurz vor dem

Rand der Terrasse hielt er an und blickte auf die Versammelten hinab.

„Das ist der Oberste von ihnen", flüsterte Tania. „Er ist sehr mächtig und gerecht, aber auch furchtbar streng."

„Ich habe ihn schon einmal gesehen", erwiderte Cassandra.

Tania blickte sie erstaunt an und wollte gerade eine Frage stellen, als der Oberste zu sprechen begann. Seine tiefe Stimme war leise, aber man hörte deutlich seine Autorität und Kraft darin.

„Wir grüßen euch. Ihr alle wisst, warum wir uns hier versammelt haben. Wir bringen euch die Flamme, die im Winter eure Häuser wärmen, und böse Geister, finstere Mächte und Krankheiten fernhalten wird. Aber vorher müssen wir eine neue Auserwählte bestimmen. Birgit hat über viele Jahre hinweg ihre Aufgabe als Auserwählte erfüllt. Gedenkt ihrer und behaltet die Erinnerungen an sie."

Er ließ seinen Blick über die Dorfbewohner schweifen.

„Nun will ich euch mitteilen, auf wen unsere Wahl gefallen ist."

„Jetzt wird es spannend", flüsterte Tania. „Es ist eine große Ehre für eine Familie, wenn jemand von ihnen bestimmt wird."

Erwartungsvolle Stille legte sich über die Menschen.

„Es gibt eine unter euch, die besonders tapfer war. Sie wird von nun an für euch sprechen und heute zum ersten Mal das Winterfeuer überbringen."

Der Oberste wartete geduldig, bis das Gemurmel verstummt war. Dann hob er die Stimme.

„Tritt vor, Tania, Tochter von Erril."

Tania sog vor Überraschung die Luft ein und sah Cassandra aus großen Augen an.

„Das bin ja ich!"

Ein paar der vor ihr stehenden Leute wandten sich zu Tania um und sie sah Verwunderung, aber auch Ehrfurcht in ihren Gesichtern. Dann bildete sich langsam eine Gasse in der Menge, durch die hindurch

Tania den Obersten vor dem Hintergrund der anderen Waldgeister erkennen konnte.

„Jetzt geh, Tania“, sagte Cassandra. „Lass den Waldgeist nicht warten.“

Mit gemischten Gefühlen trat Tania in die Lücke. Als sie die Menge der Dorfbewohner verließ, hielt sie noch einmal kurz an und blickte zu Cassandra zurück. Dann nahm sie all ihren Mut zusammen und ging mit klopfendem Herzen auf den Waldgeist zu.

Bis auf drei Schritte wagte sich Tania an ihn heran. Der Oberste war bestimmt doppelt so groß wie sie. Stolz ragte er vor ihr auf. Tania konnte jetzt in seinem hellen Schein seine langen weißen Haare, die er straff nach hinten gekämmt hatte, und seinen Bart erkennen, der ihm bis zum Gürtel reichte. Er führte einen langen Wanderstab mit sich, aus dessen Astloch sie eine kleine Eule beäugte.

„Du kennst die Aufgaben einer Auserwählten, Tania“, sagte er mit tiefer Stimme. „Durch sie werden die Waldgeister zum Dorf sprechen. Und das Dorf darf durch dich zu uns sprechen. Du darfst jederzeit den Wald betreten, um zu uns in den heiligen Hain zu gelangen. Den anderen des Dorfes ist das aber verboten. Wirst du deiner Bestimmung folgen?“

„Ja, das werde ich, ehrenwerter Oberster.“

„Dann wirst du jetzt das Zeichen der Auserwählten erhalten.“

Aufgeregte Stimmen wurden in der Menge laut.

Tania bekam nun schreckliche Angst und fürchtete, dass es sehr wehtun würde. Der Waldgeist beugte sich zu ihr hinab und legte ihr eine Hand auf die Wange. Was wird er nun tun, fragte sich Tania. Da strich der Alte langsam mit dem Daumen über ihre linke Schläfe, unter dem Auge entlang und wieder zurück. Sie verspürte ein leichtes Brennen an der Stelle, wo er sie berührt hatte. Dann ließ der Oberste seine Hand sinken und richtete sich wieder auf.

„Jetzt trägst du das Zeichen, das allen Menschen zeigen wird, wer du bist und welche Aufgaben du zu erfüllen hast.“

Allmählich ließ das unangenehme Gefühl wieder nach. Tania wagte aber nicht, die Stelle zu berühren.

„Bist du nun bereit, das Winterfeuer anzunehmen?"

Tania blickte zum Waldgeist hoch. Sein strenger Blick schien sie durchbohren zu wollen.

„Ja, das bin ich, ehrenwerter Oberster."

„So? Aber du hast ja gar keine Lampe."

Verhaltenes Gelächter kam in der Menge der Menschen auf. Der Waldgeist hob den Blick und die Menge verstummte augenblicklich. Dann wandte er sich wieder Tania zu.

Das Mädchen senkte verlegen den Kopf und spürte, wie ihre Wangen sich röteten. Hilfe suchend sah sie sich um. Da bemerkte sie einen grauhaarigen, alten Mann, der sich aus der Menge der Dorfbewohner gelöst hatte und mit schlurfenden Schritten auf sie und den Obersten zukam. Er trug eine Lampe mit einem metallenen Gehäuse vor sich her.

„Sei gegrüßt, Brant, Gatte der ehrenwerten Birgit", begrüßte ihn der Oberste.

„Ich grüße Euch, Oberster", antwortete Brant und verbeugte sich tief vor dem Waldgeist. „Das ist die Lampe, mit der meine Frau das Winterfeuer ins Dorf getragen hat. Nimm sie, Tania. Sie gehört jetzt dir."

„Danke", sagte Tania zu dem Mann, der ihr die Leuchte reichte und ein paar Schritte zurücktrat.

Tania hob die uralte Lampe hoch und betrachtete sie neugierig. Sie hatte ein blechernes kastenförmiges Gehäuse, das auf Hochglanz poliert war. In die Vorderseite und die Seitenteile waren Glasscheiben eingesetzt, die mit kunstvollen Gravuren versehen waren. Auf der Rückseite gab es einen kleinen Hebel, damit man den Docht verstellen konnte. Auf dem Oberteil befand sich ein kleiner Rauchabzug, der durch einen kleinen Deckel vor Regen geschützt wurde.

„Jetzt bist du wirklich bereit", sagte der Oberste so leise, dass nur Tania ihn verstehen konnte. „Halte die Lampe so, dass sie alle sehen können."

Tania suchte erneut seinen Blick und stellte mit Überraschung fest, dass sich ein sanftes Lächeln auf seinen Lippen zeigte. Aus seinen Augen war jede Härte gewichen.

Sie atmete auf. Er war also gar nicht so streng, wie sie immer gedacht hatte.

Der Waldgeist hob seine Stimme: „Empfange das Winterfeuer, Tania, und trage es in alle Häuser, zuletzt in dein eigenes. Pass auf, dass das Feuer erst dann erlischt, wenn du alle Herdflammen entzündet hast."

Der Oberste streckte seine rechte Hand nach der Leuchte aus und murmelte beschwörende Worte. Plötzlich löste sich eine kleine Feuerkugel von der Spitze seines Zeigefingers. Es gab einen leisen Knall und die Lampe erstrahlte in einem hellen, warmen Schein.

„Nun geh, Tania, und tu deine Pflicht."

„Ich danke Euch", erwiderte sie.

Der Oberste zwinkerte ihr zu, dann zog er sich zurück. Die Menge der Waldgeister teilte sich, und ihr Anführer verschwand in ihrer Mitte. Die restlichen der leuchtenden Gestalten schlossen die Lücke hinter ihm und folgten ihm schweigend in die Tiefen des Waldes.

Tania stand nun alleine vor den Dorfbewohnern da, und blickte in ihre erwartungsvollen Gesichter. An ihr lag es jetzt, dass all diese Menschen gesund durch den Winter kamen. Sie fühlte sich geehrt, aber auch unwohl – geehrt, weil sie nun die Nachfolge Birgits angetreten ist, und unwohl, weil sie die Blicke aller Anwesenden auf sich ruhen fühlte. Zu gerne hätte sie jetzt ihr eigenes Gesicht betrachtet, um festzustellen, was der Waldgeist damit gemacht hatte. Aber das musste vorerst warten. Zuerst wollte sie ihrer Pflicht nachkommen und das Winterfeuer verteilen.

Vorsichtig, als könne die geringste Erschütterung das Licht zum Erlöschen bringen, setzte Tania einen Fuß vor den anderen. Sie lenkte ihre Schritte in Richtung des Dorfes und alle Anwesenden folgten ihr.

Warum hatte der Waldgeist ihr Gesicht berührt, fragte sie sich erneut. Sie wusste, dass Birgit an dieser Stelle eine Zeichnung getragen hatte. Was sie darstellte war nicht mehr zu erkennen, weil das Abbild genauso verschrumpelt war, wie die alte Frau selbst. Jetzt wurde ihr auch klar, warum Birgit sie so oft zu sich gerufen, und ihr von ihren Aufgaben erzählt hatte. Sie schien schon vor ihrem Tod gewusst zu haben, wer ihre Nachfolge antreten würde, und hatte sie unterrichtet.

Tania schob die Gedanken daran beiseite und konzentrierte sich auf den Weg vor ihr und die Lampe, die einen warmen Schein auf den Boden warf. Sie durfte auf keinen Fall stolpern und das Licht fallen lassen. Das würde Unglück über das ganze Dorf bringen. Der Oberste würde sicherlich sehr wütend reagieren und sie womöglich bestrafen. Das sollte auf keinen Fall geschehen. Sie wollte die Dorfbewohner, die sie schon seit ihrer Kindheit kannte, und die ihr zum Großteil ans Herz gewachsen waren, nicht enttäuschen. Die Zeiten waren schwer genug. Ein weiteres Unheil durfte sich nicht ereignen.

Tania ging die Hauptstrasse entlang bis zum anderen Ende des Ortes. Vor dem letzten Haus blieb sie stehen und wartete, bis sich dessen Bewohner aus der Menge gelöst hatten und in seinem Inneren verschwunden waren. Der Hausherr blieb neben dem Eingang stehen, und bat sie mit einer Geste einzutreten. Sie ging den Korridor entlang bis zu einer offenen Türe. Der Raum dahinter war hell erleuchtet. Die restlichen Familienmitglieder hatten sich hier versammelt und blickten ihr erwartungsvoll entgegen.

Die Auserwählte schenkte ihnen ein freundliches Lächeln, trat in die Stube hinein und blieb vor dem alten Küchenherd stehen. Behutsam öffnete sie das Seitenteil der Lampe und nahm die Kerze entgegen, die ihr der Hausherr reichte. Sie entzündete den Docht an ihrer Lampe und gab die brennende Kerze dem Mann zurück. Dabei sprach Tania die rituellen Worte: „Möge das Feuer Friede und Wärme in dieses Haus bringen und alles Böse fernhalten."

Der Mann nahm das Licht vorsichtig entgegen und steckte damit das Herdfeuer an. Er wartete, bis die Flammen sich im Brennraum ausbreiteten. Dann schloss er die Ofentüre und stellte die brennende Kerze in das Fenster das zur Strasse hin zeigte.

Die jüngste Tochter des Hausherrn hatte sie die ganze Zeit über von der Seite her gemustert. Im Arm hielt sie eine Strohpuppe, deren beide Zöpfe schief vom Kopf abstanden.

„Dein Zeichen!", sagte das Mädchen schließlich und sah sie mit großen Augen an.

„Was ist damit?", fragte Tania verunsichert. War damit womöglich etwas nicht in Ordnung?

„Es ist wunderschön." Sie nahm Tanias freie Hand und führte sie zu einer Kommode, auf der ein kleiner Spiegel stand. „Sieh doch nur!"

Neugierig beäugte Tania ihr Spiegelbild. An der linken Schläfe, dort wo der Waldgeist sie berührt hatte, trug sie die Tätowierung eines kleinen bunten Vogels, dessen Schwanzspitze wundervoll geschwungen unter ihrem Auge auslief. Die Bemalung war mit vielen kleinen Details verziert und zusätzlich noch in mehreren Farben ausgeführt. Sie merkte, wie sich ihre Augen mit Tränen der Freude füllten. Mühsam blinzelte sie sie weg.

„Ja. Es ist wunderschön."

„Darf ich das Zeichen berühren?", fragte die Kleine.

Verwirrt blickte Tania sie an.

„Klara, bitte lass das", forderte die Mutter ihr Kind auf.

„Es ist schon in Ordnung", beschwichtigte Tania die Frau.

„Das bringt Glück, hat meine Großmutter immer gesagt", fügte Klara hinzu.

Tania stellte die Lampe auf den Boden und kniete nieder. Sie spürte, dass das Mädchen zitterte, als sie ihre kleinen Finger vorsichtig auf ihre Tätowierung legte und darüber strich. Ihre Augen glänzten dabei vor Glück. Nach ein paar Augenblicken zog sie ihre Hand wieder zurück.

„Danke, Auserwählte."

Tania lächelte das Mädchen kurz an und richtete sich wieder auf.

Wie sehr sich doch ihr Leben verändert hatte, überlegte sie. Noch vor ein paar Wochen hatte sie weit von ihrer Heimat entfernt einsam in einer Höhle gelebt und nun stand sie im Mittelpunkt des Interesses ihres Dorfes. Sie hatte schon immer die alte Birgit bewundert, aber niemals hätte sie gedacht, selbst einmal als Auserwählte das Winterfeuer zu verteilen. Sie griff nach der Lampe, dann verabschiedete sie sich von den Menschen und trat ins Freie hinaus.

Tania suchte in der Menge der wartenden Menschen nach ihrem Vater. Er winkte ihr kurz zu. Dann ging sie vor den Dorfbewohnern her zum nächsten Haus.

So wurde nach und nach die Menge der Dorfbewohner immer kleiner, bis zuletzt nur Cassandra, Harpon, Erril und Karl übrig blieben.

Tania blickte noch einmal zurück und sah die flackernden Kerzenlichter in den Fenstern der kleinen Häuser. Erleichtert atmete sie auf. Ihre Arbeit war getan.

Gemeinsam gingen sie zu Errils Kate und Tania entzündete das letzte Herdfeuer mit dem magischen Licht. Die Wangen des Mädchens waren noch immer vor Aufregung gerötet. Dann stellte sie die nach wie vor brennende Lampe ins Küchenfenster.

„Zur Feier des Tages sollten wir gemeinsam ein Gläschen trinken", sagte Erril und klatschte in die Hände. „Was haltet ihr davon?"

„Ich sage nicht nein", lenkte Harpon ein und zog Cassandra an sich.

Erril verschwand im Keller und kehrte bald darauf mit einer dickbauchigen Flasche zurück.

„Die habe ich für besondere Anlässe aufgehoben", sagte er lachend. „Und den haben wir heute." Wohlwollend blickte er zu Tania hinab. „Kommt. Setzt euch."

Tania setzte sich neben ihren Vater auf die Bank. Während sich Erril und seine Gäste zuprosteten, fiel langsam die Anspannung von dem Mädchen ab, unter der es gestanden hatte und es schlief friedlich in den Armen ihres Vaters ein.

Die Weinflasche war bald geleert und das schwere Getränk tat seine Wirkung. Reichlich beschwipst legte Erril seine noch immer schlafende Tochter ins Bett und deckte sie behutsam zu.

Auch Harpon und Cassandra begaben sich zur Ruhe und die Mondgöttin schmiegte sich in die Arme des Ritters der Ewigkeit ein.

Am nächsten Morgen schliefen alle länger als gewöhnlich. Der Wein war zwar sehr schmackhaft gewesen, hatte aber dennoch leichte Kopfschmerzen hinterlassen.

Später sattelten Harpon und Cassandra ihre Pferde. Sie wollten die Tiere noch ihrem Besitzer zurückgeben. Dann würden sie im Wald auf Demeters Erscheinen warten.

Cassandra umarmte Tania zu Abschied. Dem Mädchen traten die Tränen in die Augen.

„Werden wir uns wieder sehen, Cassandra?"

Zärtlich strich Cassandra über den Kopf des Mädchens. „Ich weiß es nicht, Tania. Aber wenn es irgendeine Möglichkeit gibt, dann werde ich dich besuchen. Das verspreche ich dir."

Harpon saß bereits im Sattel und reichte Eril zum Abschied die Hand.

„Lebt wohl und habt vielen Dank!", rief Eril, als sie vom Hof ritten. „Wir werden euch niemals vergessen!"

Nach ein paar Minuten hielten sie noch einmal an und blickten zurück.

„Viel Glück, Tania", sagte Cassandra. „Ich hoffe, diese Menschen können in Ruhe und Frieden leben. Sie haben es verdient."

„Wir haben alles getan, was in unserer Macht steht. Ich habe schon viele Herrscher gesehen und ich bin mir sicher, dass Sigmar gerecht regieren wird."

Unterwegs sahen sie, dass an vielen Häusern gearbeitet wurde. Wände wurden getüncht, Strohdächer ausgebessert, ein Dachstuhl wieder hochgezogen.

Sigmar schien sein Wort gehalten und eine Vielzahl von Handwerkern mobilisiert zu haben.

Schließlich gelangten sie zum Schloss, wo sie von den königlichen Wachen aufgeregt begrüßt wurden.

„Dank den Göttern, dass Ihr da seid. Wir wollten schon Boten nach Euch aussenden. Etwas Schreckliches ist geschehen."

Harpon tauschte einen kurzen Blick mit seiner Frau und wandte sich wieder an die Wache.

„Erzählt. Was hat sich zugetragen?"

Ein ungutes Gefühl durchfuhr den Ritter - eine Vorahnung, die ihm in vielen Jahrtausenden schon geholfen hatte, sich auf neue Situationen schnell einzustellen.

„Bitte, Herr, begebt Euch sofort in den Audienzsaal. Ihre Majestät hat dort den Krisenstab zusammengerufen."

Auf dem Weg zum König fielen Cassandra nicht nur die vielen Bewaffneten und Wachleute auf. Es war eine mentale Unruhe, die sich über das ganze Schloss auszubreiten schien und ihr leichte Kopfschmerzen verursachte.

Ein Herold begleitete sie zum Saal. Wachen öffneten bereitwillig die Tore und ließen sie passieren.

Vor dem König stand ein Ritter, der Bericht erstattete. Er war noch jung, nach seinen Rangabzeichen Leutnant. Seinem Gesicht waren nicht nur die Strapazen eines langen Rittes anzusehen, sondern auch das Entsetzen über etwas Grauenhaftes, noch nie Gesehenes.

Einer der königlichen Berater winkte sie zur Seite und erklärte im Flüsterton: „Ramirez hat den Sohn des Königs entführen lassen."

„Wie ist das möglich?", fragte Harpon. „Er sitzt doch im Kerker?"

„Seine Macht war unterschätzt worden. Irgendwie ist es ihm gelungen, eine Botschaft nach außen zu schmuggeln. Söldner wurden in seinem Auftrag angeheuert, die den Prinzen entführt haben. Gegen ein hohes Lösegeld sollte er freigelassen werden. Die Elitesoldaten des Königs haben die Suche aufgenommen und die Spuren bis an den Rand des Waldes ohne Wiederkehr verfolgt. Dieser Ort gilt als verflucht.

Niemand wagt sich sonst dort hin. Von dort ist dieser ehrenwerte Ritter soeben zurückgekehrt. Die Söldner wurden am Waldrand tot aufgefunden. Vom Prinzen fehlte anfangs jede Spur. Der Ritter ist der einzige Überlebende des ganzen Trupps."

„Wir sind den Spuren gefolgt und tief in den Wald eingedrungen - weiter als jemals zuvor", berichtete der Leutnant. „Schließlich wichen die Bäume zurück und machten einer grossen Felsebene Platz. Dort erhob sich ein Massiv aus schwarzblauem Stein. Es schien irgendwie nicht dorthin zu gehören. Weit oben sahen wir die Mauern und Zinnen einer Burg. Aber wir konnten keine Tore oder Fenster erkennen. Die Felsen schienen alles Licht zu verschlucken. Es war kalt auf der Ebene - eiskalt. Wir konnten auch keinen Weg finden, der zur Burg hinaufführte. Plötzlich tauchten Ritter in schwarzen Rüstungen auf. Sie benutzten keine Pferde, aber sie waren so schnell, dass wir nicht entkommen konnten. Es kam zum Kampf. Sie haben uns mit Blitzen angegriffen. Die Hälfte der Ritter lag schon tot am Boden, als der Major mir den Befehl gab zurück zureiten und Bericht zu erstatten. Und ..."

Der Ritter zögerte seinen Bericht fortzusetzen.

„Sprecht weiter!", forderte ihn der König auf.

„Es scheint etwas Böses von der Burg auszugehen."

„Wie soll ich das verstehen?"

„Etwas Schwarzes breitet sich von der Burg aus und vergiftet den Boden. Pflanzen und Tiere sterben. Wir sahen viele tote Tiere auf dem Weg zum Massiv. Ihre Körper waren alle seltsam verdreht. Und bei der kleinsten Berührung zerfielen sie zu Staub."

Harpons Nackenhaare hatten sich im Laufe der Berichterstattung immer mehr gesträubt und er spürte auch das Entsetzen seiner Frau, das sich nun mit einem Aufschrei entlud.

„Seth-Anat!", gellte Cassandras Stimme durch die Halle.

Alle Anwesenden wandten sich der Frau zu.

„Wer oder was ist Seth-Anat?", fragte der König mit drohender Stimme. „Woher kennt Ihr diesen Namen?"

„Es ist das personifizierte Böse", berichtete Harpon.
„Es ist nicht das erste Mal, dass wir mit dieser Bosheit
zusammentreffen. Unser beider Schicksal scheint mit
Seth-Anat verbunden zu sein. Wir dachten, es wäre
besiegt. Aber ein Teil scheint überlebt zu haben."

Harpon wandte sich an den Ritter: „Wie sahen die
Gesichter der feindlichen Ritter aus? Waren es teufli-
sche Fratzen?"

Die Augen des Ritters weiteten sich. „Woher wisst Ihr
das?"

„Ich habe nun keine Zweifel mehr", sagte Harpon.
Sein Gesicht verfinsterte sich.

Die Bosheit, vor der Cassandra so viele Jahre lang
versteckt worden war - oder zumindest ein Teil von ihr
- hatte überlebt.

Der junge Ritter wankte und presste einen Arm an
seinen Leib.

„Majestät", sagte Cassandra.

„Sprecht."

„Gestattet Ihr mir, dass ich mich um die Wunden
des Ritters kümmere?"

„Gewährt. Helft ihm."

In einem kleinen Nebenraum nahmen Diener dem
Leutnant Rüstung und Kettenhemd ab.

Cassandra begann mit der Untersuchung der Wunden. Die Verletzung war durch eine Strahlenwaffe
verursacht worden. Dessen war sie sich nun sicher.
Die Hitze des Treffers hatte durch die Rüstung hindurch die Kleider verbrannt und dem Ritter schmerz-
hafte Wunden zugefügt. Die linke Schulter und der
Oberarm waren schwarz verkohlt. Rotes Fleisch kam
zum Vorschein, als sie vorsichtig die Reste der Kleidung abnahmen. Brandblasen überzogen den Arm bis
zum Handgelenk hinunter.

Der junge Mann knirschte mit den Zähnen, ließ aber
keinen Klagelaut über seine Lippen dringen.

„Was werdet Ihr nun tun?", fragte der Mediker, der
ihr assistierte. „Ihr solltet den Arm abnehmen, bevor
er brandig wird."

Cassandra sah das Entsetzen in den Augen des Verletzten. Mit nur einem Arm würde er nicht mehr als Ritter in der Einheit des Königs dienen können. Seine Karriere als Elitesoldat wäre zu Ende.

„Ich werde nichts dergleichen tun. Ich kann diese Wunden heilen."

„Ich habe schon viele Verletzungen gesehen, und kann Euch sagen, dass er sterben wird, wenn ich ihn nicht behandle."

„Setzt Euch und seht mir zu. Wenn ich versage, dann könnt Ihr immer noch auf Eure Weise vorgehen", fuhr ihn Cassandra an. „Oder soll ich Eurer Majestät erzählen, dass ihr mich an der Behandlung gehindert habt?"

Finster blickte sie der Mediker an, wagte es jedoch nicht mehr, ihr zu widersprechen.

Cassandra setzte sich auf einen bequemen Stuhl und sah dem Leutnant in die geröteten Augen.

„Haltet Euch ruhig", sagte sie zu dem jungen Mann. „Je weniger Ihr Euch bewegt, umso eher ist die Heilung abgeschlossen. Ich werde Euch als erstes die Schmerzen nehmen."

Dann ließ sie den Sternenstein in ihre linke Hand gleiten und ihr Blick verlor sich in seinen geheimnisvollen Tiefen.

Nach einer Stunde war die Heilung vollendet. Es war nicht schwer gewesen, das zerstörte Gewebe zu erneuern. Dennoch hatte es Cassandra viel Energie gekostet. Ab und zu hatte sie vom Stein aufgesehen und dem Soldaten ermunternd zugelächelt.

Ungläubig hatte dieser seine Genesung verfolgt, und wollte über die neue Haut streichen. Der Mediker hatte vollends die Fassung verloren und war aus dem Raum gelaufen.

„Seid vorsichtig", riet Cassandra dem Leutnant. „Die neue Haut ist noch sehr weich, wie die eines kleinen Kindes."

Der junge Mann kniete nieder und küsste Cassandras Handrücken.

„Habt Dank. Habt Tausend Dank. Nicht nur, dass Ihr meine Wunden geheilt habt. Ihr habt auch den

Mediker davon abgehalten, seine Säge an mir anzusetzen. Und Ihr habt meine Zukunft gerettet. Mein Dienst in der Elitegarde kann weitergehen."

In der Zwischenzeit hatte Harpon dem König über ihre Erlebnisse auf der geschützten Welt in Andromeda berichtet, wobei er die Geschichte in einigen Punkten abgeändert hatte. So hatte er nicht von einer fremden Welt, sondern einem weit entfernten Land gesprochen, und seine Helfer als ehrenhafte Ritter beschrieben.

„Euer Major war ein äußerst umsichtiger Mann, Majestät. Hätte er den Leutnant nicht zurückgeschickt, wüssten wir nichts über Seth-Anats Burg. Majestät! Wir sind Eure einzige Chance. Wollt Ihr weitere Truppen senden, die dort in ihr Verderben rennen?"

„Wenn meine besten Kämpfer nichts gegen diese Bosheit ausrichten konnten, wie wollt Ihr gegen sie siegen?"

„Auch beim letzten Kampf haben wir gesiegt."

„Gesiegt? Ihr sagtet doch, etwas hätte überlebt. Wo ist es dann hergekommen?"

„Wir wissen nicht, wie viele Burgen Seth-Anat besitzt. Womöglich gibt es in fernen Ländern noch weitere. Aber wenn wir gegen die Ritter dieser Bosheit gekämpft haben, dann haben wir immer gesiegt."

„Was wollt Ihr alleine gegen eine Macht ausrichten, die meine besten Soldaten getötet hat?"

„Nicht ich alleine werde gegen Seth-Anat antreten. Meine Frau wird mich begleiten."

„Eure Frau? Frauen haben auf dem Schlachtfeld nichts verloren."

„Cassandra ist keine gewöhnliche Frau. In ihr schlummern außergewöhnliche Kräfte."

„Ich habe davon gehört, dass sie den Leutnant geheilt hat. Nun gut. Da Ihr nicht davon abzubringen seid, will ich es Euch erlauben. Meine tapfersten Kämpfer werden Euch begleiten."

Harpon legte keinen Wert auf weitere Begleiter. Hätte er dem König aber auch in diesem Punkt widersprochen, hätte er womöglich weiteren Unmut heraufbeschworen. Also schwieg er, und überlegte, wie er die Männer vor Seth-Anats Androiden schützen konnte.

Auf dem Exerzierplatz waren die Elitesoldaten angetreten. Harpon blickte in entschlossene Gesichter, die aber dennoch die Furcht vor dem unheimlichen Ort, den sie aufsuchen sollten, nicht gänzlich verbergen konnten. Er hatte die Befehlsgewalt über den aus etwa zwei Dutzend Männer bestehenden Trupp erhalten. Mit donnernden Hufen stürmten sie an den Wachen vorbei aus dem Schloss hinaus und schlugen den Weg zum Wald ohne Wiederkehr ein.

Nach einem scharfen Ritt von einem halben Tag Dauer hatten sie den Waldrand erreicht und Harpon gab das Zeichen zum Anhalten.

„Schlagt hier das Lager auf", sagte Harpon zu den Männern. „Aber sattelt die Pferde nicht ab. Womöglich müssen wir uns schnell zurückziehen."

„Was habt Ihr vor?", fragte der Ritter mit den höchsten Rangabzeichen, ein Hauptmann mit grauen Schläfen.

„Ich werde mit meiner Frau bis zum Rand der Felsebene vordringen und beobachten. Dann werden wir zurückkehren und das weitere Vorgehen besprechen."

Der Hauptmann nickte.

Harpon hatte jedoch nicht vor, die Männer in den Kampf zu verwickeln. Mit ihren Schwertern und Armbrüsten konnten sie nichts gegen die modernen Waffen der Androiden ausrichten. Es wäre sinnlos gewesen, diese Menschen zu opfern.

Cassandra und Harpon stiegen auf ihre Pferde und ritten in den Wald hinein, in die Richtung, die ihnen der Hauptmann genannt hatte.

Harpon suchte den Blick seiner Frau. „Angst?"

„Ich habe schon einmal eine Station der Seth-Anat zerstört", erwiderte Cassandra.

„Spürst du die Macht in dir?"

„Nein. Noch nicht. Vielleicht..."

„Vielleicht, was?"

„Vielleicht muss ich die Station vor mir sehen."

„Möglich ist es", murrte Harpon.

Sie trieben die Pferde an und drangen tiefer in den Wald ein.

Harpon musterte aufmerksam seine Umgebung. Alles schien friedlich. Nur die Stimmen der Tiere und das gelegentliche Schnauben der Pferde drangen an seine Ohren.

„Das gefällt mir nicht", sagte er irgendwann.

„Was verunsichert dich?", erwiderte Cassandra.

„Seth-Anat müsste vorgewarnt sein. Ich verstehe nicht, dass sie keine Androiden ausgeschickt hat."

„Womöglich wurden wir längst geortet."

„Warum werden wir dann nicht angegriffen? Verfluchte Seth-Anat. Genügt es nicht, dass du dein halbes Leben vor ihr versteckt werden musstest? Dass dein Verstand und dein Wissen blockiert waren? Und deine Entführung, der Gedächtnisverlust? Beinahe hätte sie Darlena ermordet. Und jetzt? Jetzt hält sie einen unschuldigen Prinzen gefangen. Ich sollte dieser Missgeburt den Schädel einschlagen."

Schließlich gelangten sie an den Rand der Felsebene. Drohend ragte der Felskegel in der Mitte der weiten Fläche auf. Die Pferde wurden allmählich unruhig, als schienen sie die Anwesenheit von etwas Ungeheuerlichem zu wittern.

„Wir lassen die Tiere hier", entschied Harpon.

Cassandra und Harpon stiegen ab und führten die Pferde ein Dutzend Schritte zurück in den Wald hinein, wo sie die Zügel an einem Ast festbanden.

Harpon prüfte den Sitz seines Schwertes. Er nickte seiner Frau zu und sie gingen in Richtung der Ebene los.

Cassandra blieb einen Schritt vor dem Beginn des Felsens stehen. Noch stand sie auf den verfilzten Pflanzen des Waldes.

„Was spürst du?", fragte Harpon.

„Nichts", erwiderte sie. Unsicherheit spiegelte sich auf ihrem Gesicht wider.

In Andromeda war das Schwarze vor ihr zurückgewichen, hatte sich aus dem Boden gelöst und war zur Station der Seth-Anat geschwebt. Würde sich dieser Vorgang wiederholen? Würde Cassandras Macht ausreichen, um auch diesmal zu siegen? Mit einem beherzten Schritt trat sie auf den schwarzen Fels hinaus. Sie betrachtete den Boden unter ihr und wartete. Aber nichts ereignete sich.

„Vielleicht liegt es daran, weil es hier Fels ist, und keine Erde, so wie in Andromeda", mutmaßte die Mondgöttin.

„Wir sollten weitergehen", lenkte Harpon ab.

Eine Stunde waren sie wohl unterwegs, als sie den Schatten betraten, der der Felskegel auf den Boden warf. Sie mussten die Köpfe weit in den Nacken legen, um hoch oben die Zinnen der finsteren Burg zu erkennen.

Bald darauf fanden sie die verkohlten Leichen der Ritter und ihrer Pferde.

Als Harpon eines der Reittiere berührte, zerfiel es zu Staub.

„Wir können nichts mehr für sie tun", sagte er. „Sie können nicht einmal in Ehren beerdigt werden."

„Verfluchte Seth-Anat!", schrie Cassandra. „Bestehen ihre Pläne nur aus Morden und Zerstören?"

„Niemand weiß, welche Ziele sie verfolgt. Auch bei den Yr frage ich mich oft, wohin ihr Weg führt, warum sie sich in Dinge einmischen, und andererseits schreckliches Unrecht geschehen lassen."

„Machen wir uns auf die Suche nach dem Prinzen", schlug Cassandra vor.

„Es hat wohl nur wenig Sinn noch näher heranzugehen."

Gemeinsam suchten sie nach einem Punkt, zu dem sie Cassandra mit einer Teleportation bringen wollte.

Harpon zog sein Schwert und reichte die linke Hand Cassandra. Seine Frau ließ den Sternenstein in ihre linke Handfläche gleiten und griff mit der rechten nach der Hand ihres Gatten. Sie konzentrierte sich und sprang.

Sie materialisierten auf den obersten Zinnen der Burg. Eiskalter Wind fegte über sie hinweg.

Harpon duckte sich und sah sich nach eventuellen Angreifern um, aber der Wehrgang war außer seiner

Frau leer. Er schluckte ein paar Mal um den Druck von den Ohren zu bekommen.

Cassandra hatte sich der Innenseite der Brüstung zugewandt.

Harpon bemerkte ihr Entsetzen, trat neben sie und folgte ihrem Blick. Das Innere der Burg war leer. Man sah in eine bodenlose Tiefe, so schwarz als würde sich dort der Eingang zur Hölle auftun, und so tief, als würde sie bis in den Kern des Planeten reichen. Kein Sonnenstrahl mochte jemals den Boden der Tiefe erreicht zu haben. Welch kranker Geist musste dahinter stecken, der ein solches Bauwerk erschuf.

Benommen taumelten Harpon und Cassandra zurück.

„Was soll das sein?", fragte Cassandra. Angstvoll sah sie ihn an. „Hast du so etwas schon einmal gesehen?"

„Die Burg scheint nur aus einem Mauerring zu bestehen. Das vereinfacht die Suche."

Harpon versuchte nicht das Rätsel zu lösen, sondern fand sich mit den Begebenheiten ab. Sie mussten den Prinzen finden, sofern er noch lebte und dann die Station zerstören. Wie er letzteres bewerkstelligen wollte, war ihm im Augenblick noch vollkommen unklar.

„Hör mir zu, Cassandra", sagte Harpon und packte sie bei den Schultern. „Wenn uns die Androiden angreifen, dann bring dich durch einen Teleportersprung in Sicherheit. Ich brauche Platz, um kämpfen zu können. Versprichst du mir das?"

Cassandra nickte nur zur Antwort. Selten hatte sie ihren Gatten so ernst erlebt, wie zu diesem Zeitpunkt. Sie erschrak auch ein wenig über den Ausdruck in seinen Augen.

Harpon nahm ihre Hand und zog sie hinter sich her. Eiskalter Wind Zerrte an ihren Kleidern.

„Irgendwo muss es einen Eingang geben. Wie sollte man denn sonst diesen Wehrgang betreten."

Sie mussten erst nahezu die Hälfte der Burg umrunden, bis sie zu einem Tor kamen.

Harpon drückte prüfend gegen eine der Torhälften und sie schwang nach innen auf. Eiskalte, trockene

Luft schlug ihnen entgegen. Sie traten ein und begannen ihre Suche.

„Kannst du den Prinzen ausfindig machen?"
Cassandra konzentrierte sich.
„Nein."
„Dann streng dich an", fuhr er sie an.
Wütend blickte sie ihn an. „Was soll das? Glaubst du, dass mir das Leben des Prinzen egal ist?"
„Nein. Tut mir Leid, Cassandra."
Schweigend gingen sie weiter, die verdrehten Gänge entlang und passierten einen Verteiler nach dem nächsten.
Irgendwann mündete der Gang in eine Halle. Sie blieben stehen und musterten, was vor ihnen lag. Die Decke war nicht auszumachen. Sie verlor sich in den vereisten Höhen - unerreichbar. Ein Ausgang führte in unbekannte Regionen der Burg. Welche Geheimnisse mochten dort wohl verborgen sein?
Harpon war vor eine Schalttafel getreten, die sich über eine ganze Wand des Raumes erstreckte.
„Einfach unglaublich", sagte er und trat näher an die Anzeigen heran.
„Was meinst du?"
„Sieh dir das an." Er deutete auf eine Anordnung von Monitoren und Statusanzeigen. „So einen alten Generator habe ich schon lange nicht mehr gesehen - zuletzt war das im Technologischen Museum auf...", überlegte er laut.
„Ist das jetzt so wichtig?", unterbrach ihn Cassandra.
Ein metallisches Geräusch erweckte Harpons Aufmerksamkeit.
„Sie kommen! Verschwende jetzt. Ich werde dich rufen, wenn es wieder sicher ist."
„Aber was willst du alleine gegen die Streitmacht ausrichten?"
„Ich werde hier auf sie warten. Aus Rücksicht auf ihre Technologie werden sie keine Strahlwaffen einsetzen. Das ist ihr wunder Punkt."
„Bist du dir sicher?"

„Verschwinde jetzt", bläffte Harpon seine Frau an. Cassandra nahm ihren Sternenstein in die Hand und konzentrierte sich auf den Sprung. Noch einmal blickte sie Harpon an, bevor sie entmaterialisierte. Ihr trauriger Blick schnitt Harpon tief ins Herz.

Der Ritter der Ewigkeit zog sein Schwert und sprach die Zauberworte. Singend erwachte die Klinge zu ihrem magischen Leben. Mit dem Rücken zur Schaltwand erwartete er den Angriff von Seth-Anats Wächtern zu warten.

Wie erwartet, setzten die Androiden keine Energiestrahler ein. Sie versuchten den Ritter zu greifen und hätten ihn dann wohl aus der Schaltstation gebracht und exekutiert.

Nach dem Kampf rief Harpon in Gedanken nach Cassandra, und wenige Augenblicke darauf materialisierte die Mondgöttin der Schaltstation. Der Ärger war aus ihren Augen verschwunden. Kurz blickte sie auf die Trümmer der zerstörten Androiden.

Harpon steckte sein Schwert weg und umarmte seine Frau. Lange standen sie schweigend da und genossen das Gefühl der menschlichen Nähe und Geborgenheit.

„Ich habe Todesängste ausgestanden, Harpon."

„Mir ist nichts passiert. Ich bin nur etwas außer Atem."

„Aber etwas scheint dich zu beunruhigen. Ich spüre das."

„Ja. Es war die Form des Angriffs. Es waren viel zu wenige Androiden für eine so große Station. Einige der Roboter zeigten sogar Funktionsstörungen."

„Das könnte ein Zeichen sein - ein Zeichen, dass Seth-Anats Macht gebrochen ist, dass es bald vorbei sein wird."

„Eigentlich müsste sie schon lange tot sein. Damals, als ich dich von der Erde abgeholt habe, hatte mir Mogul gesagt, dass die Bedrohung beseitigt sei." Nachdenklich blickte er zu Boden. „Wie lange das schon her ist."

„Es dämmert bereits draußen."

Harpon schreckte aus seinem Brüten auf. „Ich hoffe, die Soldaten befolgen meine Anweisungen."

„Sie sind ungeduldig, aber sie gehorchen. Ich habe ihnen gesagt, dass wir eine Spur verfolgen, und dass es noch etwas dauern wird, bis wir zurückkommen werden."

„Danke. Kluges Mädchen."

Plötzlich versteifte sich Cassandras Haltung.

„Was ist?", fragte Harpon und blickte sie besorgt an.

„Ein schwaches Gedankenmuster. Kaum spürbar.."

„Der Prinz?"

„Oder ein anderer Gefangener."

„Kannst du die Richtung ausmachen?"

Cassandras Blick wurde abwesend. Sie drehte sich ein Stück um sich selbst und deutete schräg nach unten, etwa senkrecht von der Schalttafel weg.

„Dann kommt nur ein Weg in Frage", sagte Harpon und ging auf das Tor zu, aus dem die Angreifer gekommen waren.

Die verdrehte Geometrie der Station ieß sie nur langsam vorwärts kommen. Immer wieder blieb Cassandra stehen, konzentrierte sich, und gab die Richtung vor, in der sie weitersuchten.

Müde stolperten sie von einem Verteiler zum nächsten, bis sie auf einen Gang stießen, der sich von allen vorherigen unterschied. Die Wände bestanden aus gewachsenem Fels und waren nur grob behauen. Wasser sickerte aus Ritzen und sammelte sich am Boden in grossen Lachen.

„Sind wir nun schon unterhalb der Burg?", fragte Harpon.

Cassandra konnte ihn nur ratlos ansehen. Ihr Gesicht war blass und ihr Atem ging stoßweise.

Sie brauchten beide dringend eine Pause, überlegte Harpon. Seine Frau war am Ende ihrer Kräfte angelangt. Sollten sie den Prinzen nicht bald finden, mussten sie die Suche abbrechen, bevor Cassandra so erschöpft war, dass sie nicht mehr aus der Burg teleportieren konnte. Schlafen konnten sie hier nirgends, denn es war nur eine Frage der Zeit, bis die

Androiden sie finden würden. Was dann mit ihnen geschah, daran mochte Harpon erst gar nicht denken.

„Komm", sagte Cassandra und ging weiter den Gang entlang.

Der Tunnel führte leicht abwärts immer geradeaus einem unbekannten Ziel entgegen, das sich in einem dämmrigen Zwielicht verlor.

Cassandra war urplötzlich stehen geblieben, so dass Harpon unsanft gegen ihren Rücken stieß.

„Entschuldige", sagte er und trat neben seine Frau, um zu erkennen, warum sie angehalten hatte. Vor sich sah er jedoch nur den leeren Gang.

„Er muss ganz in der Nähe sein", sagte Cassandra und deutete den Gang hinab. Genau so plötzlich wie sie stehen geblieben war, lief sie wieder los.

Eines Tages wird sie noch in ihr Verderben laufen, dachte Harpon. Sie stellt das Wohl der Menschen, denen sie helfen will, über ihr eigenes, und vernachlässigt dabei ihre Gesundheit.

In dem diffusen Licht, das direkt aus den Wänden zu dringen schien, war es nicht möglich, Entfernungen abzuschätzen. Harpon glaubte, weit vorne ein dunkles Rechteck zu erkennen, aber ehe er seine Frau darauf aufmerksam machen konnte, war der Gang zu Ende und sie blickten in eine Halle, deren Größe sie zu erdrücken drohte. Reihen aus steinernen Säulen erstreckten sich vor ihnen bis in die Unendlichkeit. Harpon trat an eine heran und berührte die Oberfläche. Äonen schienen dem Stein zugesetzt und ihn verwittert zu haben. Er blickte nach oben, versuchte ein Ende auszumachen, aber die Säulen streckten sich in schwindelerregende Höhen empor und verloren sich irgendwo in der Dunkelheit. Stumm blickte er in das Gesicht seiner Frau und sah dort ihr Entsetzen über diesen Ort. Sie nahm seine Hand und zog ihn hinter sich her. Immer schneller wurden ihre Schritte, als wolle sie von diesem unheimlichen Ort fliehen.

Die langen Reihen der Stützen schienen ohne Ende zu sein – steinerne Zeugen einer längst vergangenen Zeit. Wozu mochte wohl dieser Ort errichtet worden sein? Wie lange mochten Heerscharen von Steinmetzen gearbeitet haben, bis dieses monumentale Artefakt geschaffen war? War es womöglich nicht das Werk von Menschen, sondern das eines höheren Wesens?

Sie mussten sich inzwischen weit über die Grenzen der schwarzen Steinebene hinaus von der Burg wegbewegt haben. Huschende Schatten, die sie nur aus den Augenwinkeln wahrnahmen, ließen sie immer wieder verweilen, aber sobald sie sich auf die Bewegungen konzentrierten, waren diese verschwunden.

Jegliches Zeitgefühl war ihnen abhanden gekommen. Cassandra hastete von Säule zu Säule. Das Leuchten der Felsen hatte merklich nachgelassen und sie stolperten immer öfter über herumliegende Trümmerstücke.

Cassandra tastete sich um das Rund der nächsten Säule herum.

„Harpon!"

Ihre Stimme verriet ihm sofort, dass sie eine außergewöhnliche Entdeckung gemacht haben musste. Er folgte ihrem Ruf und fand sie kniend am Boden vor.

„Was ist?", fragte Harpon und sah im selben Augenblick, was sie so überrascht hatte. Im Felsboden war eine flache Vertiefung eingelassen, die durch ein transparentes Material versiegelt wurde. Hier fehlten die jahrtausende alten Ablagerzungen.

Und in dieser Kuhle ruhte der Prinz.

„Er lebt! Den Yr sei gedankt", sagte Cassandra ohne den Blick vom Gesicht des jungen Mannes zu nehmen. Seine offenen Augen schienen ein unsichtbares Gegenüber zu mustern.

Harpon begann den Boden um die Kuhle herum zu untersuchen.

„Wahrscheinlich befindet er sich in einem Zeitfeld. Und wenn das so ist, dann muss sich irgendwo die Steuerung dafür befinden", meinte er.

„Wir werden dich zurückbringen", flüsterte Cassandra, ohne auf die Bemühungen ihres Gatten zu achten.

Harpons Hände ertasteten eine leichte Vertiefung im Untergrund. Er fuhr die Konturen nach und fand schließlich eine Stelle, die unter dem Druck seiner

Finger nachgab. Eine Platte versenkte sich, teilte sich in der Mitte und gab den Blick auf ein Bedienpult frei.

„So wie ich Seth-Anats selbstgefällige Arroganz kenne, sind keinerlei Sicherungen eingebaut", sagte Harpon, während er die Kontrollen untersuchte. Er konnte die unbekannten Schriftzeichen nicht deuten, aber die Symbolik war eindeutig. Er zögerte kurz, dann drückte er die Sensorfläche für den Maschinenstopp. Die Beleuchtung in der Kuhle änderte sich von weiß nach rot. Der Prinz begann sich zu bewegen. Er wirkte überrascht, versuchte sich aufzurichten und stieß mit der Stirn gegen die unsichtbare Abdeckung. Stark gedämpft drang seine Stimme an ihre Ohren.

„Lass ihn heraus, Harpon", drängte Cassandra.

Hastig überflog er die Kontrollen, ohne eine Möglichkeit zum Öffnen des Gefängnisses zu finden. Er wagte es nicht, auf Verdacht eine Bedienung vorzunehmen. Dies hätte das Zeitfeld erneut aktivieren können.

Der Prinz wurde immer unruhiger, stemmte sein Arme gegen die Abdeckung und versuchte sich gewaltsam zu befreien.

Harpon stand auf und kauerte neben dem Kopfteil nieder.

„Majestät! Versteht Ihr mich?"

Der Prinz nickte.

„Ich muss die Abdeckung aufbrechen. Schließt die Augen und bedeckt Euer Gesicht!"

„Was hast du vor?", fragte Cassandra.

„Geh weg von der Vertiefung", sagte Harpon und zog sein Schwert. „Ich werde das Ding aufbrechen."

Der erste Hieb mit der Seite des Schwertes zeigte keine Wirkung. Wirkungslos prallte die Klinge ab. Harpon wagte keinen zweiten Versuch, sondern stieß nun mit der Spitze des Schwertes zu. Die Klinge drang nur wenig in das Material ein. Harpon stieß immer wieder zu, bis sich plötzlich Risse zu bilden begannen, die sich von der Einstichstelle aus verbreiteten. Er wollte gerade ein weiteres Mal zustechen, als die Abdeckung in einer Kaskade winziger Splitter explodierte. Reflexartig hatte er den linken Unterarm vor die Augen gehalten. Er wischte sich die Bruchstücke von der Kleidung und sah nach seiner Frau.

„Alles in Ordnung?", fragte er sie.

Cassandra nickte nur kurz und wandte sich wieder der Kuhle zu.

Die Gestalt des Prinzen war über und über mit feinsten Splittern bedeckt. Sie halfen dem jungen Mann aus seinem Gefängnis und klopften vorsichtig seine Kleidung ab. Verwirrt sah er sich um.

„Wo bin ich? Welch seltsamer Ort ist das?"

„Ihr wurdet entführt, Majestät", erklärte Cassandra. „Ich werde Euch jetzt in Sicherheit bringen. Soldaten sind ganz in der Nähe. Sie werden Euch zurück zum Schloss bringen."

„Habt vielen Dank."

„Du siehst erschöpft aus", sagte Harpon zu seiner Frau. „Vielleicht solltest du im Lager eine kurze Pause einlegen."

„Und dich hier an diesem unheimlichen Ort warten lassen? Das kommt nicht in Frage. Ich werde sofort zurückkommen."

Cassandra griff nach der Hand des Prinzen, konzentrierte sich und entmaterialisierte.

Frische, kalte Nachtluft und das Prasseln eines Lagerfeuers begrüßten sie. Der Hauptmann sprang von seiner Sitzgelegenheit auf, als er sie erblickte.

„Majestät! Seid Ihr unverletzt?"

„Danke. Es geht mir gut", versicherte der Prinz.

„Kehrt zurück zum Schloss", wies Cassandra den Hauptmann an. „Wartet nicht auf uns. Ich muss wieder zurück."

Cassandra spürte, wie sie vor Schwäche zu taumeln begann. Sie musste jetzt stark sein. Sie durfte Harpon nicht im Stich lassen. Die unheimlichen Schatten kamen ihr wieder in den Sinn. Womöglich fielen sie gerade über ihren Mann her. Sie versuchte sich vorzustellen, wie er in der dämmrigen Unterwelt von Säule zu Säule floh, konzentrierte sich auf den Sprung und teleportierte.

Sie fiel in Harpons Arme und klammerte sich an ihn. Eine Zeitlang verweilten sie so an diesem unheimlichen Ort.

„Wir müssen zurück in den Schaltraum und die Station zerstören", drängte Harpon schließlich.

„Wie willst du das tun ohne Waffen?", fragte Cassandra mit vor Müdigkeit brüchiger Stimme.

„Lass das meine Sorge sein, Cassandra. Ich habe bereits einen Plan."

Er blickte ihr ins Gesicht. Im Halbdunkel konnte er das Glitzern ihrer Augen ausmachen.

„Schaffst du es? Kannst du uns zum Schaltraum bringen? Dann kannst du dich eine Weile ausruhen."

Sie nickte nur stumm, blickte in ihren Sternenstein, konzentrierte sich und sprang.

Im Schaltraum angekommen konnte Harpon Cassandras erschlaffenden Körper gerade noch auffangen. Vor Schwäche hätte sie beinahe das Bewusstsein verloren. Sie stöhnte unterdrückt auf, als Harpon sich mit ihr auf dem Boden niederließ. Er blickte ihr ins Gesicht und strich zärtlich über ihre Wange.

„Ruh dich aus, Cassandra. Es wir eine Weile dauern, bis ich die Steuerung des Generators manipuliert habe. Ich möchte eine Überladung herbeiführen. Dann müssen wir schnellstens verschwinden. Alles klar?"

Cassandra antwortete mit einem schwachen Lächeln und streckte sich auf dem Boden aus. Harpon sah in der Nähe Isolationsmaterial liegen, das er faltete, und unter ihren Kopf legte. Er küsste sie flüchtig, dann wandte er sich seiner Arbeit zu.

Harpon löste die magnetisch gesicherten Abdeckungen der Steuerung und verschaffte sich zuerst einmal einen Überblick über die Anordnung der Baugruppen. Er untersuchte auch die Rückseite der Anlage. Dort verschwanden jedoch nur dicke Kabelstränge im Boden des Raumes. Er entdeckte weitere zwei Gänge, die tiefer in die Burg hineinführten. Gerade wollte er den ersten Gang untersuchen, als er Geräusche vernahm. Die Androiden hatten sie entdeckt!

Harpon lief um die Schalttafel herum und versuchte auszumachen, aus welcher Richtung die Androiden angegriffen. Der Lärm kam aus dem Tunnel, der weiter in die Burg hinabführte. Er hieb auf die Kontaktfläche und beobachtete, wie das Tor zufuhr. Suchend sah er sich nach einem Gegenstand um, mit der er es blockieren konnte. In einer Ecke fand er eine massive Stange aus Metallplastik, die er in das Getriebe des Schließmechanismus rammte. Er zog seinen Dolch und durchtrennte die Steuerleitungen. Nur noch mit Gewalt würde sich dieses Tor öffnen lassen, stellte er zufrieden fest.

Nach einem kurzen Blick auf seine schlafende Frau wandte er sich wieder der Steuerung zu. Er wollte die Sensoren so manipulieren, dass sie stark erhöhten Energieverbrauch meldeten. Die Zentraleinheit musste dann den Generator immer weiter hochfahren, bis er an eine kritische Lastgrenze geriert. Dann sollte eine Sicherheitsschaltung ansprechen, die eine Überlast verhindert. Er musste also die Rückleitung zur Steuerung unterbrechen und mit einem konstanten Wert versorgen. Mit seinem Stiefelmesser schnitt er die Isolierung eines Kabelkanals auf. Eine Unzahl von Leitungen wurde zugänig. Welches war nun die Sensorleitung? Für gewöhnlich wurde bei Steuerungen dieser Bauart dafür eine hellgrüne Leitung mit der Beschriftung ‚data loop power' verwendet. Endlich hatte er die Leitung gefunden und durchtrennte sie mit einem Ruck. Aber welches Ende führte nun zur Steuerung, und welches kam vom Sensor? Er isolierte beide Enden ab und kontrollierte die Betriebsanzeigen der Steuerung. Ein Sensor zeigte eine Störung an. Harpon wusste, dass aus Sicherheitsgründen immer zwei dieser Einheiten im Parallelbetrieb verwendet wurden. Deswegen lief der Generator mit unveränderter Leistungsabgabe weiter. Er verfolgte den Verlauf der durchtrennten Leitung und ermittelte somit diejenige, die zur Steuerung führte. Dieses Stück verband er nun mit der Versorgungsspannung der Instrumentenbeleuchtung. Somit erhielt die Elektronik immer den gleich hohen Messwert. Zufrieden registrierte er, dass die Betriebsanzeige von ‚Unterbrechung Datenleitung' auf ‚fehlerhafter Sensorwert' wechselte. Erst wenn beide Sensoren die identischen Messwerte lieferten, würde die Steuerung auf die gefälschten Werte reagieren.

Ein massiver Schlag gegen das blockierte Tor ließ Harpon seine Arbeit unterbrechen. Die Androiden waren zum Angriff übergegangen.

Während sich die Innenseite des Tores unter den Schlägen der Androiden immer weiter ausbeulte, suchte Harpon die zweite Sensorleitung und manipulierte sie auf die gleiche Weise. Die Statusanzeige wechselte auf ‚Normalzustand'. In fieberhafter Eile manipulierte er auf die gleiche Art die Leitungen für Betriebstemperatur und einige andere wichtige Betriebsparameter. Die Leistungsrelais für Not-Aus und Leistungsbegrenzung zog er aus den Fassungen, warf sie auf den Boden und zertrat sie mit seinem Stiefelabsatz. Nun musste er nur noch den erhöhten Energieverbrauch simulieren. Dazu würde er die Leitungen der Leistungssensoren an die Betriebsspannung des Leitungsteils der Elektronik anschließen. Er bereitete den Eingriff vor, und sah sich kurz nach Cassandra um. Friedlich schlafend lag sie am Boden. Schlafe und sammle neue Kraft, dachte er, und wandte sich wieder seiner Arbeit zu.

Harpon hatte die beiden Kabel miteinander verbunden. So würden sie den gleichen Messwert erhalten. Nun musste er sie an den positiven Pol eines Kondensators anklemmen. Dies war nicht ungefährlich, da die Ladespannung des Bauteils eine Höhe hatte, die einen tödlichen Stromschlag verursachen konnte. Er konnte also nur mit Hilfe seines Messers die Verbindung herstellen, da dessen Griffstück isoliert war. Er formte das freie Kabelende zu einer Schlaufe und führte es von hinten über den Anschluss. Dann bog er den überstehenden Teil zur Seite, führte ihn über die Leitung und darunter wieder zurück, wodurch verhindert wurde, dass der Draht wieder abrutschte. Ein Blick auf die Anzeige: Zufrieden registrierte er den Leistungsanstieg.

„Jetzt aber nichts wie weg von hier."

Er lief zu seiner Frau und versuchte, sie zu wecken. Als er in ihr Gesicht sah, wusste er sofort, dass etwas nicht mit ihr stimmte. Er tätschelte ihre Wangen, aber sie reagierte nicht. Vorsichtig hob er ein Lid an und beobachtete den Pupillenreflex. Das war kein normaler Schlaf, sondern eine tiefe Bewusstlosigkeit, stellte er bestürzt fest.

Wie sollte er nun vorgehen? Sollte er seine Sabotage rückgängig machen? Aber sie würden mit Sicherheit niemals eine zweite Chance erhalten. Seth-Anat hätte gesiegt und ihre Androiden könnten die Festung weiter ausbauen. Die Natur würde nach und nach immer weiter zurückgedrängt werden, und damit würden auch die Bewohner dieses Planeten sterben.

Mit lautem Krachen löste sich ein Bruchstück von der Innenseite des Tores. Ein Androidenarm kam zum Vorschein, der nach dem Schließmechanismus tastete und an der Blockade zu arbeiten begann.

Tania kniete am Grab ihrer Mutter.

„Liebste Mutter! Bitte entschuldige, dass ich ein paar Tage nicht zu dir gesprochen habe. Aber der Oberste der Waldgeister hatte mich zu sich gerufen. Ich mußte eine Aufgabe als Auserwählte erfüllen. Er wollte mich zum Fürsten schicken. Ich sollte ihm eine Botschaft der Waldgeister überbringen. Aber ich wusste gar nicht, wie ich dort hinkommen soll, hatte ich dem Obersten gesagt. Er hob seinen Stab, den er immer dabei hat, und rief einen mächtigen Hirsch herbei, der sich vor mir auf dem Boden setzte. Noch nie hatte ich einen Hirsch so nahe vor mir gesehen. Er hatte gar keine Angst vor mir. Der Oberste sagte, ich solle auf den Rücken des Tieres klettern, und es würde mich ans Ziel bringen. Ich tat, wie er mir gesagt hatte und hielt mich ängstlich am Hals des Hirsches fest. Anfangs war es mir unheimlich, aber bald gefiel es mir, wie er flink über Stock und Stein durch den Wald sprang. Er schien einfach nicht müde zu werden. Irgendwann hielt er kurz vor einem Waldrand an und setzte sich wieder auf die Erde. Wir schienen also am

Ziel angekommen zu sein. Ich rutschte vom Rücken des Tieres und streichelte zum Dank seine lange Schnauze. Der Hirsch stupste mich an der Hüfte an. Dann wandte er sich ab und verschwand im Dunkel des Waldes. Ich trat einen Schritt aus dem Wald hinaus. In der Ferne sah ich viele Lichter. Es musste ein Dorf oder ein sehr großes Haus sein. Es war noch immer Nacht und ich wollte nicht in der Dunkelheit zu dem Haus hinübergehen. Deswegen suchte ich mir eine Stelle mit trockenem Laub, wo ich mich hinlegte. Bald war ich eingeschlafen und als ich die Augen wieder öffnete, blinzelte die Sonne schon durch das Laub der Bäume. Ich stand auf und lief über eine Wiese auf das große Haus zu. Am Eingang standen Wachen. Ich nahm all meinen Mut zusammen, ging auf sie zu, und sagte, dass ich den Fürsten sprechen muss. Zuerst wollten sie mich nicht einlassen, und sagten ein kleines Mädchen wie ich solle besser nach Hause zu meiner Mutter gehen. Aber dann zeigte ich ihnen mein Zeichen und erklärte, dass ich eine Auserwählte bin. Jetzt wurde ich eingelassen und durfte den Fürsten sprechen. Ich fühlte mich ziemlich unwohl, als mich ein Wachmann in einen großen Raum führte, in dem der Fürst mit einigen anderen Männern stand. Aber der Fürst erkannte das Zeichen und hörte mir aufmerksam zu, als ich ihm die Botschaft des Waldgeistes überbrachte. Ich sagte, dass am Breiten Fluss bei den grossen Steinen der Wald abgeholzt wurde. Dadurch wurde der Lebensraum der Waldgeister bedroht. Der Oberste verlangte, dass das Abholzen sofort aufhörte. Der Fürst schien nichts davon zu wissen, schickte aber zwei seiner Berater und einen Trupp Soldaten los und versprach mir, dass keine Bäume mehr gefällt werden. Ich war froh, dass meine Aufgabe erfüllt war. Aber jetzt wusste ich nicht, wie ich nach Hause kommen sollte. Der Fürst versprach mir, dass ich mit einer Kutsche heimgefahren wurde. Vorher gab es noch leckeren Kuchen und heiße Schokolade. Das war meine zweite Aufgabe als Auserwählte und ich hoffe, dass ich sie richtig erfüllt habe."

Das Tor war unter der Wucht der Schläge der Androiden auf einer Seite aus den Angeln gebrochen. Eines der Maschinenwesen versuchte bereits sich durch Öffnung zu zwängen. Harpon schalt sich selbst einen Narren. Wie hatte er nur so dumm sein können, sich nicht vorher über Cassandras Zustand zu vergewissern. Er fühlte ihren Puls. Er war flach und schnell. Diesen Ort musste er schnellstens verlassen. Aber welchen Weg sollte er einschlagen? Auch aus dem Gang, von dem aus sie den Schaltraum betreten hatten, ertönten nun metallische Schritte. Es blieben also nur die beiden Gänge, die Im Hintergrund der Schaltzentrale in die unbekannten Tiefen der Burg hinabführten. Er nahm Cassandra auf die Arme und überlegte. Welchen der beiden Wege sollte er nun wählen? Kurz entschlossen lief er auf den linken zu. Im Hintergrund flog krachend das Tor auf. Die Androiden stürmten die Zentrale.

Harpons lange Schritte hallten von den leeren Wänden wider. Er blieb stehen und lauschte. Noch schienen die Androiden seinen Fluchtweg nicht entdeckt zu haben. Er wollte nur kurz verschnaufen und dann weiterlaufen. Cassandra behinderte ihn jedoch zu sehr. Er blickte in ihr blasses Gesicht. Wahrscheinlich war die Belastung der letzten Teleportation zu hoch für sie gewesen. Er schrak aus seinen Überlegungen auf. Aus dem Hintergrund ertönte das Trappeln und Scharren zahlloser Metallbeine.

Harpon legte sich die Bewusstlose über die Schulter und lief weiter den gewundenen Gang in die finsteren Tiefen der Burg hinunter.

Beinahe wäre er in einen bodenlosen Abgrund gestürzt. Er hatte auf seiner Flucht die Innenmauer der Burg erreicht. Fassungslos starrte er in die Tiefe. Hinter ihm wurden die Geräusche der Verfolger immer lauter.

Ein Blick nach rechts - die Mauer endete direkt am Abgrund. Links erkannte er einen schmalen Sims. Vibrationen liefen durch den Boden. Der Generator schien seine Leistung erneut erhöht zu haben. Alleine wäre es einfach gewesen, den schmalen Grat zu betreten. Harpon musste aber seine Last ausbalancieren. Vorsichtig setzte er einen Fuß vor den anderen und arbeitete sich langsam vom Tunnel weg.

Mit unendlicher Erleichterung registrierte Harpon, dass sich der schmale Pfad nach einigen Schritten zu einer Fensternische verbreitete. Behutsam legte er Cassandra ab und setzte sich heftig atmend neben sie.

Stärkere Vibrationen liefen jetzt durch den Fels. Eine heftige Erschütterung ließ Harpon hochschrecken. Er zog Cassandra und an sich barg ihren Kopf an seiner Brust. Trümmer stürzen laut polternd von den Zinnen herab und verschwanden in dem Höllenschlund. Mit dem nächsten Beben bildete sich ein Riss, der längs über die Plattform lief. Der Sims senkte sich auf einer Seite ab und begann abzubröckeln. Harpon zog sich mit der noch immer Bewusstlosen tiefer in die Nische zurück. Todesangst durchpulste ihn - weniger um sein eigenes Leben, als um das seiner Geliebten. Wie oft hatte er schon vor ähnlichen Situationen gestanden, zwischen ihm und dem Tod nur sein Auftrag. Er tätschelte Cassandras Wangen. Was würde geschehen, wenn sie nun nicht mehr zu Bewusstsein kommen sollte? Sollte ihr gemeinsamer Weg zwischen den Sternen hier zu Ende sein?

„Es tut mir Leid, Cassandra", sagte er zu der Bewusstlosen. „Aber es muss sein." Mit diesen Worten verpasste er ihr eine Ohrfeige.

Endlich schlug sie die Augen auf. Verwirrung zeigte sich auf ihrem Gesicht.

„Bring uns von hier weg! Schnell!"

Cassandra war mit Harpon bis zum Rand der steinernen Ebene teleportiert, zu der Stelle, wo sie den Waldboden verlassen hatten. Die Anstrengung war zuviel für sie gewesen und erneut hatte sich ihr Geist in den Schutz der Bewusstlosigkeit zurückgezogen.

Von der Burg her ertönte ein Alarmsignal - ein Laut von bizarrer Fremdartigkeit. Harpon legte schützend seine Arme um sie und blickte sich gehetzt um. Der Generator konnte jeden Augenblick seine kritische

Leistungsgrenze überschreiten und explodieren. Etwa zwei Dutzend Schritte entfernt erblickte er einen massiven Felsblock. Er nahm Cassandra auf die Arme und lief los. Unmittelbar hinter dem steinernen Schutzwall legte er Cassandra zu Boden, warf sich schützend über sie und zog seine Jacke über ihre Köpfe.

Bange Sekunden wartete Harpon auf die Explosion, die Arme um seine Frau geschlungen. Sein Herz raste vor Furcht. Würde der Felsblock ausreichend Schutz bieten? Aber es war keine Zeit mehr gewesen, einen anderen Unterschlupf zu suchen.

Als die Burg der Seth-Anat explodierte, wurde die Nacht zum Tag. Minutenlang stand ein gleißender Blitz über dem Bauwerk, der krachend in den Wolken verschwand. Ein Beben breitete sich wellenförmig vom Ort der Katastrophe aus. Die Ausläufer trafen auch das königliche Schloss, liefen noch weiter und drangen tief ins Land vor. Selbst nach der Entfernung eines halben Tagesrittes ließ die Wucht der Explosion die Grundfeste des Schlosses erzittern, und im größten Audienzsaal fiel der jahrhundertealte Leuchter von der Decke.

Nachdem die Druckwelle über das Versteck hinweggerast war, wartete Harpon, bis das Prasseln der Bruchstücke aufgehört hatte, dann zog er die Jacke von ihren Köpfen. Er fühlte Cassandras Puls. Ihr Herz hatte sich beruhigt und schlug langsam und gleichmäßig. Die Bewusstlosigkeit war wohl in einen tiefen Schlaf übergegangen.

Die aufgeregten Stimmen der Tiere erfüllten den Wald. Die Luft roch staubig und reizte die Nase. Nur langsam beruhigte sich die aufgebrachte Natur wieder. Das Kreischen der Tiere verstummte allmählich, bis nur noch das Zirpen der Grillen blieb.

Cassandra schlug die Augen auf. „Wird das denn niemals ein Ende nehmen?", fragte sie mit schwacher Stimme.

„Wir haben es besiegt, Cassandra. Auch diesmal haben wir es besiegt. Wir sind stärker als Seth-Anats Erbe. Auch das nächste Mal werden wir siegen."

„Mir ist eiskalt."

„Das ist die Erschöpfung", antwortete Harpon. Er zog seine Weste aus und deckte sie damit zu. „Bleib hier liegen. Ich werde Holz sammeln und ein Feuer machen."

Cassandra nickte schwach und schloss die Augen.

Doch so sehr Harpon auch suchte. Er konnte kein trockenes Holz finden. Er trug die Äste zusammen, die am wenigsten durchnässt waren und sammelte Stücke weißer Rinde. Damit gelang es ihm, eine Flamme zu entzünden, die er mit kleinen Ästen nährte. Das restliche Holz legte er um die Feuerstelle aus, damit es trocknete.

Harpon hielt seine Frau die ganze Nacht in den Armen, döste immer wieder ein und schreckte entsetzt hoch, um nach ihrem Puls zu fühlen. Nur einmal wagte er es, sie für ein paar Augenblicke alleine zu lassen. Er ging um den Felsen herum und sah auf die Ebene hinaus. Die helle Scheibe des Vollmondes stand hoch am Himmel. In dessen fahlem Licht tat sich vor seinen Augen ein gespenstischer Anblick auf. Der hohe Felskegel war der Länge nach geborsten. Von der Burg war nichts mehr zu erkennen. Offenbar waren die Überreste in den Abgrund gestürzt, überlegte er. Undeutlich konnte er Trümmerstücke auf der Ebene ausmachen. Er war sich sicher, dass keiner der Androiden noch funktionsfähig war.

Einen Augenblick dachte er an die beiden Pferde, die sie zurückgelassen hatten. Aber nun war es zu spät, sich um die armen Tiere zu kümmern. Er bedauerte, dass die Pferde womöglich den Tod gefunden hatten. Er wollte sich schon abwenden und zum Feuer zurückgehen, als er eine undeutliche Bewegung am Waldrand ausmachte. Ein Tier - wahrscheinlich ein Reh oder eine vergleichbare Lebensform - kam zögernd aus dem Dunkel des Waldes hervor. Immer wieder blieb es stehen und witterte, bevor es sich endlich auf die Ebene hinauswagte. Nach und nach folgten ihm andere Tiere. Die Natur nimmt wieder Besitz von dem, was ihr Seth-Anat entrissen hatte, registrierte Harpon mit Beruhigung. Noch einmal warf er einen Blick auf die friedliche Szenerie, dann wandte er sich ab und ging zum Lagerplatz zurück. Er sah kurz nach seiner Frau, warf noch ein paar dicke Äste in die Glut und setzte sich neben das Feuer.

Gegen Morgen hatte die Müdigkeit Harpon übermannt und er war in einen bleiernen Schlaf gefallen. Ein Geräusch ließ ihn hochschrecken und sich umsehen, aber es war nur Cassandra, die neben dem Feuer saß und Holz nachlegte. Sie lächelte Harpon matt an.

„Wie geht es dir?", fragte er sie. Die Besorgnis um seine Frau ließ seine Stimme heiser klingen. Er setzte sich neben sie und sie schmiegte sich in seine Arme, genoss das Gefühl seiner Nähe. Er strich ihr über das Haar und vergrub seine Finger darin.

„Schon viel besser. Aber ich habe schrecklichen Hunger."

„Wir sollten zum Lager zurückgehen. Ich glaube nicht, dass die Soldaten verletzt worden sind. Dazu waren sie zu weit von der Burg entfernt. Aber sie werden uns suchen. Und sie können uns ins Schloss zurückbringen."

Sie standen auf, aber Cassandra taumelte vor Mattigkeit. Harpon musste sie stützen, sonst wäre sie wieder zu Boden gesunken.

„Es geht schon wieder, Harpon", versuchte sie ihn zu beruhigen.

„Bist du dir sicher? Kannst du gehen? Ich könnte eine Trage für dich bauen."

„Das muss nicht sein."

„Gib mir deinen Arm."

Es schien ein sonniger Tag zu werden. Die Stimmen der Vögel des Waldes erfüllten die Luft, Insekten schwirrten und kleine Tiere huschten über den Weg.

Trotz der Stütze gaben Cassandras Knie immer wieder nach und schließlich mussten sie einsehen, dass sie zu Fuß niemals ans Ziel kommen würden. Matt sank Cassandra zu Boden und legte sich ins weiche Moos.

„Ich könnte nach etwas Essbarem suchen, Cassandra. Vielleicht finde ich Beeren oder Früchte."

Cassandra wollte gerade zu einer Antwort ansetzen, als sie aus der Ferne rufende Stimmen hörten. Harpon antwortete ihnen und bald darauf erblickten sie die Uniformen der königlichen Ritter zwischen den Stämmen der Bäume.

„Den Göttern sei gedankt. Ihr lebt!", begrüßte sie der Hauptmann. „Es hat einige Zeit gedauert, bis wir die Pferde wieder eingefangen hatten. Dann haben wir uns sofort auf die Suche nach Euch begeben. Was ist geschehen? Warum seid Ihr nicht zurückgekommen?"

Harpon beschrieb in kurzen Sätzen ihren Einsatz, wobei er versuchte, die technischen Details so zu umschreiben, dass sie von den Rittern verstanden wurden.

„Von dort droht nun keine Gefahr mehr", versicherte Harpon den Anwesenden.

Der Hauptmann ließ sich dennoch nicht davon abbringen, eine Handvoll Ritter auszusenden, um das Plateau zu erkunden.

Cassandra hatte zu Essen und Trinken bekommen. Harpon befürchtete jedoch, dass sie sich nicht im Sattel halten können würde, und bat um eine Trage. Gemeinsam bauten sie aus zwei Baumstämmen und ein paar Decken ein Travois für die Mondgöttin.

Nachdem der Erkundungstrupp zurückgeehrt war und Harpons Aussagen bestätigen konnte, schickte der Hautmann zwei seiner Männer als Boten voraus. Dann machte sich die restliche Gruppe auf den Nachhauseweg.

Am späten Abend erreichten sie das Schloss. Cassandra war zwar bald eingeschlafen, durch das ständige Geruckel aber immer wieder aufgewacht. Sie fühlte sich zerschlagen und sehnte sich nach einem Bad, frischen Kleidern und einem weichen Bett.

Auch Harpon hatte mit den Nachwirkungen des Einsatzes zu kämpfen. Immer wieder fielen ihm die Augen zu uns schließlich schlief er im Sattel ein. Als er wieder hoch schreckte, konnte er bereits die Türme des Schlosses erkennen. Bald darauf kamen sie auf die gepflasterte Strasse. Ein Ausguck musste sie erkannt haben, denn eine Fanfare kündigte ihr Eintreffen an.

Die Wachen ließen den Trupp ohne Kontrolle passieren. Rufe wurden laut. Endlich hatten sie das Schloss erreicht und konnten absitzen. Stallburschen eilten herbei und führten die erschöpften Pferde weg.

Artan begrüßte die Ritter der Reihe nach. Zuletzt kam er zu Cassandra und Harpon.

„Ist der Prinz wohlauf?", fragte Cassandra.

„Oh, ich denke ja. Er erfreut sich bester Gesundheit."

„Und Ramirez?", wollte Harpon wissen.

„Nun, es wird wohl keine Verhandlung geben."

„Warum? Konnte er entkommen?"

„Nein. Nachdem die Ritter in der vergangenen Nacht den Prinzen zurückgebracht hatten, ist ihre Majestät so rasend vor Zorn geworden, wie ich es noch nie erlebt habe. Er hat nach dem Schwert seiner Ahnen gegriffen, ist in das Verlies hinab gestiegen und hat dem Verräter eigenhändig den Kopf abgeschlagen."

Der König bedankte sich, und er zeigte Einsehen, als er Harpons und Cassandras müde Gesichter und verschmutzte Kleidung sah. Sie durften sich auf ihre Gemächer zurückziehen. Nach einem üppigen Mahl und einem Bad waren die beiden zu Bett gegangen.

„Ich verstehe nicht, warum ich diesmal nicht die Burg zerstören konnte", sagte Cassandra.

„Ist dir irgendetwas Ungewöhnliches aufgefallen? Eine fremde Macht?"

Unsicherheit zeigte sich auf Cassandras Gesicht. „Nein. Es war nur so, als ob..." Sie zögerte weiterzusprechen.

„Was?"

„Als würde mir die Lebensenergie abgesogen. Noch nie hat mich eine Teleportation so geschwächt."

„Und jetzt? Was fühlst du jetzt?"

Sie überlegte. „Gar nichts. Nur Müdigkeit."

„Vielleicht ist es ein Einfluss des fremden Mondes. Du weißt, wie du auf ihn reagierst."

„Vielleicht", erwiderte Cassandra und schwieg.

Am nächsten Tag wurden sie vor den König gerufen und mussten ausführlich berichten. Auch ihre Majestät hatte noch nie von den unterirdischen Anlagen gehört. Der Zugang lag nun unerreichbar, verschüttet unter den Trümmern der Burg der Seth-Anat, und so würde dieses Geheimnis wohl für immer verborgen bleiben, treibend im Strom der Zeit.

In wenigen Tagen sollte eine Festlichkeit stattfinden, ob dem Sieg über das Böse und die Errettung des Prinzen.

Die nächsten Tage verliefen ruhig und ohne besondere Ereignisse. Cassandra erholte sich rasch und unternahm mit Harpon ausgedehnte Wanderungen oder Ausritte. Immer öfter spielte sie auf ihrer Lerchenflöte. Es war eine traurig stimmende Melodie, die sie ständig wiederholte und verfeinerte.

Harpon beunruhigte ihr Spiel. Es schien so ganz und gar nicht zu seiner sonst so lebenslustigen Frau zu passen. Aber er ließ sie gewähren, schien sie doch Freude dabei zu empfinden.

Nach wenigen Tagen waren die Vorbereitungen für das Fest abgeschlossen. Der Bereich um das Schloss wimmelte von Menschen. Farbenprächtige Banner zierten die Wagen der zahlreichen Gäste.

Cassandra genoss es, im Mittelpunkt des Interesses zu stehen, und die Blicke der vielen Menschen auf sich zu fühlen. Harpon dagegen wünschte sich in die Einsamkeit der Wälder Avalons. Er war schon immer ein Einzelgänger gewesen und sehnte sich in diesem Augenblick nach den unendlichen Tiefen seiner uralten Wälder.

Die Rede des Königs wurde durch diejenige des Prinzen fortgesetzt und ging in die Ansprache des Fürsten Sigmar über. Harpon gähnte verhalten hinter vorgehaltener Hand und erhielt dafür von Cassandra einen Knuff in die Seite. Er senkte die Hand und setzte ein gekünsteltes Lächeln auf. Endlich waren die Ansprachen beendet und die Speisen und Getränke wurden aufgetragen.

Am nächsten Tag wollten sie darum bitten, abreisen zu dürfen. Der König konnte ihnen dies nun nicht mehr vorbehalten. Dann würden sie im Wald nach

Demeter rufen, die sie per distanzlosen Schritt wieder nach Avalon bringen würde.

Ein weiteres Abenteuer schien sich dem Ende zu nähern. Wer weiß, womöglich würden sie in zweitausend Jahren erneut diese Welt besuchen, um über den Beitritt zu den Vereinigten Planeten zu verhandeln.

Die Nacht war schon weit fortgeschritten, als sich Cassandra und Harpon auf ihre Gemächer zurückzogen. Beide waren etwas beschwipst. Cassandra kämpfte gegen einen Schluckauf und konnte nicht zu kichern aufhören. Harpon öffnete die Tür zu ihrem Zimmer und sie schlüpfte lautlos hinein.

Harpon hatte seine Kleider für die Nacht angelegt und wollte gerade zu Bett gehen, als er plötzlich aus dem Nebenzimmer Cassandras erstickten Aufschrei dringen hörte. Schmerz hatte ihren Laut gefärbt und ihn wie noch nie erschrecken lassen. Mit drei langen Schritten eilte er in den Nebenraum und erschrak bis in sein Innerstes.

Cassandra war zu Boden gesunken und presste sich beide Hände an den Hals. Blut quoll darunter hervor. Ein Fremder stand nur einen Schritt von ihr entfernt. Er hielt ein Messer in der Hand in dessen Klinge sich das Licht der Kerzen spiegelte. Er musste schon vorher da gewesen sein und sich versteckt gehalten haben, sonst hätte Harpon das Geräusch der schweren Holztür vernommen. Jetzt erkannte Harpon das Gesicht des Mannes wieder; es war derjenige, der Cassandra auf dem Hof von Bauer Erril mit einem Messer bedroht hatte. Cassandra hatte berichtet, dass sie die Gedanken des Mannes nicht lesen konnte.

Der Fremde starrte ihn kalt lächelnd an.

Harpon eilte zu seiner Frau und wollte sich schützend zwischen sie und dem Mann aufbauen, als sich sein Blick trübte. Benommen fuhr er sich über die Augen, und drehte sich suchend nach Cassandra um. Das Zimmer und all die Gegenstände um ihn herum schienen hinter einem halbtransparenten Schleier verborgen. Er kauerte nieder und legte schützend die Arme um seine verletzte Frau. Harpon zog ihre Hände von der Wunde weg. Ein tiefer Schnitt lief über Hals und Schlüsselbein. Immer mehr Blut quoll aus der Wunde und färbte ihr Kleid. Am meisten erschreckte ihn jedoch der Ausdruck ihrer Augen. Es lag etwas Endgültiges in ihrem Blick. Harpon suchte nach etwas, mit dem er die Wunde verbinden konnte.

„Bemühe dich nicht", sprach der Fremde. „Es ist zu spät dazu."

Harpon tastete nach seinem Gürtel, aber er hatte alle Waffen vor dem Schlafengehen abgelegt. Ein Kampf war sinnlos, also kümmerte er sich um seine Frau. Behutsam ließ er die Verletzte zu Boden gleiten. Er riss einen Ärmel von seinem Nachtgewand und verband damit Cassandras Wunde.

Ein satanisches Gelächter erklang. Harpon durchfuhr ein eiskalter Schauer. Nun wusste er, wen er vor sich hatte. Die Konturen des Gesichtes begannen zu zerfließen und es bildete sich neu. Jeglicher Zweifel daran, wer vor ihm stand war nun zerstreut.

„Seth-Anat!"

„Wie nett, dass du dich noch an meinen Namen erinnerst."

„Bestie! Warum hast du das getan?", schrie er sie an.

„Sie wird keinen neuen Morgen mehr erleben. Es ist vorbei. Diesmal habe ich sie besiegt."

„Wo ist dein Sternenstein?", flüsterte Harpon ins Ohr seiner Frau.

Cassandra deutete darauf. Nur wenige Schritte von ihnen entfernt lag der kleine Stoffbeutel, der den Stein, und damit ihre Stärke, enthielt.

Harpon wollte sich erheben, um das Mittel ihrer Macht zu holen, aber eine unsichtbare Kraft zwang ihn wieder nieder. Sein Blick wanderte erneut zu dem Stoffbeutel. So nahe und dennoch unerreichbar lag er dort, wo ihn Seth-Anats Attacke von ihrem Hals gerissen hatte.

„Daraus wird nichts. Euer Weg ist hier zu Ende."

„Was willst du von uns?", fragte Harpon. Er wusste nicht mehr, wie oft er schon dem Tod in die Augen gesehen hatte. Bisher hatte er gedacht, eine erneute Konfrontation hätte ihn nicht mehr erschrecken könne. Aber er hatte sich geirrt. Jetzt, mit seiner tödlich verletzten Frau in den Armen, wollte er leben, aber nicht allein, sonder gemeinsam mit ihr. Er legte die Arme um sie und zog sie an seine Brust.

Seth-Anat lachte auf. „Dachtet ihr wirklich, ihr hättet mich vernichten können?"

„Es ist der ewig andauernde Kampf zwischen Gut und Böse. Seit Jahrtausenden kämpfe ich für das Gute."

„Was willst du davon schon wissen? Menschen. Humanoide. Es sind widerliche kleine Kreaturen, die durchs All ziehen und ihre neugierigen Nasen in Dinge stecken, die sie nichts angehen. Eure Lebensspanne ist so kurz, dass ich das Ende eines Menschenlebens abwarten kann. Ihr japsenden Kreaturen, verzweifelt klammert ihr euch an eure jämmerliche Existenz. Und du und dein Weib? Nur weil ihr nicht altert, glaubt ihr euch zu den Unsterblichen zählen zu können?"

„Was ist es denn, was dich von uns unterscheidet?"

Harpon versuchte sie hinzuhalten. Verzweifelt überlegte er, wie er dem Energieschirm entkommen konnte. Durch dessen Einsatz verstieß Seth-Anat erneut gegen die Regeln einer Welt.

„Ich werde weiter existieren. Aber diese Frau wird sterben."

„Lass sie am Leben. Nimm dafür meines", schrie Harpon.

„Du bist unwichtig. Aber Cassandra werde ich jetzt ermorden."

„Du bist feige, Seth-Anat. Aus dem Dunkeln, aus einem Hinterhalt heraus schlägst du zu. Du weißt genau, dass du uns nicht besiegen hättest können."

„Ist es nicht unwesentlich, mit welchen Mitteln man sein Ziel erreicht? Es geht nur darum, zu siegen und weitere Macht zu erlangen. Alles andere ist unwesentlich."

Harpon sah den Schmerz und die Todesangst in Cassandras Gesicht. Tränen liefen über ihre Wangen. Ihm war nun klar, dass eine Situation entstanden war, aus der er ohne fremde Hilfe nicht als Sieger hervorgehen würde. Aber wer sollte ihm helfen? Auf die Wachen war nicht zu zählen. Seth-Anat konnte sie in Sekundenbruchteilen töten. Außerdem schien Seth-Anat den Raum zum restlichen Schloss hin abgeschirmt zu haben, sonst wäre man längst auf die Geräusche und die lauten Stimmen aufmerksam geworden. Mogul? Er stammte aus einer anderen

Dimension und konnte nicht in die Geschehnisse dieser Realität eingreifen. Blieben also nur die Yr. In Gedanken rief er nach ihnen, mit noch nie da gewesener Dringlichkeit.

Wiederum ertönte das satanische Gelächter.

„Denkst du etwa, daran hätte ich nicht gedacht? Denkst du, ich könnte keinen Energieschirm erzeugen, der mentale Impulse abhalten kann? Nein. Das ist das Ende. Ich werde sie jetzt töten. Aber du bleibst am Leben. Deine jämmerliche Existenz werde ich ein anderes Mal auslöschen."

Cassandra schrie mit den letzten Worten Seth-Anats auf.

„Ah, wie viel Macht in dieser kleinen Frau steckt. Ich werde sie jetzt aus ihr heraussaugen und zu meiner eigenen hinzufügen."

Seth-Anat streckte ihre knochige Hand nach Cassandra aus - schützend verborgen hinter dem Energieschirm.

Obwohl Harpon wusste, das es keinen Sinn hatte, versuchte er eine Gegenwehr. Er ließ seine Frau zu Boden gleiten und wollte sich aufrichten. Ein schmerzhafter Schlag traf ihn, fuhr durch seinen linken Arm, versengte die Haut und warf ihn zu Boden. Sein Gesicht war neben dem seiner Frau zu liegen gekommen.

„Das darf nicht das Ende sein", flüsterte sie mit schwacher Stimme. „Unser Weg zwischen den Sternen ist noch nicht zu Ende. Meine Mutter hat mir so viel erzählt."

„Sieh sie dir noch einmal an. Gleich wirst du sie nicht mehr erkennen."

Harpon wollte sie an sich ziehen, mit seinem Körper vor der Bosheit beschützen, aber nicht einmal das erlaubte ihm Seth-Anat. Die Energie presste ihn zu Boden, hielt ihn an Ort und Stelle. So sehr er sich bemühte, gegen die unsichtbaren Fesseln ankämpfte, gelang es ihm nicht, seine Frau zu berühren. Vor seinen Augen, so nahe, aber dennoch unerreichbar, lag die Göttin des Mondes, tödlich verwundet und ihrer Macht beraubt, als Seth-Anat mit ihrer Hinrichtung begann.

Ein Röcheln kam über Cassandras Lippen, ihre samtene Haut verlor ihre jugendliche Farbe, wurde leichenblass, pergamentartig dünn und spröde. Ihr Gesicht fiel ein, dünne Haut spannte sich über hervorstehenden Wangenknochen. Sie hob eine Hand, von Alter und Gicht gekrümmt. Ungläubig starrte sie darauf.

„Nie hätte ich gedacht, dass in diesem schwachen Wesen so viel Energie steckt."

„Du bist ein menschenverachtendes Scheusal", schrie Harpon.

„Na gut. Dann machen wir weiter."

Harpon konnte sich plötzlich innerhalb der Energieblase wieder bewegen. Er bettete die Sterbende in seine Arme.

„Die Yr werden dir helfen, Cassandra. Du wirst wieder so jung und schön werden, wie du es schon warst."

„Nichts sagende Worte", spie Seth-Anat aus. „Geschwätz."

Erneut streckte Seth-Anat die Hand nach Cassandra aus.

Die Farbe wich aus ihren Haaren, aus gold wurde grau. Altersflecken überzogen ihre Haut. Ihr Atmen war nur noch ein asthmatisches Röcheln, aus dem Angst und Schwäche hervor klangen.

„Ich weiß...", flüstere sie, ihre Stimme versagte.

„Bitte?", fragte Harpon.

„Ich weiß aus Demeters Erbe..."

„Bitte. Streng dich nicht an. Hilfe ist unterwegs. Die Yr..."

„Du willst mich trösten. Ich danke dir dafür. Aber ich weiß, dass ich sterben werde. Es wird aber nicht das Ende sein, Harpon."

„Es tut mir so Leid."

„Ich spüre deine Qualen und deine Verzweiflung, Harpon. Ich wünschte, ich könnte sie dir abnehmen."

„Banales Geschwätz. Glaubt ihr, ich könnte eure Gedanken nicht lesen.

Harpon achtete nicht auf Seth-Anats Worte, sondern blickte weiter in die einst so schönen Augen seiner Frau, die nun vom Alter getrübt waren.

„Harpon, auch wenn es nur wenige Jahre waren, die wir gemeinsam verbracht haben, so war es doch die schönste Zeit meines Lebens. Meine Mutter... In ihrem Erbe habe ich gelesen..."

Seth-Anat zog noch mehr Energie aus dem Körper der Mondgöttin. Ihr Haar wurde schütter und fiel aus. Ihr Mund öffnete sich, die Lippen verdünnten sich zu farblosen Strichen, ihr Gesicht verzerrte sich unter ihren Qualen zu einer Maske des Todes.

Erneut hielt Seth-Anat ein und labte sich an den Qualen der beiden Menschen.

„Gemeinsam... Gemeinsam werden wir durch die Jahrtausende wandern. Unser Weg zwischen den Sternen... wird ewig sein. Auch wenn wir uns... lange Jahre nicht sehen sollten, so wird uns das nicht trennen. Selbst wenn Jahrhunderte oder Jahrtausende vergehen, so werde... so werde ich dich dennoch wieder finden. Ich möchte noch dass du weißt..."

„Schluss jetzt!"

Cassandras Blick brach. Still lag sie da. Ihre Augen blickten ins Unendliche, in die Fernen, die sie gemeinsam hatten erforschen wollen.

Wie oft hatte er diesen Moment schon erleben müssen? Wie viele waren in seine Armen gestorben, alt, verbraucht und zerbrechlich. Er hatte weitergelebt, war jung und unversehrt geblieben. Nur seine Gefühle, seine Seele, sein Herz, waren zutiefst verletzt worden. Jahre und Jahrzehnte waren vergangen. Die Wunden waren wieder verheilt. Irgendwie hatte er immer wieder weitergemacht. Aber diesmal?

Cassandras Haut zerfiel, löste sich zu Staub auf, rieselte durch Harpons Finger. Ihr Kopf fiel zurück, ihre kraftlosen Hände lösten ihren Griff von seinem Arm, den die Sterbende bis zuletzt gehalten hatte. Aber noch immer hörte der Verfall nicht auf. Er spürte, wie ihr Körper an Gewicht verlor, zur Mumie wurde. Auch der letzte Rest Fleisch löste sich auf, wurde zu Staub, und schließlich hielt er ein Gerippe in den

Armen, das einmal seine geliebte Frau gewesen war, und auch die Knochen zerfielen zu Staub. Ihr Schädel war das letzte, was blieb, und starrte ihn aus leeren Augenhöhlen an. Verzweifelt drückte er ihn an seine Brust. Harpons Blick verschwamm unter seinen Tränen. Eine eiserne Faust des Schmerzes griff nach seinem Herz, versuchte es zu zerquetschen. Er blinzelte, kurz wurde sein Blich wieder klar, aber auch der Totenschädel war zu Staub geworden.

Cassandra war tot.

Harpon blickte auf die Überreste, die einmal die Göttin des Mondes gewesen waren - ein Schemen am Boden, ein Umriss, als blickte er in ein Grab, das nach Jahrtausenden wieder geöffnet wurde.

Etwas zerbrach in Harpon in diesem Augenblick. War es das, was Cassandra in so vielen Jahren wieder geheilt hatte, oder etwas anderes, seine Menschlichkeit womöglich. Er wusste es nicht, aber er spürte die Veränderung in sich.

Jahrhunderte lang hatte er alleine gelebt - bis er Cassandra getroffen hatte. Er hatte sie beschützt, damit sie verborgen vor Seth-Anat hatte aufwachsen können. Er hatte ihren Geist befreit, und er hatte sie zu lieben begonnen. Langsam, ganz langsam hatte er wieder Hoffnung gewonnen, dass seine Einsamkeit vorbei war, hatte wieder gelernt, Vertrauen zu einer Frau zu gewinnen, zu lieben, und wollte den Weg zwischen den Sternen mit ihr antreten.

Dies alles war innerhalb weniger Minuten zerstört worden.

Er blickte hoch und sah über sich, sicher hinter dem Schirm verborgen, die grinsende Fratze der Bosheit, die die Kindheit seiner Frau zerstört, und die ihr jetzt das Leben genommen hatte, und er sprach aus, was er in seinem langen Leben noch nie gesagt hatte.

„Hör mir gut zu, Seth-Anat, denn dies ist der Schwur eines Ritters der Ewigkeit. Du wirst sterben. Ich werde dich jagen und ich werde dich finden, auch wenn ich dabei bis ans Ende des Universums fliegen müsste. Aber ich werde dich finden. Du sollst meinen Zorn zu spüren bekommen, den Zorn eines Ritters der Ewigkeit. Eines Tages wirst du vor mir im Dreck irgendeiner unbekannten Welt liegen. Und dann werde ich mein Schwert durch deinen hässlichen Schädel bohren."

Harpon verspürte urplötzlich einen gewaltigen Schlag gegen seinen Hinterkopf. Dann umhüllte ihn die Dunkelheit einer tiefen Bewusstlosigkeit.

Mühsam gelang es Harpons Bewusstsein, sich wieder an die Oberfläche zu kämpfen - beinahe wäre er wieder hinüber geglitten. Er sah undeutliche Bewegungen, wie durch einen Nebel. Stimmengewirr drang an seine Ohren. Wo war er? Was war zuletzt geschehen? Er hatte sein Zimmer betreten und dann ...

Er versuchte sich aufzurichten. Stützende Hände halfen ihm dabei.

„Ihr müsst vorsichtig sein, Herr. Derjenige, der Euch niedergeschlagen hat, muss ein Riese gewesen sein. Er hätte Euch beinahe den Schädel gespalten."

„Wo ist Cassandra?"

Sein Blick hatte sich soweit geklärt, dass er sich umsehen konnte. Sein Schädel dröhnte, als wäre er unter einen Dampfhammer geraten. Sein Blick wanderte suchend im Raum herum und blieb auf einer Person hängen, über die man ein weißes Tuch gelegt hatte.

„Macht Platz für den König!", vernahm Harpon die Stimme eines Herolds.

Der König betrat den Raum, flankiert von einigen Wachleuten.

„Ich bin untröstlich, Harpon. Es muss einen Verräter unter meine Leuten geben."

„Wo ist Cassandra?", schrie Harpon.

Der König winkte die Leute, die vor dem Bett standen zu Seite.

„Nein!"

Harpon stand mühsam auf. Sein Schädel fühlte sich an, als würde er gleich explodieren. Er stöhnte und taumelte. Ein Wachmann griff stützend nach seinem Arm. Harpon wehrte ihn ab und trat vor das Bett, auf dem die Person unter einem weißen Tuch lag. Darunter ragte eine Hand hervor. Er erkannte die Ringe an den Fingern. Es waren der hellblaue Ring, den auch er trug und das Drachenauge. Langsam zog er das Tuch zurück und enthüllte damit Cassandra blasses Gesicht. Sein Verstand weigerte sich, zu akzeptieren, was er jetzt sah. Er berührte ihre Stirn. Sie war eiskalt. Eine stählerne Faust legte sich um sein Herz und drückte erbarmungslos zu. Er stöhnte auf und sank auf die Knie nieder. Schwer stützte er sich am Bettrand auf. Es war also kein Traum gewesen. Sie war wirklich tot.

„Wie spät ist es? Wie lange ist sie schon tot?"

„Es muss wohl ein halber Tag vergangen sein", sagte der Mediker.

„Was ist passiert?"

„Die Dienerschaft hat nach Euch gesehen, da Ihr nicht am Frühstückstisch erschienen seid. Sie fanden Euch und Cassandra am Boden liegend vor. Eure Gemahlin scheint verblutet zu sein."

Harpon verstand nicht, was der Arzt ihm erzählte. Er erinnerte sich wieder an die rapide Alterung seiner Frau, an das Gerippe und den Totenschädel. Hatte Seth-Anat ihn getäuscht? Hatte er sich die Ermordung seiner Frau nur eingebildet? Er fühlte seinen linken Arm. Ein pochender Schmerz ging von ihm aus, aber er war nicht gebrochen.

„Ich wäre jetzt gerne mit ihr alleine", sagte Harpon mit keuchender Stimme.

Der König gab den Anwesenden Zeichen und sie verließen den Raum.

Harpon tastete nach Cassandras Gedanken. Aber es war vergeblich. Dort war nichts mehr – nur Leere, wo einst so viel Lebensfreude gewesen war. Sie war tot. Cassandra war tot.

Nie würde Harpon vergessen, was letzte Nacht geschehen war. Cassandras Gesicht, das von Schmerz und Todesangst gezeichnet war, und darüber Seth-Anats hässliche Fratze, die sich an ihren Schmerzen labte.

Sie waren einen so weiten Weg gegangen, einen Weg zwischen den Sternen. Und hier auf dieser unbedeutenden Welt, die sie nur besuchen wollten, um ein kleines Mädchen nach Hause zu bringen, ging es zu Ende.

Es konnte nicht sein. Es durfte nicht sein. Was sollte er jetzt tun? Er stand unter Schmerzen auf und verriegelte die Tür. Dann rief er nach Mogul.

Harpon brauchte nicht lange auf seinen Freund zu warten. Schon bald schwebte das rätselhafte Lebewesen vor ihm. Wie oft hatte er sich schon gefragt, was Mogul eigentlich ist. Bestand er nicht aus Materie, sondern aus Energie? Oder war er deswegen nicht stofflich, weil er aus einer anderen Dimension kam? Wohl niemals würden diese Fragen beantwortet werden.

„Du hast mich gerufen, Harpon. Was ist geschehen?"

Harpon antwortete nicht.

Da erst bemerkte Mogul die Tote. Er schwebte neben Cassandra und verweilte dort.

„Seth-Anat hat Cassandra ermordet", sagte Harpon.

„Das kann nicht sein. Seth-Anat ist schon lange tot."

„Sie war hier. Gestern Abend. Und sie hat sie zu Tode gequält."

Harpon kannte Mogul seit mehr als zehntausend Jahren. Noch nie hatte er jedoch solches Entsetzen auf seinem Gesicht gesehen.

„Erzähl, Harpon. Was hat sich hier ereignet?"

Harpon berichtet ihm von den grauenhaften Ereignissen der letzten Nacht.

„Kannst du ihr helfen, Mogul?", fragte er verzweifelt.

„Nein. Es tut mir Leid, Harpon. Es ist zu spät. Sie ist schon zu lange tot."

„Aber es muss doch irgendeine Möglichkeit geben, sie zu retten."

„Es ist zu spät, Harpon. Ihre Seele hat bereits ihre Reise angetreten. Das können auch die Yr nicht mehr rückgängig machen."

„Aber wie konnte das passieren? Warum hat niemand eingegriffen?"

„Ich spüre, dass es hier in diesem Raum über viele Stunden hinweg ein ungewöhnliches Energiefeld gegeben hat. Vermutlich hat Seth-Anat damit eure Impulse überlagert. Sie scheint sehr lange gewartet zu haben, um sicher zu gehen, dass wir Cassandra nicht mehr helfen konnten."

„Und was hat das zu bedeuten? Gestern..." Seine Stimme versagte. „Gestern zerfiel sie vor meinen Augen zu Staub und heute... heute liegt sie hier, kalt und tot."

„Seth-Anat ist eine Bestie. Sie hat nicht nur ihre Lebensenergie genommen. Sie hat sich auch von deinen Emotionen ernährt. Deswegen hat sie dich gequält. Es war real, was du gesehen hast."

„Aber wieso...?"

„Harpon, es gibt Dinge innerhalb der Mächtigkeitsballungen fremder Superintelligenzen, die weit über das hinausgehen, was du gesehen hast, oder dir vorstellen kannst. Ich enthalte dir das nicht vor, weil ich dir nicht vertraue. Bitte glaub mir, Harpon."

Harpon sank vor seiner toten Frau auf die Knie.

„Dann ist sie also endgültig verloren."

„Ihre Seele ist nicht verloren."

„Auch wenn ihre Seele wiedergeboren wird, so ist das keine Hilfe. Sie wird sich an ihr letztes Leben nicht mehr erinnern können. Darlena konnte das auch nicht. Und es dauerte Jahrtausende bis sie wiedergeboren wurde."

Harpon schwieg lange Zeit.

„Seth-Anat hat gesiegt", meinte er dann.

„Harpon, der Kampf ist noch nicht zu Ende."

„Für mich ist er zu Ende", schrie Harpon.

„Wir brauchen dich, Harpon."

„Ich kann nicht mehr. Cassandra hat so viel Liebe und Freude in mein Leben gebracht. Es war so grausam. Seth-Anat hat sie gequält. Sie hat sie vor meinen Augen zu Tode gequält. Und ich konnte ihr nicht helfen. Es ist aus. Es ist vorbei. Die letzte Krypta bleibt nicht leer. Ich will nach Hause. Bitte bring mich und Cassandra nach Avalon."

„Darf ich deine Gedanken lesen?"

„Ja. Sieh dir die Bilder an und du wirst verstehen."

Mogul schwieg lange Zeit. Sein Gesichtsaudruck veränderte sich.

„Wir müssen unsere Pläne ändern."

„Das ist alles, was dir dazu einfällt? Cassandra wird bestialisch ermordet und dich interessieren nur eure Pläne?"

„Ich verstehe deinen Schmerz, Harpon. Deine Aufgabe auf dieser Welt ist beendet. Geh heute Nacht mit

Cassandra in den Wald. Kyra wird dich zurück nach Avalon bringen."

„Ich habe versucht, die Yr zu rufen. Aber sie haben mich nicht gehört."

„Seth-Anat hat nun zu viele Regeln gebrochen. Sie wird bestraft werden. Aber das werden nicht die Yr tun. Andere werden über sie richten."

„Das interessiert mich nicht. Es bringt mir Cassandra nicht zurück."

„Sie hat in wenigen Jahren so viele Leben gerettet. Das wird es mir und den Yr leichter machen, dir zu helfen, Harpon."

„Niemand kann ihr noch helfen. Das hast du selbst gesagt."

„Habe ich dir jemals ein Versprechen gegeben, das ich nicht eingehalten habe?"

„Nein, Mogul, das hast du noch nie getan."

„Ich werde jetzt zu den Yr gehen, um mich mit ihnen zu beraten."

„Leb wohl, Mogul."

„Leb wohl, Freund."

Den restlichen Tag verbrachte Harpon trauernd neben seiner Frau. Die Qualen ihres Todes hatten tiefe Spuren in ihrem Gesicht hinterlassen. Die lange Schnittwunde an ihrem Hals war die einzige erkennbare Verletzung. Erst jetzt fiel Harpon auf, dass der kleine Beutel, in dem sie den Sternenstein trug, wieder vorhanden war. Gestern hatte ihn Seth-Anat abgeschnitten gehabt, und Cassandra damit ihrer Macht beraubt. Harpon öffnete ihn und nahm den Sternenstein heraus. Einst hatten sich in seinen Tiefen verwirrende Muster gezeigt, die nur Cassandra hatte deuten können. Das Leuchten war erloschen. Auch hatte sich der Stein warm und weich angefühlt, als wäre er kein lebloses Gestein, sondern ein Lebewesen. Jetzt lag er kalt und tot in seiner Hand.

Auf das Klopfen und Rufen reagierte Harpon nicht. Erst gegen Abend erhob sich Harpon, taumelte zur Tür. Kurz verweilte er, dann schob er den Riegel beiseite und öffnete sie.

Besorgte Gesichter blickten ihn an.

„Ich werde Euch jetzt verlassen. Ich werde mit dem Leichnam meiner Frau in den Wald gehen, und die Geister meiner Heimat werden erscheinen und uns mit sich nehmen."

Niemand widersprach ihm. Er betrat noch einmal den Raum, legte seinen Waffengurt an und nahm Cassandras Leichnam auf die Arme. Er trat erneut vor die Tür und verweilte kurz. Die Menge teilte sich vor ihm. Harpon ging durch die Lücke. Die Anwesenden folgten ihm in einer stummen Prozession.

Bevor er aus dem Schloss in Freie treten konnte, wurde er jedoch vom König und seinem Gefolge aufgehalten.

„Ich bedaure es unendlich, Harpon", begann der König. „Wir werden den Attentäter suchen und ihn richten."

„Bemüht Euch nicht, Majestät. Ich habe das Gesicht der Bosheit erkannt, und ich kenne ihren Namen. Die Geister meiner Heimat werden die Verfolgung aufnehmen", behauptete Harpon.

„Erlaubt mir, Euer teures Weib mit allen Ehren zu Grabe zu tragen."

„Majestät, Ihr ehrt mich zutiefst, aber es ist mein Wunsch, sie nach den uralten Gebräuchen meiner Heimat beizusetzen. Ich bitte Euch, mir diesen Wunsch zu gewähren."

Der König nickte nur zur Bestätigung und ließ ihn passieren.

Als Harpon ins Freie trat, blieb er kurz stehen. Die Sonne berührte bereits den Horizont. Er würde aus dem Westtor hinaus zum Waldrand gehen. Dort wollte er warten.

Der Weg schien kein Ende zu nehmen. Harpons Arme wurden immer schwerer. Er blickte wieder in Cassandras blasses Gesicht, zum wievielten Male, das wusste er nicht mehr. Er hörte die Geräusche der Menge hinter sich. Es ehrte ihn, dass all diese Menschen auf diese Weise Abschied von ihm und seiner Frau nahmen.

Endlich war der Waldrand erreicht. Harpon legte Cassandra ins weiche Moos unter einem uralten Baum. Er bedeckte seine Augen. Niemand sollte seine Tränen sehen. Als er sich wieder soweit unter Kontrolle hatte, dass er glaubte, seine Stimme würde ihm gehorchen, richtete er sich auf und drehte sich um.

Das besorgte Gesicht des Königs musterte ihn. Und hinter ihm erstreckte sich eine Menschenmenge, soweit seine Augen reichten.

„Würdet Ihr mir einen letzen Wunsch gewähren, Majestät?", fragte Harpon.

„Gewiss. Bitte, sprecht."

„Lasst ihren Namen in Eure Geschichtsbücher aufnehmen. Ihr Tod soll nicht vergebens gewesen sein."

„Dafür werde ich Sorge tragen. Ihr habt mein Wort darauf. Euer Name und der Eurer Gemahlin, und auch Eure Taten sollen für alle Zeiten den Menschen in Erinnerung bleiben."

Inzwischen war die Sonne untergegangen, und das Abendrot wurde allmählich durch ein immer dunkleres Blau ersetzt. Harpon sah auf, als er erstaunte Ausrufe vernahm. Zwischen den mächtigen Stämmen der alten Bäume waren leuchtende Schemen erschienen, die langsam näher kamen.

Harpon horchte in sich hinein, da er erwartete, dass sie mit ihm telepathischen Kontakt aufnehmen würden, aber er vernahm nichts. Als die Geister bis auf wenige Schritte herangekommen waren, konnte er erkennen, dass es sich nicht um die Yr handelte. Einer der Schemen überragte die anderen. Jetzt erkannte Harpon ihn. Schon einmal war er ihm begegnet.

„Daminium. Ich grüße Euch." Harpon kniete vor dem Obersten der Waldgeister nieder.

„Erhebt Euch. Üble Nachrichten reisen schnell. So haben wir von diesem schrecklichen Verbrechen erfahren. Aber was habt Ihn nun vor?"

Harpon erzählte es ihm, wie er schon dem König berichtet hatte.

„Es lag nicht in unserer Absicht", sagte der Oberste.

„Ich verstehe nicht, was Ihr damit sagen wollt."

„Das Böse auf der steinernen Ebene hat schon seit vielen Menschenleben die Erde vergiftet. Wir wussten, dass nichts aus unserer Heimat stammende das Böse vertreiben konnte. Unsere einzige Verbindung nach außen, unsere letzte Chance, das war der singende Stein. So haben wir Tania die Idee eingegeben, ihn zu berühren, in der Hoffnung, dass sie auf Hilfe stoßen würde. Der Plan schien aufzugehen, als sie wieder zurückkam. Ein mächtiges Wesen begleitete sie, das zu unserer grossen Enttäuschung sofort wieder verschwand. Aber wir haben Euch beobachtet, und wieder Hoffnung gefasst. Nachdem die Burg zerstört war, haben wir die Ebene wieder mit Leben gefüllt. Aber nun... Der Preis war zu hoch."

„Ihr hättet es nicht verhindern können", antwortete Harpon. „Unser beider Leben scheint mit dieser Bosheit verbunden zu sein. Das ganze Leben meiner Frau war von ihrem Wirken überschattet. Und jetzt hat es gesiegt."

„Wird es zurückkommen?"

„Ich weiß es nicht."

Der Oberste wandte sich der Toten zu.

„Es ist nichts mehr von der Kraft in ihr. Auch ihre Seele ist schon lange entwichen."

„Darauf versteht sich Seth-Anat. Töten, Vernichten und Zerstören", sagte Harpon mit mühsam unterdrückter Wut.

Er wünschte sich, dass die Yr nun bald erscheinen würden, dass er in seine Heimat zurückkehren konnte, und endlich Ruhe fand. Er hatte von den kosmischen Burgen jenseits der Zeittunnel gehört. Mächtige Wesen lebten dort und verwalteten das Erbe einer einst sehr kriegerischen Rasse. Womöglich fand er dort Waffen, mit denen er Seth-Anat besiegen konnte.

Erst wenn diese Bestie kalt und tot war, würde er zufrieden sein. Vorher wollte er keine Ruhe mehr finden.

„Du solltest dich für deine finsteren Gedanken schämen."

Harpon schrak aus seinem Brüten hoch, als er die bekannte Stimme in seinem Kopf hörte.

Vor dem Stamm des uralten Baumes materialisierten zwei der Yr. Harpon erkannte in ihnen Demeter und Kyra. Demeter kniete neben ihrer toten Tochter nieder und griff nach ihrer Hand.

„Mein Kind. Mein einziges Kind", sagte sie. „Niemals hätte das geschehen dürfen."

Die Trauer in ihrer Stimme schnitt Harpon tief ins Herz. Kyra trat neben sie und fasste sie bei den Schultern.

Harpon verstand nicht, worüber sie sich unterhielten. Aber es schienen Worte des Trostes gewesen zu sein, denn Demeter erhob sich und wandte sich den Anwesenden zu.

Daminium verbeugte sich vor den Yr.

„Seid ohne Sorge, Oberster", sprach ihn Demeter an. „Seth-Anat wird diese Welt nicht mehr betreten. Dafür werden wir sorgen."

„Ich danke Euch."

„Aber jetzt ist es an der Zeit, dass wir nach Hause gehen. Lebt lange und in Frieden."

Demeter und Kyra materialisierten mit Harpon und Cassandra auf der weiten Lichtung in der Mitte des intelligenten Waldes. Unweit von ihrem Standpunkt erhoben sich die von Schlingpflanzen umrankten Säulen eines uralten Tempels. Nebenbei registrierte Harpon, dass auf Avalon bereits der Frühling angebrochen war. Er hatte sich so auf seine Aufgaben konzentriert gehabt, dass die Wochen wie im Flug vergangen waren.

Ein bunter Teppich aus Blumen bedeckte die Lichtung. Das Zirpen von Insekten erfüllte die Luft, leichter Wind bewegte das Gras.

Sie achteten nicht auf die Schönheiten der Natur.

Harpon legte Cassandra im Gras ab und setzte sich neben die Tote. Erst jetzt nahm er Kyra und Demeter wieder wahr.

Demeters Gesichtsausdruck war düster. Stumm musterte sie Harpon. Einen Sterblichen hätte der Blick aus diesen Augen niedergezwungen; er jedoch erwiderte ihn unbewegt.

„Nein. Es war nicht deine Schuld", sagte Demeter nach ein paar Augenblicken. „Ich habe es in deinem Kopf gelesen. Gnade dir. Ich hätte dich sonst bestraft, auch wenn es zu meinem Nachteil gewesen wäre."

Kyra hatte sich Harpon gegenüber niedergesetzt und ließ nun ihrer Trauer freien Lauf.

Harpon erinnerte sich wieder daran, wie er sie auf seine Armen getragen hatte, nachdem Cassandra ihr Leben gerettet hatte - blass und schwach. Nun war sie eines der mächtigsten Wesen, die er kannte - eine Yr.

Es gab noch ein andres Wesen auf Avalon, dem Harpon erlauben wollte, dass es sich von Cassandra verabschiedete. In Gedanken rief er den König des Waldes.

Nach wenigen Minuten kam der Schwarze Löwe auf die Lichtung und ging auf Harpon zu.

Obwohl Harpon dieses majestätische Tier schon seit Jahrtausenden kannte, war er dennoch erneut beeindruckt von seiner verhaltenen Kraft, der stolzen Ausstrahlung und den geschmeidigen Bewegungen, die die Masse dieses Tieres, vergessen ließen.

Der Löwe stutzte, als er Cassandra im Gras liegen sah. Seine riesige Schnauze näherte sich der Leblosen. Gewaltige Nüstern saugten die Luft ein.

„Was ist geschehen?"

„Seth-Anat. Sie hatte uns eine Falle gestellt. Sie hat sie getötet."

Harpon berichtete dem Schwarzen Löwen von den Ereignissen auf der fremden Welt.

Der Schwarze Löwe brüllte seinen Schmerz über die Lichtung hinaus. Noch nie hatte Harpon Geräusche wie diese aus seinem mächtigen Rachen dringen hören. Die tierische Natur schien die Oberhand über die Kontrolle des mächtigen Raubtierkörpers zu gewinnen. Die Flanken zitterten und unterarmlange Krallen gruben sich tief in den Boden. Er warf sich herum, seine Muskeln spannten sich, als er zum Sprung ansetzte. Zitternd und knurrend verweilte er jedoch am Boden kauernd. Sein langer Schweif peitschte das Gras. Er fletsche die Zähne und ein tiefes Rollen drang aus seiner Kehle.

Harpon erwartete einen Ausbruch, befürchtete dass seine Wut zur Entladung kam. Er trat auf den Löwen zu, legte die Hände auf seinen Rücken und strich über sein Fell, während er beruhigend auf ihn einredete. Das Zittern ließ allmählich nach, die angespannten Muskeln erschlafften, der Löwe schloss sein Maul, und die Furcht erregenden Fangzähne verschwanden.

„Der ewig andauernde Kampf zwischen Gut und Böse. Ich dachte, auf dieser friedlichen Welt würde ich nicht mehr damit in Berührung kommen, würde in Ruhe und Frieden leben können, auch wenn es eigentlich eine Strafe sein sollte."

„Was soll das bedeuten? Davon hast du noch nie erzählt."

Harpon kannte den Schwarzen Löwen schon seit seinen Anfängen, so weit seine Erinnerungen zurück reichten. Nie hatte er auch nur angedeutet, dass er nicht auf Avalon geboren worden war.

Der König des Waldes drehte den Kopf und suchte Harpons Blick. In der Tiefe seiner Raubtieraugen schimmerte etwas, weit unten, wie Harpon es noch nie bei ihm gesehen hatte.

„Es ist nicht der richtige Zeitpunkt, um darüber zu sprechen. Ein anders Mal werde ich dir mehr über mich erzählen."

Dann richtete sich der König des Waldes auf, ging ein paar Schritte von der Gruppe weg. Der Blick war in die Ferne gerichtet, als suche er etwas, das dort im Dunkel unter dem Blätterdach des uralten Waldes verborgen lag. Er legte den Kopf zurück und stieß ein lang gezogenes Heulen aus. Das Zwitschern der Vögel verstummte, sogar der Wind ließ nach, gespenstische Stille folgte, als würde der ganze Wald den Atem anhalten, nur unterbrochen von dem Summen der Insekten.

Aus weiter Entfernung antwortete ein anderes Tier. Dann fielen ein zweites und ein drittes ein. Immer weiter entfernten sich die Rufe, bis sie hinter dem Horizont verstummten.

Demeter blickte Harpon fragend an, aber auch er wusste nicht, was das Verhalten des Löwen zu bedeuten hatte.

Es raschelte im Gras. Ein Tier streckte seinen Kopf hervor, nahm Witterung auf, und lief weiter auf die Gruppe zu. An vielen anderen Stellen bewegte sich das Meer des Grases, kamen die Spuren näher. Die Büsche am Rande der Lichtung teilten sich, die Geschöpfe des Waldes wagten sich unter seinem schützenden Dach hervor. Ihre Körper verweilten zögernd am Rand der weiten Fläche, dann folgten sie den anderen. Kaum hatte sich ein Geschöpf wegbewegt, streckte ein anderes seinen Kopf hervor. Das Nebeneinander ließ die Tiere ihre Scheu vor der offenen Fläche verlieren und irgendwann ergoss sich eine braune Flut aus bepelzten Körpern über die Lichtung.

Die bunte Wiese füllte sich mit den Geschöpfen des Waldes. Freund und Feind saßen friedlich nebeneinander, betrauerten die Tote und nahmen Abschied von der Freundin des Waldes.

Irgendwann erhob sich Demeter und ging auf Harpon zu.

„Ich werde gerufen. Ich muss dich jetzt verlassen. Es tut mir Leid, Harpon."

Harpons Blick wirkte abwesend, als er ihr antwortete.

„Es waren nur ein paar Jahre. Sie hat sich so viel Mühe gegeben, damit ich über meine Vergangenheit, über die letzten 270 Jahre, die ich alleine verbracht habe, hinwegkomme. Wie viel muss ich noch ertragen? Es ist nicht richtig. Warum musste sie sterben? Warum ausgerechnet sie? Sie hat so vielen Menschen geholfen."

„In ihren Taten wird sie weiterleben."

„Glaubst du, dass ihr das hilft? Das macht das Unrecht nicht ungeschehen."

„Die Rufe werden dringender. Ich muss jetzt gehen. Es tut mit Leid."

Harpon wollte zu einer bissigen Bemerkung ansetzen, aber da war Demeter schon verschwunden.

Kyra kauerte noch immer neben der Toten.

Harpon hatte beinahe ihre Anwesenheit vergessen.

Sie richtete sich auf und ließ ihren Blick über die Lichtung schweifen. Abertausende von Köpfen wandten sich ihr zu.

„Habt Dank, ihr Geschöpfe dieser Welt. Es ist nun an der Zeit, dass wir gehen. Habt Dank, und kehrt in den Wald, in eure Reviere, zurück."

Kyra konzentrierte sich auf den distanzlosen Schritt und brachte Harpon und die Leiche Cassandras zum Haus des Unsterblichen.

„Harpon, was kann ich für dich tun?" Unendliche Trauer füllte ihre Augen, drohte aus ihr hervorzubrechen.

„Kyra, du kannst mir nicht helfen. Ich muss selbst mit mir zurechtkommen. Ich werde Cassandra in die letzte Krypta legen. Nun ist diese Welt doch das Grab für einhundert Frauen geworden. Jahrtausendelang habe ich in Angst vor diesem Tag gelebt. Und jetzt ist er dennoch angebrochen."

Verbitterung und Hoffnungslosigkeit sprach aus seinen Worten.

„Vielleicht kann ich..."

„Kyra, niemand kann mir helfen."

Nach einer Pause fügte er hinzu.

„Vielleicht ist es mein Schicksal, dass ich auf ewig durchs Weltall ziehen muss. Ich werde den Weg zwischen den Sternen alleine weitergehen."

„Wenn du mich brauchst, dann rufe nach mir. Wann immer ich die Möglichkeit dazu sehe, werde ich dir helfen."

Kyra kniete neben Cassandra nieder, küsste ihre Stirn und entmaterialisierte.

Tania lief zum Grab ihrer Mutter. Die Nachricht über die Ermordung Cassandras hatte sich wie ein Lauffeuer im ganzen Königreich verbreitet. Tränen flossen über das schmale Gesicht des Mädchens. Sie kauerte nieder, wischte mit dem Handrücken über ihre Wangen, aber es war vergebens. Erneut wurde sie von Tränen überwältigt, die ihr in einer unaufhaltsamen Flut über die Wangen liefen. Sie schlug die Hände vors Gesicht und glaubte, ihren Kummer nicht länger ertragen zu können.

Sie wusste nicht mehr, wie lange so gesessen hatte. Als sie die Hände vom Gesicht nahm, sah sie am Kopfende des Grabes eine fremde Frau stehen.

Erschrocken wollte Tania zurückweichen.

„Hab keine Angst, Tania. Ich bin Kyra, Cassandras Freundin."

„Wie bist du hierher gekommen? Ich habe nichts gehört."

„Das ist jetzt nicht wichtig. Wichtig ist nur, dass ich mit dir spreche."

Auch wenn sie eine mächtige Yr war, so kostete es Kyra in diesem Augenblick mehr Beherrschung, als sie jemals zuvor hatte aufbringen müssen, um nicht selbst ihrer Trauer nachzugeben. Aber dann wäre sie dem Mädchen keine Hilfe gewesen. Also beherrschte sie sich und sprach weiter.

„Es würde Cassandra nicht gefallen, wenn sie sieht, wie du leidest. Dein Leben geht weiter, Tania."

„Wir dachten, Cassandra würde uns in eine neue Zukunft führen. Gibt es denn jetzt noch Hoffnung?"

„Es gibt immer Hoffnung, Tania. Auch dort, wo man es nicht vermuten sollte, gibt es einen Schimmer an Hoffnung. Sogar in scheinbar Totem steckt noch ein Rest von Leben."

Kyra kauerte nieder, so dass ihre Augen mit denen Tanias auf gleicher Höhe waren. Dann hob sie einen kleinen Ast auf und hielt ihn vor ihr Gesicht.

„Was siehst du, Tania?"

„Einen vertrockneten Ast."

„Glaubst du, dass noch Leben in ihm steckt?"

„Nein, er ist alt und tot."

„Dann sieh selbst."

Kyra konzentrierte sich auf den Ast. Knospen bildeten sich, die sich langsam öffneten. Junge Triebe schoben sich aus den Sprossen hervor und entfalteten sich zu frischen, grünen Blättern.

Kyra legte den Zweig in Tanias kleine Hände.

„Bewahre ihn gut auf. Ich werde jetzt in meine Heimat zurückkehren, kleine Tania. Aber ich werde die Erinnerungen an dich in meinem Herzen bewahren."

Harpon trug Cassandras Leichnam ins Haus. Er ging den Gang entlang, in düstere Gedanken vertieft, und fand sich schließlich vor der Türe zum Schlafzimmer wieder.

Wie viele glückliche Nächte hatten sie dort verbracht? Er trat auf die Tür zu, die von selbst auffuhr. Er zögerte, dann ging er ins Zimmer und legte Cassandra auf das Bett.

Harpon betrachtete das Gesicht der Toten. Noch immer standen ihre Qualen dort geschrieben. Aber der blutige Schnitt an ihrem Hals hatte sich verändert. Die Wunde sah aus, als hätte sie zu verheilen begonnen.

Sollte vielleicht dennoch Leben in Cassandra stecken?

Harpon nahm sie wieder auf die Arme und eilte in die Krankenstation. Dort angekommen legte er sie auf die Behandlungsliege und aktivierte die vollautomatischen Instrumente. Sein Herz raste. Sollte sie wieder genesen? Sollte womöglich ein Rest der Sternenenergie verblieben sein, der sie nun ins Leben zurückholte?

Fiebernd vor Erregung erwartete er die Ergebnisse der Untersuchung.

Aber er wurde bitter enttäuscht.

Schwer ließ er sich auf einen Stuhl sinken und vergrub das Gesicht in seine Hände.

Lange Stunden saß er reglos da und starrte vor sich hin.

Es wurde schon dunkel, als er sich wieder erhob. Die Beleuchtung aktivierte sich automatisch. Angewidert schaltete Harpon wieder ab. Er ging in die Zentrale zum Hauptbedienung der Anlagen seines Anwesens und rief die Kontrolle für das Grabmal auf. Er zögerte. Sein Finger ruhte über einer Sensorfläche.

Es hatte keinen Sinn mehr. Die medizinischen Anlagen hatten angezeigt, dass die Zersetzung ihres Körpers schon begonnen hatte.

Hart presste sich sein Daumen auf den Auslöser.

Die Anzeigen auf dem grossen Monitor zeigten die Bestätigung. Das Programm für die letzte Krypta war angelaufen. Mehrfach änderte sich der Status.

Harpon desaktivierte die Kontrollen und verließ den Raum.

Wenige Minuten darauf saß er in einem Gleiter und hielt Kurs auf das Tal des Grabmales.

Hart setzte das Fluggerät vor dem uralten Steintor auf. Über Jahrtausende hinweg hatten Wind und Wetter die Oberfläche verwittert.

Schon einmal war Harpon mit Cassandra hier gewesen, hatte ihr diesen düsteren Ort gezeigt, und seine traurige Bedeutung erklärt. Gemeinsam waren sie die lange Reihe der Gräber entlanggegangen. Er hatte die Namen der Frauen genannt, die hier ruhten, und ihre Geschichten erzählt. Sie hatten auch die letzte Krypta betreten.

Harpon betrat die dämmrige Finsternis des langen Ganges, der an den Eingängen zu den Krypten vorbeiführte. Er ging weiter als jemals zuvor. Er dachte, sein Weg würde nicht enden. Er fühlte den zarten Körper seiner Geliebten auf seinen Armen. Er wollte es nicht wahrhaben, sein Verstand weigerte sich erneut, es zu akzeptieren. War das real, was er gerade erlebte? Oder war es ein Albtraum? Befand er sich womöglich noch immer auf Hadante 3 und würde im nächsten Augenblick aufwachen? Er strauchelte und richtete sich mühsam wieder auf.

Nein, es war real.

Seine schlimmste Befürchtung hatte sich erfüllt. Er hatte das Grabmal betreten, um seine verstorbene Frau zur letzten Ruhe zu betten.

Irgendwann war er stehen geblieben. Er sah auf und erblickte vor sich die steinerne Tür zur letzten Krypta. Er zögerte, sie zu betreten und betrachtete noch einmal Cassandras blasses Gesicht, als hoffte er, dass sie plötzlich die Augen wieder aufschlagen würde. Dann holte er tief Luft und trat durch die Tür. Der Geruch von Äonen füllte den steinernen Raum. Neben dem offenen Sarkophag blieb er stehen und überlegte. Sollte ihm niemals dieses Glück gewährt werden?

Sollte er niemals eine Frau finden, die ihn jahrtausendelang lieben durfte? Er hatte diesen Augenblick immer gefürchtet, hatte die Bilder gesehen in schwarzen, bösen Träumen, und war von seinem eigenen Schreien schweißgebadet aufgewacht. Und jetzt stand er hier, mit seiner toten Frau auf den Armen vor seinem eigenen Albtraum. Vorsichtig, als könnte er sie verletzen, legte er Cassandra in den Sarkophag, bettete ihren Kopf auf den kalten Stein, strich ihr eine kleine Haarsträhne aus dem Gesicht, die sich aus ihrem Zopf gelöst hatte.

Er konnte nicht einmal mehr weinen. Alle Gefühle in ihm waren abgestorben.

Er betrachtete ihren Sternenstein, mit dem sie so viele Leben gerettet hatte. Er war kalt und tot, genauso wie Cassandra. Das Leuchten war erloschen. Sein Blick fiel auf ihre linke Hand. Mit Erstaunen stellte er fest, dass der hellblaue Ring verschwunden war. Die anderen waren noch vorhanden. Er war sich sicher, dass das Schmuckstück noch an ihrem Finger gesteckt hatte, als er Cassandra aus dem Gleiter genommen hatte. Hatte womöglich Demeter den Ring zurückgenommen?

Neben dem offenen Sarkophag war er zu Boden gesunken.

Die Trauer bahnte sich erneut einen Weg durch seinen Körper, wuchs vom Rinnsal zum reißenden Fluss an. Er schrie und schlug mit den Fäusten gegen den Boden, spürte nicht mehr, dass seine Knöchel bluteten.

Irgendwann hielt er erschöpft inne, kauerte lange Stunden neben dem offenen Sarkophag.

Er richtete sich auf, zögerte und warf einen letzten Blick auf Cassandras blasses Gesicht. Noch einmal beugte er sich über sie und küsste ihre Stirn. Dann berührte er die Sensorfläche, und der Deckel des Sarkophags fuhr knirschend zu. Das Grab lag nun geschlossen vor ihm. Eine schreckliche Endgültigkeit.

Sein Herz war kalt von Zorn und Schmerz. Alle Lebensfreude hatte ihn verlassen. Er war wieder die

Maschine, die emotionslos die Aufträge der Yr ausführte.

Harpon flog zurück zu seinem Anwesen, setzte den Gleiter auf dem Landeplatz auf und ging ins Haus.

In den Falten von Cassandras Gewand hatte Harpon die Lerchenflöte gefunden. Das winzige Instrument, auf dem seine Frau so wunderschöne Melodien gespielt hatte, war nicht länger als seine Handfläche. Die Wut auf Seth-Anat ließ ihn seine Faust um das Stück Holz schließen, als wolle er es zerbrechen. Aber irgendetwas ließ ihn innehalten. Er konnte es nicht tun. Ein Gefühl, als würde er damit seine tote Frau verletzen, hielt ihn davon ab.

Behutsam legte er das Stückchen Natur auf den Tisch und verließ den Raum. Auf der Schwelle verweilte er kurz und wandte sich noch einmal um.

Harpon glaubte nicht, dass er auf Avalon bleiben werde. Einhundert Ehefrauen hatte er hier beerdigt. Er würde weggehen. Diese Welt sollte das Grabmahl für einhundert Frauen sein. Der Mann, der hier mehr als dreizehntausend Jahre lang gelebt hatte, war zusammen mit Cassandra gestorben.

Er wollte auch dem Schwarzen Löwen nichts von seinem Entschluss erzählen. Er würde einfach verschwinden und im Gewimmel der Sterne untertauchen.

Dann verließ er das Haus, das seit jeher sein Heim gewesen war, seine Zuflucht, in der er sich geborgen gefühlt hatte.

Der Morgen dämmerte bereits, als er in den Park hinausging. Erneut überkamen ihn Zweifel. Dies war seine Heimat. So weit seine Erinnerungen zurückreichten, hatte er hier gelebt. War er auch auf dieser Welt geboren worden? Wer waren seine Eltern? Diese Fragen waren ungelöst und würden wohl auch nie mehr beantwortet werden, wie auch so viele andere. Er hatte auch nicht die Spur eines Hinweises darauf gefunden, dass auf Avalon schon vor ihm Menschen gelebt hatten.

Sollte er dennoch bleiben?

Aber hier erinnerte ihn zu viel an Cassandra.

Er musste vergessen. Nur so konnte er überleben.

Harpon blieb stehen und beobachtete, wie die Sonne langsam über den Horizont stieg. Die ersten wärmenden Sonnenstrahlen fielen auf sein Gesicht.

Aber in seinem Herzen war nur noch Dunkelheit.

Ende.

Der Söldner und die Wüstenblume
Der Weg zwischen den Sternen 5

Der große Plan ist gescheitert. Das Böse hat gesiegt
und die Mondgöttin ist tot. Harpon, der Ritter der
Ewigkeit, hat seine Heimatwelt für immer verlassen
und zieht alleine durchs All. Sein Weg zwischen den
Sternen führt ihn auf eine unbekannte Welt, wo er
sich als Söldner verdient. Der magische Ring, den er
einst von Demeter, einer der mächtigen Yr, erhalten
hatte, weist ihm den Weg. Aus Monaten werden Jahre
und eines Tages trifft er auf das Geheimnis der Burg.
Wer dieses Rätsel zu lösen vermag, wird das Volk von
einer grausamen Knechtschaft befreien. Aber für
Harpon gibt es noch weitere Aufgaben auf dieser Welt
zu lösen. Der Ring führt ihn in ferne Länder, bis er
nach Jahrzehnten auf ein bekanntes Gesicht stößt...

Bereits erschienen:

Der Preis der Unsterblichkeit.
Der Weg zwischen den Sternen 1

Ein Unsterblicher, der letzte seiner Art, erhält den
Auftrag, eine junge Frau abzuholen, die seit ihrer
Geburt auf einem unbedeutenden Planeten versteckt
worden war, um ihre Bestimmung zu finden. Gemeinsam erfahren sie, wie wichtig die Frau für die Zukunft
der Völker der Galaxis ist. Sie finden auch ihre Liebe
zueinander und sie erkennen, dass es zwischen ihnen
eine Bindung gibt, die weit über das Fleischliche
hinausgeht. Die anfangs so verwahrloste junge Frau
verwandelt sich langsam in eine Schönheit und ihre
magischen Kräfte beginnen zu erwachen. Gemeinsam
treten sie ihren Weg zwischen den Sternen an, einen
Weg, der in die Ewigkeit führt.

Bereits erschienen:

Die Rache der Seth-Anat
Der Weg zwischen den Sternen 2

Harpon und Cassandra entdecken auf einem Planeten
ein havariertes Raumschiff und Wissenschaftler einer
fremden Rasse. Sie bringen die Wissenschaftler zurück zu ihrer Heimatwelt. Alles scheint friedlich und
die Verhandlungen zur Aufnahme zu den Vereinigten
Planeten schreiten gut voran, als plötzlich religiöse
Fanatiker auftauchen und Harpon zum verwunsche-
nen Kontinent reisen muss. Später kommt Kyra nach
Avalon. Der König der Wälder erkennt, wer sie in
Wirklichkeit ist und sie muss die schwierigste Entscheidung ihres Lebens treffen. Der Weg zwischen den
Sternen führt unsere Helden weiter zu den Zentralen
Welten und ein Androide der Seth-Anat entführt
Cassandra. Sie verliert ihr Gedächtnis und findet sich
auf einer unbekannten Welt in einer feudalen Gesell-
schaft wieder. Harpon zieht einsam durchs All auf der
verzweifelten Suche nach ihr. Wird er Cassandra
wieder finden?

Bereits erschienen:

Die Göttin und die Zigeunerin
Der Weg zwischen den Sternen 3

Bald ist ein Jahr vergangen, seit Harpon die rätselhaften Koordinaten erhalten hat, die einen Ort im Leerraum zwischen den Galaxien, im absoluten Nichts, beschreiben. Er müsse den exakten Zeitpunkt einhalten, war ihm aufgetragen worden. Zusammen mit Cassandra tritt er die Reise ins Nichts an. Begleitet werden sie von einer jungen Frau, die weitab von ihrer Heimat ihr Wanderjahr angetreten hat. Noch wissen sie nicht, wer sie ist. Aber sie hilft ihnen beim Brückenschlag zu einer fernen Galaxis.